허풍선이의 죽음

해 미 시
맥 베 스
순 경
시 리 즈
12

허풍선이의 죽음

DEATH OF A MACHO MAN

M. C. 비턴
전행선 옮김

현대문학

주요 등장인물 (등장순)

랜디 두건 ◦ 로흐두 마을의 이주민

아치 매클레인 ◦ 마을 어부, 낚싯배 선장

조르디 매켄지 ◦ 로흐두의 이주민, 정년퇴직한 교사

해미시 맥베스 ◦ 로흐두 마을의 순경

프리실라 할버턴스마이스 ◦ 토멜성 호텔 주인의 딸, 해미시의 전 약혼녀

존 글로버 ◦ 글래스고의 스코티시 앤드 제너럴 은행 지점장

존 브로디 ◦ 로흐두 마을 의사

블레어 경감 ◦ 스트래스베인 경찰 본부 범죄 수사부의 형사

지미 앤더슨 · 해리 맥내브 형사 ◦ 블레어 경감의 부하

피터 데이비엇 ◦ 스트래스베인 경찰 본부의 총경

로지 드랄리 ◦ 로흐두의 이주민, 로맨스 작가

앤디 맥태비시 ◦ 산림 인부

윌리 러몬트 ◦ 이탈리아 레스토랑 직원, 로흐두 마을 전직 순경

베티 존 ◦ 존 글로버의 약혼녀

루차 러몬트 ◦ 윌리의 아내

웰링턴 부인 ◦ 로흐두 마을 목사의 부인

애니 퍼거슨 ◦ 로흐두 마을의 미망인

베릴 벅 ◦ 로지 드랄리의 언니

밥 벅 ◦ 베릴 벅의 남편

제1장

랜디 두건은 스코틀랜드 고지 지역에서 '마초맨'이라는 별명으로 불렸고, 그 이름에 어울리는 삶을 살아가는 듯했다. 그는 키가 180센티미터가 넘고 어깨가 떡 벌어진 거구에다 다리는 몸통에 어울리지 않게 짧았다. 몸 여기저기 문신이 있었고 이마는 좁았다. 옷깃 위로 떡이 진 곱슬머리를 길게 늘어뜨린 채 술이 주렁주렁 매달린 가죽 재킷을 입고, 베니션 블라인드처럼 가로 줄이 있는 이상한 선글라스를 끼고서 밝은색 모자를 쓰고 다녔다. 마을 사람들은 그가 솥뚜껑만 한 주먹으로 맥주 캔을 찌그러트리는 모습을 보러 로흐두 마을 술집에 모이곤 했다. 랜디 두건의 말투에서는 비음 섞인 미국 억양이 살짝 묻어났는데, 그의 설명에 따르면 한때 미국에서 레슬링 선수로 활약했기 때문이었다.

사실 마을 사람들은 그를 선망의 눈초리로 바라봤다. 이유인즉슨 랜디는 세상에 안 가 본 곳이 없고, 모든 걸 다 봤으며, 안 해 본 일이 없는 듯했기 때문이다. 플로리다에서는 노상강도를 만나 총으로 쏴 죽였지만 경찰은 오히려 그의 용감한 행동을 칭찬했다. 캐나다에 있을 때는 벌목 일을 했고, 알래스카에서는 곰을 총으로 쏴서 잡았다. 그는 로흐두에 사는 그 누구보다 많은 지역을 다닌 인물이었다.

로흐두에서는 사람들의 이목을 끌기가 너무도 쉬웠다. 영국 본토에서 가장 먼 북쪽 끄트머리에 있는 서덜랜드 아니던가. 여름철이면 관광객이 찾아와 머물다 가기도 했지만 많지는 않았고, 그나마도 대부분은 인버네스까지만 들렀다 가곤 했다.

어쩌면 워낙에 느긋한 성향 탓일지도 모르고, 그들 자신이 타의 추종을 불허하는 거짓말쟁이일 뿐 아니라 이야기를 지어내는 실력도 출중한 까닭, 또는 누구의 이야기 속에서도, 특히 그들 자신의 이야기 속에서도 허점 같은 걸 찾아낼 생각은 전혀 하지 않는 까닭이어서일지도 모르지만, 어쨌든 고지 사람들은 랜디 두건을 보이는 그대로 받아들였다. 따라서 만약 랜디가 누군가의 비난이나 경쟁에 직면하지 않았더라면, 상황은 지금까지와 마찬가지로 별다른 부침 없이 흘러가고 잔인하게 변해 버릴 일도 없었을 터였다.

어느 날 랜디가 평소와 마찬가지로 마을 술집에서 장황하게 무용담을 늘어놓고 있을 때 사건이 하나 일어났다. 거기에는 날씨도 한몫했다. 청중이 랜디를 우러러보는 또 다른 이유는 그가 돈을 펑펑 써 대기 때문이었다. 그의 헌신적인 청중 중 한 사람인 아치 매클레인은 이 거구의 사내가 마을에 정착한 이래로는 거의 맨정신인 날이 없었다. 다시 말해 그것이 바로 랜디 두건이 헌신적인 청중에게 베푸는 자비였다.

그날도 역시 짜증스러운 비가 내리고 있었다. 대서양과 협만에서 불어온 긴 빗줄기 꼬리가 술집 안까지 밀려들었다. 밖에는 사람을 미칠 지경으로 몰아가는 고지의 모기 각다귀가 시커멓게 떼 지어 날아다녔다. 비조차 그 무리를 흩어 놓지 못하는 듯했다. 대기는 후덥지근하고 끈끈했다. 열흘째 비가 내렸고, 사방에 습기가 스며들어 옷이 몸에 쩍쩍 들러붙었다. 옷이 들러붙지 않은 곳에는 각다귀 떼가 무서운 기세로 몰려들어 피를 빨았다. 마침 그날따라 파텔 씨네 잡화점에는 각다귀 퇴치제가 다 떨어지고 없었다.

이야기 속에서 랜디는 중동 지역에 가 있었다. 은퇴한 학교 선생님인, 유난히 체구가 작은 조르디 매켄지의 얼굴이 환해졌다. 평소 그는 숫기 없는 성격이라 늘 뒤에 물러나 있곤 했다. 최근에 로흐두로 이사를 와서 아직 친구도 많지 않았다. 랜디가 베두인족 텐트에서 저녁을 먹던 일화를 들려주다가 잠시 맥주를 한 모금 들이켜려고 말을 멈췄을 때, 조르디가 소리 높여 말하기 시작했다. "내가 군 복무를 리비아에서 했거든. 그런데 우리가 사막에서 군사훈련을 받았을 때, 나한테 아주 이상한 일이 일어났었지……"

하지만 사막에서 조르디에게 무슨 일이 일어났었는지는 아무도 듣지 못하게 될 예정이었다. 우리의 마초맨이 그 전직 교사를 잡아먹을 듯이 노려보며 목소리를 높였기 때문이다. 누구도 그에게 중동에서의 모험에 관해 이러쿵저러쿵할 수 없었다. 사우디아라비아에 갔을 때, 그는 양의 눈알을 먹고 불법 양조장을 운영했으며, 리야드에서는 감옥에 들어갔지만, 손목이 잘리기로 돼 있는 날 동료 죄수들과 탈옥을 했다.

조르디는 잔뜩 주눅이 들고 낙담한 듯 보였다. 아치 매클레인은 슬슬 랜디에게 짜증이 나기 시작했다. 가여운 조르디 영감이 잠깐 자기 얘기를 하도록 내버려 두는 게 뭐 그리 힘든 일이라고. 술집 공기는 담배 연기로 뿌옇게 흐려져 있었다. 억척스럽게 청소와 빨래를 해 대고 옷도 전부 삶아 풀을 먹여 놓는 아내 덕에 아치의 뻣뻣한 셔츠 깃이 모기 물린 목을 따갑게 문질러 댔다. 그는 조르디가 조용히 술집을 빠져나가는 것을 보고 그 뒤를 따라갔다.

"저 친구 하는 짓에 너무 신경 쓰지 마세요." 아치가 조르디를 따라잡으며 말했다. "워낙 떠드는 걸 좋아하잖아요."

"떠버리에 거짓말쟁이야." 조르디가 고지식하게 말했다. "난 저 인간이 하는 말 하나도 안 믿네."

"나도 슬슬 지겨워서 못 들어 주겠어요." 아치가 말했다. "우리 전에는 다 함께 둘러앉아서 이런저런 얘기도 나누고 그랬잖아요. 그런데 이제는 저 커다란 순무 같은 수다쟁이 얘기만 듣고 또 들어야 하네요. 빌어먹을 각다귀 떼 같으니. 이놈들이 올해는 이빨에 면도날이라도 달고 날아다니는 모양입니다. 아, 저기 우리 순경 나리가 오네요. 맥베스 순경 아시죠?"

"마을을 돌아다니는 모습을 보기는 했는데, 개인적으로 얘기를 나눠 본 적은 없지." 조르디가 말했다.

"어이, 맥베스!" 아치가 불렀다. "이리 와서 새로 이사 온 마을 주민하고 인사나 나누라고."

그들은 항구에 도착해 있었다. 닻을 내린 고깃배들이 부드러운 파도에 위아래로 까딱거렸다. 일요일이었고, 그건 다시 말해, 주일이라는 뜻이었다. 술집 문은 열어도 되지만, 고깃배를 띄우는 건 신의 섭리에 정면으로 도전하는 것이나 다를 바 없다는 의미였다.

로흐두 마을의 순경 해미시 맥베스는 해안을 따라 그들 쪽으로 느릿느릿 걸어왔다. 키가 크고 깡마른 고지인은 불타는 듯한 빨간 머리와 마르고 예민해 보이는 얼굴에 눈동자는 녹갈색이었다. 조르디는 그가 30대 중반쯤 됐으리라 짐작했다.

"여기 이분은 조르디 매켄지 씨야." 아치가 말했다. "로흐두로 이사 오신 지 얼마 안 됐어."

"아, 압니다." 해미시가 말했다. 그의 말투에서 고지 억양이 느껴졌다. "커리 아주머니들 집 뒤쪽 언덕 위에 있는 집에 사시잖아요. 어디서 살다 오셨어요?"

"인버네스에서 왔습니다, 맥베스 씨."

"편하게 말 놓으시고, 해미시라고 부르세요." 순경이 말했다. "다들 해미시라고 하거든요."

그가 사람 좋은 미소를 지어 보였고, 외로운 조르디는 그 미소에서 따스함을 느꼈다. "해미시라, 알았네. 난 조금 전까지 저쪽 술집에 있다 나왔어. 저 랜디 두건이라는 작자의 거짓말과 헛소리를 도저히 참을 수가 없어서 말이네."

"몇 마디 거짓말이야, 뭐 해될 것 없잖아요." 해미시가 가볍게 말했다. 사실 자기 자신에게도 자주 하는 말이었다. "그리고 굳이 들어 줄 필요도 없죠."

"아, 그렇지만 듣지 않을 도리가 없지 않나!" 조르디는 다시 분노가 끓어오르는 것을 느끼며 말했다. "그자의 목소리가 술집 전체에 쩌렁쩌렁 울려 대는데."

"아, 그건 그러네요. 하지만 그가 다른 사람들 술값을 내는 한은," 해미시가 말했다. "계속 들어 줄 사람이 있을 테니까 어쩔 수 없을 겁니다. 안 그래요, 아치?"

"자네 말도 맞아." 아치가 발을 질질 끌며 대꾸했다. "사실 처음에는 얘기가 좀 재미있었는데, 지금은 너무 과하다는 생각이 들어. 그렇지만 그런 거구한테 누가 감히 입 좀 다물라는 말을 하겠나."

"바로 그런 생각이 잘못된 거라고." 조르디가 열정적으로 끼어들었다. 두 사람과 나누는 친밀한 대화가 그를 대담하게 하는 모양이었다. "지금까지 그자는 학식 있는 사람과 대립해 본 적은 없을 거야. 내 장담하지."

해미시가 재밌다는 표정으로 그를 바라봤다. "우리가 다 시골 무지렁이인 줄 아시나 본데, 그렇지 않습니다."

"미안하네." 조르디가 재빨리 사과했다. "무례하게 굴려던 건 아니야. 그렇지만 누군가는 그자에게 입바른 소리를 해야만 한다고."

"이런, 조심하셔야 할 겁니다." 해미시가 주의를 주었다. "싸움에 휘말려 본 적이 없는 사람일수록 용감한 법이거든요. 제 직감에 따르면 랜디는 굉장히 야비한 상대일 겁니다."

"내 짐작건대, 그자는 겉으로 보이는 게 다야." 조르디가 말했다.

해미시는 앞에 선 작은 노인을 찬찬히 바라봤다. 조르디는 60대 후반쯤 된 듯했고, 학창 시절 이후로는 싸움이라고는 해 본 적도 없는 사람임이 분명했다. 해미시는 게을렀다. 골치 아 픈 일이 일어날 것 같은 냄새가 솔솔 풍겨 왔음에도, 그는 그 것을 막기 위해 뭔가 조처를 해야 한다는 사실이 귀찮았다. 랜 디 두건은 몇 주 전에 난데없이 마을에 나타난 사람이었다. 처 음에 그는 토멜성 호텔에 묵으려 했지만, 호텔 주인인 할버턴 스마이스 대령은 끔찍하다는 표정으로 그를 한번 흘낏 바라 보고는 빈방이 없다고 딱 잘라 거절했다. 그래서 그는 조르디 씨의 집 근처 언덕 위에 있는 휴가용 별장을 임대했다. 그 후 로 할버턴스마이스 대령은 여러 건의 악의적인 기물파손 행 위를 신고해 왔다. 호텔의 울타리가 잘려 나가기도 하고, 호텔 뒷벽에 스프레이로 욕설이 커다랗게 적혀 있기도 했으며, 기 념품 가게 창문이 박살 나기도 했다. 해미시는 마초맨 랜디 두 건이 대령에게 분풀이를 하는 것은 아닐까 의심이 들었지만, 그걸 확인시켜 줄 증거는 없었다. 해미시는 그 거구의 사내가 뭔가 정직하지 못한 사람이라고 생각하기 시작했다. 술에 취 하면 랜디의 억양은 미국인이라기보다는 스코틀랜드인 쪽에 훨씬 가까웠다. 하지만 두건을 로흐두에서 쫓아내기에 충분 한 근거가 될 만한 무언가를 찾아내거나, 기물파손 행위로 그 를 잡아넣을 증거를 발견하기 전까지, 해미시가 할 수 있는 일이라고는 폭발 일보 직전에 도달한 듯 보이는 마을 분위기를 진정시키려 애쓰는 것뿐이었다.

"아무래도 랜디 두건의 청중을 그에게서 좀 멀리 떼어 놓는 게 좋을 것 같네요." 해미시가 말했다.

"다른 곳에 가서 술을 마시라는 말인가?" 아치가 놀란 눈으로 순경을 바라보았다. "이 마을에서 거기 말고 술 마실 곳이 어디 있나?"

"토멜성 호텔에도 바가 있잖아요." 해미시가 말했다. "거긴 투숙객이 아니어도 이용할 수 있어요."

"말도 안 되는 소리." 아치가 말했다. "정신 차려, 해미시. 거기로 어부와 산림 인부들이 떼로 몰려가 술을 마셨다가는 대령이 입에서 피를 토할 걸세."

"그래도 한번 생각해 봐요." 해미시가 말했다. "한동안만 그리로 가면 될 거예요."

"난 그러겠네." 조르디가 열정적으로 말했다.

해미시는 불타는 빨간 머리 위로 다시 모자를 눌러썼다. "호텔도 비수기라서 대령도 아마 좋아할 겁니다."

서글서글한 성격에 우아한 금발을 늘어뜨린 할버턴스마이스 대령의 딸 프리실라 할버턴스마이스는 최근 런던에서 돌아와 다시 기념품 가게를 운영하고 있었다. 그녀는 한때 짧은 기간 동안 해미시 맥베스와 비공식적으로 약혼한 사이였지만, 둘 사이의 로맨스가 끝난 이래로는 그와 마주치지 않으려 애쓰고 있었다. 따라서 아버지가 그녀를 따로 불러 해미시에게 전화를 걸어 도움을 청하라고 했을 때는 왈칵 짜증이 밀려왔다.

"또 뭐가 부서졌어요?" 프리실라가 물었다. "직접 전화해서 도와 달라고 해도 되잖아요, 아빠."

"내가 왜 안 해 봤겠니. 그런데 맥베스가 도통 내 말을 들으려고 하질 않아. 너 저녁에 호텔 바에 가 봤어?"

"아니요, 무슨 일 있어요?"

"요즘 매일 밤 바가 로흐두의 천민들로 우글거리고 있어."

"로흐두에 무슨 천민, 귀족이 있다고 그러세요."

"일부러 뚱하게 굴지 마라. 난 지금 어부하고 산림 인부들 얘길 하는 거야."

"그 사람들이 뭐가 어때서요? 제발 속물처럼 굴지 좀 마세요."

"지금 난 처음 이 호텔 운영을 시작했을 때보다 훨씬 더 실용적인 사업가라고." 대령이 진절머리가 난다는 듯이 말했다. 그가 빚더미에 올랐을 때, 해미시는 그에게 토멜성을 호텔로 운영해 보라고 처음 제안한 사람이었다. 대령은 그 제안대로 했고, 사업은 성공적이었다. 물론 그렇다고 대령이 그 기발한 아이디어를 제시한 해미시에게 어떤 공을 돌린다는 말은 아니었다. "난 속물이 아니야." 대령이 말했다. "하지만 우리 호텔을 찾는 손님들은 대부분 속물이지. 그건 부인할 수 없는 사실이야. 그들은 낚시와 사냥을 즐기면서 성주 놀이를 하려고 여길 찾아오는 거라고. 저녁이면 우아하게 차려들 입잖니. 그리고 저녁을 들기 전에 바에 와서 술을 한잔씩 들지. 그런데 마을 소작농들이 떼로 몰려와서 벽난로 불길을 가로막고 앉아 있는 걸 보면 기분이 어떻겠니. 심지어 그자들은 젖은 옷을 입고 와서 마치 개처럼 그 앞에서 김을 내뿜고 있다고. 그러니 해미시 맥베스에게 도움을 청해 봐라. 그러면 무슨 수가 있을 거야."

프리실라는 무턱대고 해미시를 찾아가기보다는 먼저 저녁 시간대에 호텔 바를 들여다보고 상황이 어떻게 돌아가는지 자기 눈으로 확인해 봐야겠다고 마음먹었다. 손님 대부분은 잉글랜드 사람이었고, 또 금연가들이었다. 게다가 중년 세대라서 그저 담배를 피우지 않는 게 아니라, 한때 피우다가 끊은 사람들이라 개심한 흡연가의 악의를 제대로 품고 있었다. 마을 사람들이 통나무 불길 앞에 무리 지어 앉아 담배를 말아 불을 붙이고 톡 쏘는 연기로 공기를 채우는 동안, 그들은 모두 바에 웅크리고 앉아 날카롭게 기침을 하고 컥컥거리며 손으로 연기를 휘저어 댔다. 프리실라는 아버지의 말이 옳다는 사실을 깨달았다. 돈 내고 숙박하는 손님들의 심기를 괜히 건드릴 필요야 없지 않은가. 그들은 사업을 해 나가야 했다.

로흐두로 내려가는 동안, 프리실라는 다시 해미시를 만나게 된다는 사실이 좀 걱정스러웠다. 그들은 매우 친밀한 사이였다. 하지만 해미시가 둘의 관계를 끝내 버렸다. 어떻게든 그를 스트래스베인 경찰 본부 범죄 수사부로 옮기게 해서 성공시키고야 말겠다는 프리실라의 야망에 지쳐 버린 탓이었다. 게다가 그녀는 약혼자와 사랑을 나눌 만한 시간은 전혀 낼 수 없는 듯 보이기도 했다. 해미시는 대체 그 이유가 무엇인지 알아낼 수가 없었고, 프리실라의 마음은 그 주제만 언급되면 단단히 닫혀 버리곤 했다.

그녀는 경찰서 옆에 차를 대고 부엌문 쪽으로 돌아갔다. 문을 연 해미시가 놀라서 가만히 그녀를 바라보며 서 있다가 말했다. "들어와요, 프리실라. 런던에서 돌아왔다는 얘기는 들었어요."

프리실라는 그를 따라 좁은 부엌으로 들어갔다. 따뜻한 저녁이었음에도, 해미시는 장작 난로에 불을 피워 놓고 있었다. 지독히 오래된 난로는 한때 프리실라가 새로운 전기스토브로 바꾸려 했었지만 실패하고 말았다. 탁자 위에는 구식 기름 램프 하나가 타고 있었다. "저건 뭐예요?" 프리실라가 물었다. "전기가 끊어졌어요?"

"난 기름 램프가 좋아요." 해미시가 말했다. "전기도 아끼고, 불빛도 은은하니 예쁘잖아요. 커피? 아니면 술 한잔할래요? 위스키가 있는데."

"아니, 됐어요." 프리실라는 부엌 식탁에 앉아 트위드 재킷을 벗었다. 그녀의 금발 위에서 빗방울이 반짝였다. 늘 그렇듯이 그녀는 여유롭고 절제되고 우아해 보였다. "여기 온 이유는," 프리실라가 말했다. "부탁이 있어서예요. 아니, 아버지가 도움이 필요해서 왔어요."

"세상 누구보다 혐오하는 나한테 당신을 보낸 걸 보니 몹시도 다급하신 모양이네요."

"이번에는 아버지 말도 일리가 있어요. 마을 술집에 드나들던 사람들이 어느 날부터 호텔 바로 몰려와서 너구리라도 잡으려는 듯이 담배를 피워 대며 시끄럽게 떠들고 불 앞을 다 차지하고 앉아 있어요. 손님들이 불안해하고 있다고요. 우린 고객에게 시골 별장처럼 우아한 숙박 환경을 제공하는 곳이에요."

"호텔 손님들도 조금은 이곳 지역색을 즐길지 모른다고는 생각 안 해 봤어요?"

"무분별하게 피워 대는 담배 연기가 너무 자욱해서 지역색은 고사하고 바로 앞에 있는 사물도 분간할 수가 없어요. 대체 왜 호텔로 다 몰려오는 걸까요?"

"이 마을 마초맨 소문 못 들었어요?"

"커다란 원숭이 한 마리가 자기 모험담을 떠들어 대면서 마을 사람들 혼을 쏙 빼 놓고 있다는 얘기는 들었어요."

"랜디 두건이라는 친구예요. 자기 말로는 미국 출신이라고 하는데, 술만 취하면 스코틀랜드 억양이 튀어나와요. 그가 마을 술집에서 무용담을 장황하게 늘어놓고 있는 거죠. 그래서 공짜 술을 엄청나게 돌리고 있는데도 사람들이 자기 얘기를 할 기회가 없어서 슬슬 불만을 품기 시작한 거예요. 그래서 내가 잠시 호텔 바에 가서 술을 마시면 그가 다른 곳으로 옮겨 갈지도 모른다고 제안했어요. 그런 인간은 청중을 필요로 하니까요."

"아, 해미시, 배후에 당신이 있을지 모른다고 생각하기는 했어요. 그런데 그 랜디라는 사람은 왜 마을 사람들을 따라 호텔로 오지 않는 걸까요?"

"당신은 여기 없었던 때라 잘 모르는군요. 랜디가 호텔에 묵으려고 했는데 당신 아버지가 방을 내주지 않았거든요. 그래서 그는 저 뒤쪽에 있는 휴가용 별장을 빌렸죠. 그런 다음 호텔에 기물파손 사태가 발생한 거고요. 그 얘긴 들었죠?"

"그럼요. 그리고 당신은 그를 의심하는 거네요?"

"예, 하지만 증거가 없어요."

"그래서 이런 상황까지 온 거군요. 그래, 어떻게 하면 마을 사람들을 호텔 바에서 내보낼 수 있겠어요?"

"내가 생각을 좀 해 볼게요."

다음 날 해미시는 마을 술집을 찾아갔다. 술집은 텅 비어 있었고, 심지어 랜디 두건도 그곳에 없었다. 인버네스 출신의 새로 온 바텐더 피트 퀸이 침울한 표정으로 술잔을 닦고 있었다.

"가게가 조용하네요." 해미시가 말했다.

"사장님이 아예 가게 문을 닫아 버리면 더 조용해지겠죠. 내가 대체 무슨 잘못을 저지른 걸까요? 술값도 여기가 호텔보다 훨씬 싼데요."

"그냥 다들 약간의 변화가 필요했을지도 모르죠." 해미시가 달래듯이 말했다. "사람들을 다시 불러오는 건 어렵지 않을 것 같은데."

"어떻게요?"

"호텔은 마을 밖으로 꽤 떨어져 있어서 다들 차를 가지고 가야 하잖아요. 그래서 내가 음주단속을 할 예정이에요. 그러니 당신은 앞으로 일주일 동안 술값을 절반으로 할인한다고 해피아워 광고를 하면 어떨까요? 그럼 다들 금방 돌아올 것 같은데."

비쩍 마른 피트의 얼굴이 밝아졌다. "그렇게만 된다면 뭐라도 하겠어요. 정말 고마워요, 해미시. 내가 살 테니까, 한잔 들어요."

"한잔하기에는 시간이 너무 이르네요. 어쨌든 너무 걱정하지 말아요. 그런데 오늘 두건 봤어요?"

"그 덩치 커다란 친구요? 어젯밤에 왔었는데, 여기서 지내는 게 점점 지겨워진다면서 다른 데로 갈까 생각 중이라고 하더라고요."

"부디 그러기를 빌어 보자고요." 해미시는 경례를 하고 밖으로 나갔다.

그다음 이틀간 해미시는 마을 사람들에게 전혀 환영받지 못했다. 사람들은 호텔 주차장에서 음주 측정을 당한 후에 차 열쇠를 빼앗기고는 집까지 걸어가야 했는데, 그건 다음 날 차를 찾으러 그 먼 길을 다시 걸어가야 한다는 걸 의미했기 때문이었다. 그리고 마을 술집에는 해피아워를 광고하는 새로운 안내문이 나붙었다. 그래서 모두가 다시 그리로 돌아갔다.

문제는 랜디 두건, 그 마초맨도 마찬가지라는 점이었다.

조르디 매켄지에게는 불행한 일이 아닐 수 없었다. 호텔 바에 드나드는 동안 그는 마을 친구도 여럿 사귀었고, 자신의 이야기를 들어 주는 청중도 꽤 확보를 했다. 그런데 다시 익명의 상태로 돌아가야 한다니, 도저히 참고 견딜 수가 없었다. 랜디를 향한 그의 분노는 점점 커져만 갔다. 마을 사람들이 마을 술집으로 돌아간 지 이틀째 되는 날 폭풍우가 불어닥쳤다. 돌풍이 김 서린 술집 창문을 향해 거센 빗줄기를 후려쳤다. 고깃배가 출항할 수 없는 날씨여서 술집은 손님으로 꽉 차 발 디딜 틈이 없었다.

랜디는 자신이 레슬링 챔피언이던 시절 이야기를 신나게 떠벌리는 중이었다. 그때 평소보다 술을 과하게 마신 조르디가 크게 소리 질렀다. "난 당신 말 하나도 안 믿어."

가늘기는 해도 매우 명료하고 정확한 목소리였다.

랜디가 말을 중간에 멈추고 은퇴한 학교 선생을 잡아먹을 듯이 노려봤다. "당신 지금 뭐라 그랬어?" 그가 포효하더니 쓰고 있던 카우보이모자를 이마 뒤로 젖히고 베니션 블라인드 같은 한심한 모양의 선글라스를 홱 치켜들었다.

"당신은 허풍쟁이야." 조르디가 말했다. "양의 눈알을 먹었다는 그 말도 안 되는 헛소리하곤. 그건 중동 지역에 다녀왔다고 떠들어 대는, 혹은 거기 다녀온 척을 하는 허풍선이들이 하나같이 지껄이는 말이라고. 근거 없는 믿음에 지나지 않아. 그냥 영국 군대에서 어떤 병사에게 양의 눈알을 먹어야만 한다고 짓궂게 장난을 쳤던 게 옛날 얘기처럼 전해져 온 거야. 실제 아랍 사람들은 양의 눈알 같은 건 안 먹어."

랜디가 조르디 앞으로 성큼성큼 걸어갔다. "지금 날 거짓말쟁이라고 하는 건가?"

"그래." 조르디가 두려워하면서도 도전적으로 말했다.

"그렇다면," 랜디 두건이 야비한 미소를 지었다. "내가 당신 머리를 좀 식혀 줄 때가 된 것 같군."

그가 조르디의 멱살을 잡아채더니 밖으로 끌고 나갔다. 조르디는 발을 차고 온몸을 뒤틀면서 도와 달라고 비명을 질렀다. 모두가 술집 밖으로 나갔고, 랜디는 항구 끄트머리로 걸어가서 두려움에 비명을 질러 대는 조르디를 바닷물 위로 들어올렸다.

해미시 맥베스가 달려갔다. "그만해요, 그만하라고!" 그가 소리 질렀다.

랜디가 경멸하는 표정으로 부두 바닥에 조르디를 떨어트리고는 해미시 쪽으로 돌아섰다. "원래 경찰 제복만 입으면 다들 용감해지지." 그가 코웃음을 쳤다. "당신도 순경이 아니었으면 감히 내 앞에 나서지도 못했을 거야."

해미시는 갑작스러운 증오를 느끼며 그를 바라봤다. 그는 약자를 괴롭히는 자들을 혐오했다. 가여운 조르디 씨가 얼마나 모욕감을 느낄지도 잘 알고 있었다. 분노가 치밀어 올랐다. "내일모레 내가 휴가야. 그때는 정복을 입지 않을 거라고."

"그렇다면 밤에 술집 문 닫고 나서 11시 반에 여기서 기다리지." 랜디가 말하고는 양손 엄지손가락을 허리띠에 찔러 넣더니 어슬렁거리며 다시 술집 쪽으로 걸어갔다. 해미시는 경찰서에 채 닿기도 전에 자기 자신을 저주했다. 랜디는 그를 초주검으로 만들어 놓을 게 뻔했다. 만약 그 소문이 스트래스베인에까지 전해진다면, 그는 직업을 잃게 되고, 마을에 있는 안락한 숙소까지 잃게 될지 몰랐다. 하지만 해미시는 이제 돌이킬 수 없다는 사실도 알고 있었다.

다음 날 아침, 마을은 다가올 결전에 관한 소문으로 들썩였고, 그 소식은 주변 황무지와 산등성이를 넘어 다른 마을들로 전해졌다. 다들 승자에게 돈을 걸었고, 거의 모든 사람의 선택은 랜디 두건이었다.

마침내 결전의 날 아침이 밝아 왔다. 해미시는 그날 밤까지 자신이 살아 있기는 할지 침울하게 생각했다. 사실 그는 프리실라에게 아무런 감정도 남아 있지 않았다. 아니, 그렇다고 스스로에게 이야기하고 있었다. 하지만 자신이 얼마나 어리석은 인간인지에 관해 누군가와 이야기를 나누고 싶었고, 그런 순간 생각해 낼 수 있는 사람이라고는 프리실라뿐이었다.

그는 기념품 가게로 프리실라를 찾아갔다. 매우 기품 있어 보이는 중년 남성 고객과 얘기 중인 그녀의 모습은 상당히 생기발랄해 보였다. "어서 와요, 해미시." 그를 보자 프리실라가 말했다. "이쪽은 존 글로버 씨예요. 글래스고에서 오신 은행원인데, 우리 호텔에 묵고 계세요. 이쪽은 이 지역 순경 해미시 맥베스 씨예요."

두 남자는 악수를 나누었다. 존 글로버는 갈색으로 그을린 잘생긴 얼굴에, 숱 많은 검은 머리는 귓가 쪽이 살짝 잿빛으로 물들어 가고 있었다. 중간쯤 되는 키에 흠잡을 데 없이 말쑥한 외양에 고급스러운 맞춤복을 입고 있었다. 해미시는 오래 입어 반들반들 광택이 나는 자신의 정복 바지와 자를 때가 돼서 부스스한 머리가 신경 쓰였다. 게다가 더욱 당황스러운 것은, 자신이 질투심을 느끼고 있다는 사실이었다.

"좀 진지하게 나눌 얘기가 있어서 왔어요." 그가 프리실라에게 말했다.

하지만 프리실라는 존과의 대화를 끝내고 싶지 않은 눈치였다. "내 방에 가 있어요. 많이 늦지는 않을 테니까 거기서 기다려요."

해미시는 침울한 기분으로 어깨를 축 늘어뜨리고 가게를 나갔다. 성 맨 꼭대기에 있는 프리실라의 방에서 그는 초조하게 앞뒤로 왔다 갔다 하다가 자신이 처한 곤경에서 생각을 거두고 텔레비전을 켰다. 프리실라의 방에는 위성 텔레비전이 있었다. 해미시는 리모컨 버튼을 쉼 없이 눌러 음악 방송부터 퀴즈쇼까지 이리저리 채널을 오가다가 어느 순간 멈추고 자신이 랜디 두건을 바라보고 있다고 생각하면서 놀라운 심정으로 텔레비전 화면을 뚫어지게 응시했다. 레슬링 프로그램이었다. 화면에는 랜디와 비슷한 체격에 똑같은 모양의 베니션 블라인드 같은 선글라스를 끼고, 똑같이 술이 달린 가죽옷에 화려한 모자를 쓴 선수가 나오고 있었다. 아나운서가 "그리고 이번에는 우리의 헤비급 레슬링 챔피언, 랜디 새비지, 마초맨입니다" 하고 소개를 했다.

해미시는 텔레비전 앞으로 다가갔다. 혹시 같은 사람인가? 아니, 아니었다. 텔레비전 속의 선수는 훨씬 체격도 좋고 훨씬 더 근육질이었다. 유일하게 비슷한 점이라고는 옷차림뿐이었다. 랜디 두건에게 마초맨이라는 별명을 지어 준 게 누구였더라? 해미시는 생각했다. 분명히 랜디 자신이었다. 그는 자기가 미국에서 레슬링 선수였다고 말했다. 그렇다면 다시 말해, 랜디는 그 별명을 차용하고 미국 레슬링 영웅 중 하나의 옷차림을 따라 하는 게 분명했다. 하지만 그가 진짜 레슬링 선수였을까? 그가 한 말 중에 진실이 있기는 할까? 자기가 미국인이라고 주장하고 있지만, 술에 취했을 때는 강한 스코틀랜드 억양으로, 그것도 저지대 스코틀랜드 억양으로 말하는 것만 봐도 아니지 않은가.

생각이 꼬리에 꼬리를 물었지만, 잠시 후 프리실라가 도착해 그의 생각을 방해했다. 그는 텔레비전 전원을 껐다. "자, 해미시," 그녀가 활달하게 말했다. "내가 뭘 도와줄까요?"

그녀는 하얀 깃이 달린 검은 양모 원피스를 입고 있었다. 부드럽게 흘러내리다가 끝부분이 밖으로 말린 머리칼 위로 햇살이 반짝였다.

"내가 한심한 짓을 저질렀어요. 요전 날 밤에 얘기했던 랜디 두건이라는 자 알죠?"

"마초맨이라는 사람 말이군요. 알아요, 그가 어쨌는데요?"

"음, 내가 그에게 오늘 밤에 싸우자고 결투를 신청했는데, 살아서 돌아올 수 있을지 모르겠어요." 해미시는 프리실라에게 조르디 영감이 당한 치욕에 관해 들려주었고, 이렇게 이야기를 끝맺었다. "당신이 오늘 밤 결투에 관해 전혀 듣지 못했다니 의외네요. 내가 장담하는데, 여기서부터 스트래스베인까지 온통 오늘 벌어질 결투에 돈을 걸었을 거예요."

프리실라의 아름다운 얼굴이 경직되었다. "해미시, 대체 정신이 있는 거예요, 없는 거예요? 경찰은 일반 시민과 저속한 싸움 같은 걸 해서는 안 된다고요. 당장 그 결투 취소해요!"

"그럴 수가 없어요. 그자가 으스대면서 마을 사람들에게 내가 얼마나 겁쟁이인지 떠들어 댈 거라고요."

"그러면 당신이 알아서 해요. 당신의 그 고지 머리라면 얼마든지 빠져나갈 구멍을 찾아낼 수 있을 테니까요. 반칙이라도 써요."

"나도 자존심이라는 게 있어요."

"그 알량한 자존심도 당신이 쭈그렁 독신녀와 잠자리에 드는 걸 막지는 못했군요. 게다가 그 여자는 살인자였고요!"

프리실라는 거너리 양이 해미시가 가장 유력한 살인 용의자로 지목받았을 때, 그에게 알리바이를 주기 위해 그와 함께 잤다고 주장했던 일을 언급하고 있었다.

"그녀는 겨우 쉰 살이었어요. 그리고 난 그녀와 자지 않았고요. 그건 이미 해명했잖아요."

"당신이 계속 그렇게 주장한다는 게 놀랍기 그지없군요."

"쓸데없이 여기 와서 시간만 낭비한 것 같네요." 해미시가 심술이 나서 말했다. "당신에게 여성다운 연민을 조금이라도 기대하고 있었다니 내가 어리석었어요." 그들은 서로를 잡아먹을 듯이 노려봤다.

그러다가 해미시가 어색한 듯이 웃음을 터트렸다. "이렇게 싸우고 있으니 꼭 옛날로 돌아간 것 같네요. 랜디와 싸우러 가기 전에 우리 저녁이나 함께하면서 얘기나 좀 나누죠."

"난 존 글로버 씨와 저녁에 데이트가 있어요."

"그 나이 먹은 남자하고!"

"어리석게 굴지 마요. 당신도 전혀 젊지는 않아요. 그리고 그 사람 정말 매력 있어요."

"아, 맘대로 해요." 해미시가 소리 질렀다. 얼굴이 머리카락만큼이나 빨갛게 달아오르고 있었다. 그는 성큼성큼 걸어서 밖으로 나가 문을 부술 듯이 쿵 소리 나게 닫았다.

그는 밤이 오는 것을 두려워하며 끔찍한 하루를 보냈다. 지금까지 싸움을 몇 번 해 보기는 했지만, 랜디처럼 거친 자와는 한 번도 싸워 본 적이 없었다. 그는 이미 그 거대한 작자의 주먹이 얼굴을 두들겨 대고 뼈를 부수어 피가 솟구치는 기분을 느끼고 있었다. 돌풍은 잦아들었지만 비는 계속 내렸고, 커다란 빗방울이 경찰서 창문 위로 흘러내렸다. 해미시는 부엌 난로 옆에서 자신을 위로하듯 가느다란 팔로 몸을 감싸고 앉아 이런 식이든 저런 식이든 어서 빨리 싸움이 끝나 버렸으면 좋겠다고 소망했다.

그러나 부엌 벽에 걸린 시계가 째깍거리며 돌아 분이 지나고 시가 지나가도록 싸움을 피할 만한 방법은 전혀 생각나지 않았다.

제2장

그러나 나는 무시무시한 꿈을 꾸었다.
멀리 스카이섬 너머로,
나는 죽은 자가 싸움에서 이기는 것을 보았다.
그리고 난 그자가 나였다고 생각한다.
「오터본 전투」, 작자 미상

해미시는 문득, 비가 그쳤고 절대로 어두워지는 법이 없는 고지 여름의 창백한 황혼 녘 하늘이 머리 위로 멀리 뻗어 있다는 사실을 일종의 우울한 경외감을 느끼며 깨달았다.

그는 끔찍할 만큼 두려웠다. 어리석은 자존심 때문에, 이제 곧 그는 저 훤한 하늘 아래 랜디 두건과 정정당당한 태도로 싸움을 벌여야 할 터였다. 만약 경찰 업무 중에 랜디 같은 폭력배를 상대하게 되었다면, 해미시는 자신을 보호하기 위해 쓸 수 있는 비열한 수법이란 수법은 모두 동원했을 터였다. 항구로 가는 동안 그는 온 마을 사람이 돌아서서 자신을 지켜보는 모습을 당황스러운 심정으로 바라봤다. 심지어 무리에는 아이들과 목사 부부도 서 있었다. 저 사람들은 도대체 예의라는 걸 모르는 걸까? 지금 저들의 행태는 또 한 명의 기독교도가 사자 무리에 던져지길 기다리는 빌어먹을 로마인이나 다름없었다.

사람들이 그가 지나갈 수 있도록 양쪽으로 갈라져 길을 터 주었다. 그리고 환호와 함께 그의 등을 두드리며 말했다. "난 자네가 이긴다는 데에 걸었어, 해미시." 그는 제정신이 박힌 사람이라면 아무도 자신이 이긴다는 데 돈을 걸지는 않으리라고 생각했다. 그러다가 자신이 이 피에 굶주린 무리에게 오락거리를 제공해야 한다는 사실을 깨달았다. 기회만 있다면, 그는 랜디를 바닷속으로 밀어 버리리라고 결심했다. 절대로 공정한 싸움을 하지는 않을 작정이었다. 그는 프리실라가 선물해 준 손목시계의 반짝이는 문자판을 바라봤다. 결전의 순간인 11시 30분이 거의 다 돼 가고 있었다. 해미시 맥베스의 목덜미에 놈의 이빨이 박히게 될 순간이 점점 다가오고 있다는 의미였다.

"자네 좀 창백해 보이는구먼, 해미시." 누군가 말했고, 해미시는 미소와 함께 손을 흔들며 전혀 아무렇지도 않은 듯이 보이려고 애를 썼다. 그러나 프리실라가 보이지 않는다는 사실이 신경 쓰였다. 적어도 이런 일에는 와 봐야 하는 게 아닌가.

대체 그녀는 뭘 하는 걸까? 지금 이 자리에 서 있다가 랜디가 그를 끝장내면 그의 손을 잡고 그가 회복되도록 간호해 주어야 할 사람이 글래스고의 은행원이라는 작자와 연애질이나 하고 있다니.

"근사한 저녁 정말 고마워요." 프리실라가 존 글로버에게 말했다. 그들은 토멜성 호텔 현관홀에 서 있었다.

"잠자리에 들기 전에 술이나 한잔할까요?" 존이 물었다. "내 방에 좋은 몰트위스키 한 병이 있는데."

"아니요, 괜찮아요." 프리실라가 재빨리 말했다. "술은 다음에 하죠." 그녀의 눈은 시계를 바라보고 있었다. 11시 반! 프리실라는 해미시의 결투에는 신경 쓰지 않기로 결심한 터였다. 그 일에 관해서는 아무것도 알고 싶지 않았다. 그러나 가여운 해미시가 그 야만인 같은 작자의 손에 뭉개지기라도 한다면? 존 글로버는 매우 기분 좋은 대화 상대였지만, 그녀는 그와의 관계를 우정 이상으로 발전시키고 싶은 생각은 없었다.

"내일도 만날 수 있을까요?" 존은 서글서글한 프리실라가 왜 갑자기 긴장해서 산만해졌는지 의아해하며 물었다. 아마도 자신의 방에 가서 술을 마시자는 제안은 하지 말았어야 했을지 몰랐다. "난 진짜 술 한잔을 의미한 겁니다. 정말이에요." 그가 미소 지으며 그녀의 눈을 보고 말했다.

"물론이죠. 내 말은, 그러니까 나는…… 아, 정말 죄송해요. 내가 지금 해야 할 일이 있거든요. 잘 자요!"

프리실라는 서둘러 주차장으로 달려가 차에 올라타고는 주차장 자갈을 사방으로 흐트러트리며 속도를 내 달리기 시작했다. 아직은 있을지도 몰랐다! 해미시 맥베스가 비참하게 두드려 맞기 전에 싸움을 멈추게 할 시간이.

해미시는 시계를 확인했다. 11시 30분. 뭐 하는 거야, 랜디. 어서 끝내 버리자고. 그는 몰려든 인파들이 빚어내는 축제 같은 분위기에 분노가 치밀었다. 잡화점을 운영하는 인도인 파텔 씨는 아코디언을 들고 나와 스코틀랜드 민속 춤곡을 연주하고 있었다. 아이들은 늦게까지 자지 않아도 된다는 사실에 신이 나서 이리저리 뛰어다니며 소리 지르고 깔깔댔다.

해미시는 차츰 마음이 진정되는 것을 느꼈다. 전에도 이런 야비한 싸움에 말려든 적이 여러 번 있지 않았던가. 그는 랜디의 허풍에 지레 겁을 집어먹었을 뿐이다. 어쩌면 랜디 두건은 레슬링이라고는 해 본 적도 없을지 몰랐다. 프리실라가 그의 옆에 나타났다. "어떻게 된 거예요?"

"아직 아무 일도 없어요." 해미시가 말했다. "보나 마나 그 얼간이 녀석이 화려하게 등장하려 잔뜩 준비 중이겠죠. 그건 그렇고 당신이 여기 오다니 놀랄 일이네요. 데이트는 어땠어요?" 기분이 안 좋을 때면 해미시의 고지 억양에는 치찰음이 강해졌다.

"괜찮았어요. 존은 정말 재밌는 사람이에요. 스코틀랜드 은 행원치고는 상당히 국제적인 인물이기도 하고요."

"쳇, 이젠 나이 든 남자에게 점점 매력을 느끼기 시작하나 봐요."

"해미시, 당신은 지금 야수 같은 사람과 싸움을 앞두고 있어요. 어떻게 이런 상황에서 그런 사소한 일로 나와 말싸움을 하려고 드는지 내 상식으로는 도저히 이해를 못 하겠네요. 제발 정신 차리고 지금이라도 돌아가면 안 되겠어요?"

해미시는 아무 대꾸도 하지 않았고, 더는 대화도 이어지지 않았다. 사람들은 랜디가 도착할 때에 대비해서 양쪽으로 갈라져 길을 터놓고 기다리는 중이었다. 파텔 씨가 연주를 멈췄다. 사람들의 고개가 돌아가더니 랜디가 사는 언덕 쪽을 빤히 응시했다. 그는 위장색으로 칠해진 현란한 문양의 지프를 몰고 다녔다. 그 차의 엔진 소리는 유난히도 시끄러워서 그가 나타나면 언제든 쉽게 알아차릴 수 있었다. 하지만 군중이 완벽하게 조용해졌을 때, 유일하게 들려오는 소음은 항구에 쌓아놓은 목재 더미에 파도가 부딪치는 소리뿐이었다.

자정쯤 되었을 때 해미시는 차츰 기분이 들뜨기 시작했다. 어쩌면 엄청난 일이 벌어질지도 모른다는 생각이 들었다. 저 마초맨이 겁이 나서 줄행랑을 쳤을지도 모르는 일 아닌가.

그때 조르디가 침묵을 깨고 소리 질렀다. "그자는 덩치만 커다란 겁쟁이야." 그의 목소리는 매우 신이 나 있었다. "나도 그 녀석쯤은 얼마든지 때려눕힐 수 있다고." 그러고는 좁은 어깨에 힘을 꽉 주고 키득거리는 군중들을 향해 밤공기를 가르며 주먹을 휘둘러 댔다.

어부 아치 매클레인이 소리쳤다. "내가 언덕 위로 올라가서 왜 아직 집에서 안 나오고 있는지 알아보리다."

그가 걸음을 옮겼고, 모두가 기다렸다.

아치가 양손을 주머니에 찔러 넣고 휘파람을 불며 언덕을 천천히 걸어 올라갔다. 그는 그 거한이 겁에 질려서 집 안에 숨어 있는 모습을 보고 싶었다. 그렇게만 된다면 그자의 헛소리를 더는 듣지 않아도 될 터였다. 사실 처음에는 재미있었고, 공짜 술을 마시는 재미도 쏠쏠했지만, 다른 마을 사람들과 마찬가지로 그도 점점 랜디가 지겨워졌다.

마초맨이 지내는 휴가용 별장은 어느 잉글랜드 가족이 주문해 지은 것이었지만, 그들은 별장을 거의 사용하지 않았다. 집은 브리즈 블록*으로 지은 사각형 상자 모양으로, 집 앞에 있는 볼품없는 정원에는 헤더 덤불 외에는 아무것도 자라지

* 모래나 석탄재 등을 시멘트와 섞어 만든 가벼운 벽돌이다.

않았다. 집 안에는 불이란 불이 다 켜져 있었다. 스테레오가 고막이 터질 듯이 울려 댔다. 아치는 갑자기 초조해지면서 랜디를 향한 오래된 두려움이 다시 살아나는 듯한 기분이 들었다. 그는 음악 소리를 듣고 불빛을 보기 전까지는 대담한 기분을 느끼고 있었다. 마음속으로 랜디의 집이 어둠에 휩싸여 있고, 그 거구의 사내는 사라지고 없는 상황을 은근히 바라고 있었던 것이다. 그러나 이제 아치는 그를 대면해야 하는 상황에 긴장되기 시작했고, 랜디가 제발 너무 취해 있지 않기를 기도했다.

열린 현관문으로 음악 소리가 홍수처럼 쏟아져 나왔다. 스테레오에서는 세상을 향해 사악한 혐오감을 노래하는 그런 유의 랩 음악이 흘러나왔다.

아치는 초인종을 누르고 기다렸다. 대답이 없었다. "랜디?" 그는 조심스럽게 불러 보고 나서 다시 큰 소리로 불렀다. "랜디!"

어쩌면 워낙에 뻔뻔한 성격이라 약속도 잊고 잠이 들어 버렸을지도 모르겠다고 아치는 생각했다. 그는 안으로 걸어 들어가 좁은 통로에 잠시 서 있었다. 혹시 랜디가 여자와 함께 있을지도 모르지 않는가. 그는 마을 여자들에게는 조금의 관심이나 호의도 보인 적이 없었다. 하지만 그 속이야 누가 알겠는가. 아치는 거실 문손잡이를 돌리고 문을 살짝 밀어 연 후

안을 들여다보았다. 불이 환하게 켜진 거실은 텅 빈 듯했다. 다음으로 그는 침실 문을 빙 돌아 부엌으로 들어갔다. 거기에도 랜디는 없었다.

점점 대담한 기분을 느끼며 그는 거실로 다시 천천히 걸어 갔다. 다른 마을 사람들과 마찬가지로 그도 마초맨의 진짜 정체가 궁금했기에 거실을 뒤지면 랜디의 옛날 사진이나 신문 기사 같은 것을 찾을 수 있을지도 모르겠다는 생각이 들었던 것이다.

바로 그 순간 그는 공포의 비명을 내질렀다.

집 안을 뒤지기 전에 랜디의 지프가 평소 세워 두던 곳에 그대로 서 있는지 확인하기 위해 뒤창 쪽으로 걸어가던 중이었다. 지프가 그대로 서 있다면, 랜디가 정원에 있거나 어딘가 집 가까운 곳에 있을지도 모르기 때문이었다. 아치는 소파를 돌아 걸어갔고 창문 쪽으로 가까이 다가갔다. 그리고 바로 그때, 그는 랜디 두건의 몸 위에 정통으로 쓰러질 뻔했다.

랜디는 서 있을 때보다 훨씬 작아진 듯한 모습으로 죽어 바닥에 쓰러져 있었다. 그의 뒤통수는 총에 맞아 거의 다 사라지고 얼마 남아 있지 않은 듯했다. 그리고 절대 사고는 아니었다. 그의 손이 등 뒤로 결박되어 있었던 것이다. 이것이 아치가 겁에 질린 단 한 번의 시선으로 알아낸 모든 것이었다. 그는 전화 수화기를 집어 들 생각도, 그 끔찍한 음악을 끌 생각도 하지 못했다. 단지 돌아서서 죽을힘을 다해 달릴 뿐이었다.

그는 헤더 덤불 뿌리가 발목을 잡아 끌 때마다 바닥으로 얼굴을 박고 넘어지길 반복하며 언덕을 구르다시피 달려 내려갔다.

항구에 도착하자마자 그는 소리 질렀다. "어서들 와 봐, 정말 끔찍하고 무시무시해. 아, 맙소사. 누가 나 좀 도와 달라고."

해미시가 군중을 밀치고 앞으로 나아가 그에게로 서둘러 다가갔다. 아치는 하얗게 질려 온몸을 부들부들 떨어 댔다. "랜디가 죽었어." 그가 말했다. "해미시, 해미시. 오늘은 로흐두의 비극적인 날이라고. 누군가 그 빌어먹을 작자의 머리를 총으로 쏴서 날려 버렸어."

모여 있는 사람들 사이로 두려움과 수치심이 동시에 내려앉았다. 더는 흥청망청 즐기고 있을 상황이 아니었다. 이건 실제였다. 진짜 피와 시체였다. 어쩌면 그들 모두 결투 같은 건 기대도 하지 않았을지 모른다. 해미시 맥베스는 어떤 상황에서든 미꾸라지처럼 빠져나갈 수 있는 사람이었다. 어머니들은 해미시가 아치를 경찰서 쪽으로 데리고 가는 동안 아이들에게 집으로 가 있으라고 명령했다. "난 우선 스트래스베인에 전화부터 해야겠어요, 아치. 그런 다음에 랜디의 집으로 올라가서 현장이 훼손되지 않았는지 확인할 겁니다. 저기 아래 서랍에 스카치위스키가 한 병 들었을 테니, 꺼내서 마셔요."

아치가 위스키를 병째 벌컥거리며 마시는 동안 해미시는 스트래스베인으로 전화를 걸었다. 통화를 끝내고 그는 아직도 위스키병을 단단히 부여잡고 있는 아치를 경찰 랜드로버로 데리고 가서 태웠다.

그들은 랜디의 오두막까지 구불구불하고 울퉁불퉁한 언덕길을 차로 올라갔다. 전등은 여전히 환하게 밝혀져 있었고, 랩음악도 여전히 쾅쾅 울려 대며 조용한 고지 공기 속으로 그 폭력성을 쏟아 냈다.

해미시는 집 안으로 들어가 스테레오 스위치를 껐다. 죽음 같은 고요가 방 안으로 내려앉았다. 그는 아무것도 손대지 않은 채 서서 랜디를 내려다봤다. 묶여 있는 손과 날아가 버린 뒤통수가 눈에 들어왔다. 산탄총으로 쏜 것이 분명해 보였다. 그는 시체를 만져 봤다. 아직 따뜻했다. 그러고 나서 그는 방 안이 따듯하다는 사실을 알아차렸다. 집은 중앙난방이었는데, 난방이 높은 온도로 돌아가고 있었다. 그뿐만이 아니라 막아 놓은 벽난로 앞에 놓인 전기 히터의 전원도 켜져 있었다.

"나한테 처음 들어왔을 때 상황을 좀 진술해 줘야겠어요, 아치." 해미시가 말했다.

아치는 자신이 어떻게 시체를 발견하게 됐는지 더듬거리며 설명했다. 해미시는 그가 하는 말을 받아 적은 후 방 안을 둘러보기 시작했다. 사진은 하나도 없었다. 가구는 저렴하지만 쓸 만한 것이었는데, 잉글랜드인 가족이 자기들 가구는 창고에 보관하고 휴가용 별장으로 임대하기 위해 따로 갖춰 놓은 것이었다. 벽난로 위에는 고지 소 떼의 모습을 그린 싸구려 유화 한 점이 걸려 있었다. 값비싸 보이는 스테레오 장비는 랜디의 개인 소유물이 분명한 듯했다. 해미시는 신중하게 집 안을 살펴봤다. 침실도 집 안 나머지 장소와 마찬가지로 보잘것없었지만, 옷장에는 랜디의 화려한 의상이 잔뜩 걸려 있었고, 침대 옆에 놓인 탁자 위에는 포르노 잡지가 수북이 쌓여 있었다. 부엌에는 꼭 필요한 물품 외에는 아무것도 없었다. 음식도 거의 없었다. 그는 랜디가 바에서 식사를 대부분 해결하던 것을 기억해 냈다. 그는 다시 시체가 있는 곳으로 가서 무릎을 꿇고 앉아 주머니를 뒤져 보기 시작했다. 아무것도 없었다. 그는 술집에서 랜디가 악어가죽 지갑을 꺼내 보였던 것이 떠올랐다. 늘 지폐로 가득하던 지갑이었다. 그러나 지갑도 없었다. 종이쪽지 한 장도, 심지어 면허증이나 차량 열쇠도 없었다.

해미시는 당황스러운 기분으로 쪼그리고 앉았다. 누군가 랜디를 죽이기 위해 기회만 엿보고 있었다는 느낌이 들었다. 그는 조르디뿐 아니라 꽤 많은 사람에게 조롱과 위협으로 모욕을 주었다. 그러니 누군가 분노로 갑자기 정신이 나가 버렸다고 해도 이해할 만했다. 하지만 아무리 화가 난다고 해도 사람을 묶어 놓고 죽인다고! 그런 다음 시체를 뒤져 지갑과 신분증을 다 훔쳐 간다고!

마침내 해미시는 아치를 집으로 돌려보내고 스트래스베인에서 경찰이 도착하기를 기다렸다. 그러다가 그는 자신이 꽤 곤란한 지경에 처해 있다는 사실을 깨달았다. 보나 마나 스트래스베인 경찰도 성사되지 않은 결투 사건에 관한 소문을 듣게 될 테고, 그러면 그의 상관들은 순경이라는 자가 대중과 쌈박질이나 하고 다닌다며 분노할 게 분명했다. 이 사건이 해결되고 나서도 그가 계속 경찰로 남는다면, 그건 대단한 행운이될 터였다.

해미시는 인생의 골칫거리인 블레어 경감이 제발 휴가 중이길 기도했다. 해미시라면 치를 떠는 블레어는 그가 곤경에 처했다는 사실을 그 누구보다 기뻐할 터였다.

의사 브로디 선생이 도착해서 그의 우울한 생각을 방해했다. "스트래스베인에서 경찰이 도착하기 전에 내가 한번 살펴보는 게 좋을 것 같아서 왔네. 그가 정말 죽은 건가? 아, 이런," 브로디 선생이 시체를 보자마자 말했다. "그 사실에는 의심의 여지가 없구면. 확실히 사망했네. 대체 누가 이랬을까, 해미시?"

"저도 모르죠." 해미시가 말했다. "주변을 수소문해 봐야 할 것 같습니다. 전 술집에는 거의 드나들지 않았거든요. 실은 랜디가 술집에 있을 때 딱 한 번 들른 적이 있기는 해요. 그가 로흐두에 처음 머물기 시작하던 시점이었는데, 그때부터 그가 사람들에게 술을 사기 시작했고, 그래서 인기를 얻을 수 있었던 거죠. 혹시 떠돌던 소문 같은 건 없습니까? 이 지역 여자들과 어울렸다든가 하는?"

"아니, 하지만 그가 사람들을 짜증 나게 하기 시작했다고 하더군. 아니, 적어도 그게 앤절라가 들은 얘기라네." 앤절라는 브로디 선생의 아내였다.

"가여운 조르디 매켄지 씨에게 했던 것처럼 말이죠?"

"난 그 사람 얘기는 못 들었네. 그렇지만 산림 인부인 앤디 맥태비시하고 대판 싸웠다고 하더군."

"음, 그거 정말 놀랄 만한 일이네요." 해미시가 분연히 말했다. "그런 얘기는 금시초문이에요. 내가 두건과 싸움을 벌일 예정이었고, 마을 사람 모두가 그걸 구경하겠다고 다 몰려나와 있었거든요. 그런데 그가 앤디와 싸웠는데, 그 얘기를 들은 사람이 아무도 없다니요! 대체 어떻게 된 일일까요?"

"자네도 앤디가 어떤지 알잖나. 자기가 대단히 강한 사람인 줄 착각하고 산다고. 그가 랜디 두건의 신경을 슬슬 건드려서 랜디가 교회 묘지에서 한판 붙자고 한 거야. 그러고는 앤디를 아주 치도곤을 놓은 거지. 내가 들은 걸로는 그래."

"제가 뭐 더 알아야 할 거 있습니까?" 브로디 선생이 시체 위로 몸을 숙이고 있는 동안 해미시가 골이 나서 물었다.

"죽은 지 얼마 안 됐군." 브로디 선생이 중얼거렸다.

"그건 집 안이 용광로처럼 뜨거워서일지도 몰라요. 뭐 소문 들으신 거 더 없어요?"

"아치 매클레인 얘기도 들리더군."

"그럴 리가요!"

"목사님 아내, 웰링턴 부인이 어젯밤 늦은 시간에 항구에서 랜디와 아치가 서로에게 고함을 질러 대는 걸 들었다고 하네. 해미시 자네가 랜디를 초주검을 만들어 놓을 거라고 아치가 말하니까, 랜디가……"

"아, 계속하세요. 감당할 준비 됐으니까요."

"랜디가 자네 같은 지푸라기는 자기 상대가 안 된다면서, 자네를 아침밥처럼 조각조각 잘라 주겠다고 했다더군. 아치 는 자네가 저 유명한 스코틀랜드 병사 앨런 브렉 같은 훌륭한 전사라고 했고, 랜디는 마누라에게 바가지나 긁히며 사는 작 은 새우 같은 아치가 뭘 알겠느냐고 비아냥댔고. 그러자 술에 잔뜩 취해 있던 아치가 '평생 그 말을 후회하며 살도록 해 주 지…… 물론 네놈이 계속 살아 있다면'이라고 말했다더군."

"맙소사! 또 없습니까?"

"나중에 하지. 보아하니 스트래스베인에서 훌륭한 형사 나 리들이 도착한 모양이네."

해미시는 블레어 경감의 모습을 떠올렸고, 곧 블레어의 돼지 같은 작은 눈에서 뿜어져 나오는 광선을 보았다. 그는 자신이 곤경에 처했음을 직감했다. 아예 일어나지도 않은 싸움에 관해 블레어 경감이 쓸데없이 떠들고 다니지 않게끔 애써 볼 생각이었지만, 진짜 그렇게 할 수 있으리라는 기대는 거의 하지 않았다.

살인 사건 수사의 느린 절차가 천천히 진행되고 있었다. 사건 현장인 랜디의 집 밖에 임시 수사본부 트레일러가 설치되었다. 하얀 작업복을 입은 감식반원들이 가구와 카펫 구석구석을 헤집고 다녔다. 그들은 랜디의 손을 묶은 밧줄도 조사했고, 곧 그것이 스코틀랜드 전역에 있는 수많은 상점에서 흔히 구할 수 있는 것이라는 실망스러운 결과를 발표했다.

긴 밤이 천천히 지나갔다. 해미시는 보고서를 작성하러 경찰서로 돌아갔다. 그는 해고 통지를 기다리고 있었다.

블레어 경감이 늘 함께 다니는 부하 앤더슨과 맥내브를 대동하고 나타났을 때, 해미시는 경감의 미소 띤 표정을 보고는 기대하던 곤경이 도착했음을 단번에 깨달았다. "이런, 맥베스," 블레어가 조롱 조로 말했다. "지금 이 순간부로 자네는 가장 유력한 살인 용의자네."

"저와 잠시 따로 얘기 좀 나누실 수 있을까요?"

"물론이지. 그렇지만 그런다고 뭐 달라지는 건 없을 거야."

블레어 경감이 맥내브와 앤더슨 쪽으로 고개를 홱 돌렸다. "나가서 기다리게."

형사들이 밖으로 나가자 해미시가 심드렁하게 말했다. "그 싸움에 관해 들으셨군요."

블레어가 뚱뚱한 두 손을 문질렀다. "그래, 들었지. 이제 내일이면 스트라스베인 전체가 그 얘기를 듣게 될 거야. 자넨 똥통에 깊이 빠진 거라고."

"저기요," 해미시가 절망적으로 말했다. "그건 좀 비밀에 부쳐 주시면 안 될까요? 지금까지 제가 해결한 사건의 공을 경감님께 여러 번 넘겨 드렸잖아요. 그러니까 제가……" 그 순간 해미시는 언급해서는 안 될 말을 했다는 사실을 깨닫고는 말끝을 흐렸다.

블레어의 얼굴이 분노로 어두워졌다. "이미 데이비엇 총경님께 전화를 걸었어. 그리고 이 멍청한 친구야, 내가 여길 찾아온 또 다른 이유는 말이지, 자네가 내일 아침 눈뜨자마자 스트라스베인으로 찾아가 총경님께 보고해야 한다는 사실을 알려 주기 위해서라고. 놀고먹는 자네 직업이 하늘로 펑 하고 사라져 버린 거지. 이런 일이 있었으니 총경님도 이제 더는 자네가 경찰 짓을 하게 둘 순 없을 거라고."

"그럼 전 이번 수사에도 참여할 수 없다는 겁니까?"

"어허, 이 사람이, 경찰에서 떨려 나면 사건에서도 손 떼는 건 당연하지." 블레어 경감이 공격적으로 변할 때면 그렇지 않아도 강한 글래스고 억양이 더욱 강해졌다. 그가 돌아서서 밖으로 나갔다.

해미시는 다시 음울한 생각에 빠져들었다. 왜, 아니, 왜, 그는 랜디의 그 멍청한 도전을 받아들였던 걸까? 그는 사건에 관해서는 아무 생각도 할 수 없었다. 랜디는 허풍선이에 협박을 일삼던 자였다. 그러니 마을 사람치고 그를 애도할 사람은 없을 터였다. 하지만 지금 처한 상황에 대한 걱정에도 불구하고, 해미시는 자신의 무책임한 행동이 상황을 악화시켰다는 자책감으로 마음이 불편했다. 대체 뭐 이런 경찰이 다 있단 말인가? 랜디는 난데없이 나타난 이방인이었다. 그런데도 그는 랜디에 관해 단 한 번도 조사나 탐문을 해 보려는 시도조차 하지 않았다. 하지만 지금 그는 자신에게 너무 가혹한 잣대를 들이대는 건 아닐까? 사실 랜디를 조사할 만한 법적인 근거는 아무것도 없었다. 허풍을 떠는 게 범죄는 아니지 않은가. 어쨌든 이제 그런 건 아무 상관도 없었다. 차라리 이럴 시간에 짐이나 싸는 게 나을지도 몰랐다. 내일 아침 스트래스베인에서의 면담이 끝나고 나면, 해미시 맥베스는 더 이상 경찰 조직에 속해 있지 않을지도 모르기 때문이었다.

프리실라 할버턴스마이스는 다음 날 아침 식사 자리에서

해미시가 곧 해임될 위기에 처해 있다는 사실을 호텔 여직원들에게서 전해 들었다. 지미 앤더슨이 아치 매클레인을 면담하는 과정에서 아치가 자신은 해미시와 면담하겠다고 요청하자, 해미시 맥베스는 호출을 받고 스트라스베인으로 갔고 곧 해임될지도 모른다는 사실을 무심코 흘렸다는 것이었다. 그 누구보다도 프리실라는 그게 해미시에게 어떤 의미인지 잘 알고 있었다. 마을 사람 중 일부는 해미시가 경찰 같지도 않은 게으름뱅이라고 생각할지도 몰랐지만, 프리실라는 해미시가 게으르고 빈대 붙기 좋아하며 가끔 밀렵을 하기는 해도, 경찰 일에 깊은 책임감을 느끼고 로흐두를 진심으로 사랑한다는 사실을 잘 알았다. 해고된다면 해미시는 로흐두에 더는 머물지 못하게 될 터였다. 그리고 그가 없는 로흐두는 결코 전과 같지 않을 터였다. 과거 둘 사이의 견해차나 그에게서 받은 상처와 고통에도 불구하고, 프리실라는 그 사실을 누구보다도 잘 알았다.

그녀는 호텔 사무실로 가서 총경의 아내 데이비엇 부인에게 전화를 걸었다.

간단한 인사말과 그동안의 안부를 묻는 말이 한두 차례 오가고 난 후 프리실라가 말했다. "해미시가 해고될지도 모른다는 얘기를 듣고 너무 놀라서 전화했어요."

데이비엇 부인의 목소리는 신중했다. "글쎄요, 프리실라,

나도 그 얘기를 듣기는 했어요. 마을 주민이 보는 앞에서 공공연히 싸움을 벌이려고 준비하던 경찰이라면 공권력을 유지할 만한 자격이 있는 사람이라고 할 수 없겠죠."

상류층 흉내를 내는 총경 부인의 말투가 평소와 마찬가지로 프리실라의 귀에 거슬렸지만, 속물근성도 때로는 나름의 쓸모가 있는 법이었다.

"그가 해고된다니 참 애석한 일이네요." 그녀가 말했다. "우린 늘 그가 우리 일원이라고 생각해 왔거든요. 바로 며칠 전에도 파더스 경이 아버지를 찾아와서 '해미시도 우리 일원입니다'라고 했으니까요."

"파더스 백작 말인가요?" 데이비엇 부인의 목소리가 살짝 떨렸다.

"그분 말고 다른 파더스 경이 있는지는 잘 모르겠네요." 프리실라는 살짝 비열한 기분이 들기 시작했지만, 그래도 밝은 목소리로 대꾸했다.

"다들 해미시가 좀 괴짜라는 걸 알고 있잖아요." 데이비엇 부인이 말했다.

"하지만 살인 사건을 해결하는 실력만큼은 타의 추종을 불허하죠."

"내 생각엔…… 음, 어떻게 말하면 좋을지 모르겠지만…… 프리실라와 해미시가 더는 사귀는 사이가 아니라서……"

"아, 우린 지금도 굉장히 친한 친구 사이예요."

잠시 침묵이 흐른 후 데이비엇 부인이 말했다. "내가 오늘 오후에 어쩌면 그쪽으로 나갈 일이 있을지도 몰라요."

"저기, 해미시가 오늘 아침에 남편분과 면담이 있다고 하던데요." 프리실라는 그 말이 잠시 허공중에 걸려 있도록 내버려 두었다. 만약 이 성가신 여자가 해미시를 돕기 위해 아무 일도 하지 않는다면, 프리실라도 그녀에게 낭비할 시간 같은 건 전혀 없을 터였다.

"내가 남편과 잠시 얘기를 나눠 볼 수도 있을 것 같네요. 그러고 나서 그쪽으로 찾아갈게요."

"어머, 어쩜 이렇게 사려 깊으세요." 프리실라가 말했다. 그러고는 살짝 미소 지으며 수화기를 내려놓았다.

해미시는 침울한 기분으로 데이비엇 총경 사무실 밖에 앉아 있었다. 능률적인 비서 헬렌이 덜거덕거리며 타자를 입력하는 동안 이따금 해미시 쪽으로 냉담한 시선을 던졌다. 그녀는 해미시를 좋아하지 않았다. 경찰 본부는 해미시 맥베스가 경찰에서 쫓겨나게 됐다는 소문으로 떠들썩했다.

해미시는 해고된 후에 무엇을 해서 먹고살지 곰곰이 생각해 보는 중이었다. 하지만 로흐두의 순경 이외에 다른 직업은 생각해 낼 수가 없었다. 마침내 비서의 책상 위에서 버저가 울렸다. 그녀가 안경 너머로 해미시를 쏘아봤다. "이제 들어가 보세요."

해미시는 껑충한 몸을 천천히 풀어 자리에서 일어섰다. 챙 있는 모자를 겨드랑이에 끼고 그는 깊이 숨을 들이마신 후 총경 사무실 문을 열었다.

"앉게, 맥베스." 데이비엇 총경이 고개도 들지 않고 말했다. 그는 화가 잔뜩 나 있었다. 해미시를 단칼에 해고해 버릴 만반의 준비를 하고 있었는데, 하고많은 사람 중에 다른 사람도 아닌 아내가 사색이 되어 전화를 걸어서는 만약 해미시가 해고된다면 자신의 사교 생활이 전부 망쳐지게 되느니 마느니 난리를 쳐 댔기 때문이다. 게다가 더 중요한 것은 아내가 그동안 해미시가 해결했던 모든 범죄에 관한 사실을 그에게 상기시켰다는 점이었다.

마침내 그가 고개를 들었다. "자네가 지금 여기 왜 불려 왔는지 아는가, 맥베스?"

"예." 해미시가 침울하게 대꾸했다.

"안다는 거야?"

"예, 총경님."

"그럼 어디 변명이라도 해 볼 텐가?"

"이게 보기보다 그렇게 심각한 건 아닙니다." 해미시가 말했다. "사실 전 그자와 싸울 생각이 없었거든요. 전혀요. 물론

제가 거기서 만나자고 한 건 맞습니다. 하지만 저는 공개적으로 좀 주의를 시키고 마을 사람들을 괴롭히지 말라고 경고하려던 것뿐이었습니다."

"하지만 블레어 경감 말로는, 마을 사람이 전부 거기 모여 있었고, 심지어는 다들 두 사람의 싸움에 내기까지 걸었다고 하던데."

"제가 만약 그에게 설교나 늘어놓을 거라고 말했다면, 거기엔 아무도 나타나지 않았을 겁니다. 저는 가능한 한 많은 사람이 모이게 하고 싶었습니다. 총경님도 들으셨는지는 모르겠지만……" 해미시는 거짓말을 할 때면 으레 그러듯이 얼굴에 매우 진지하고 정직한 표정을 지으며 앞으로 몸을 기울였다. "두건은 허풍도 심하고 협박도 일삼는 자였습니다. 그런 인간이 참고 넘기지 못하는 단 한 가지가 있다면, 그건 바로 사람들 앞에서 망신당하는 거죠. 총경님, 제가 사람들과 단 한 번이라도 싸움을 한 적이 있습니까?"

데이비엇 총경이 해미시를 찬찬히 바라봤다. 해미시는 부디 자신이 싸움에 연루됐던 일화 중 그 어느 것도 총경의 귀에 들어간 게 없기를 간절히 기도했다. "없지." 총경이 인정했다. "하지만 표면상으로라도 공개 결투를 신청한 탓에 자넨 이번 살인 사건의 주요 용의자가 돼 버렸어."

"말도 안 됩니다. 저는 두건을 만나기로 약속한 시각까지 경찰서에 있었습니다. 제 사무실 창문 블라인드도 다 올리고 불도 다 켜 놓고요. 그러니 그 시간에 경찰서 옆을 지나간 마을 사람이 모두 저를 보았다는 사실을 증명하는 보고서를 총경님도 이미 받아 보셨으리라 생각합니다. 제 말은, 단지 제가 경찰이라고 해서 제 결백을 뒷받침할 만한 증거를 수집하지 말라는 법은 없지 않습니까."

총경이 인상을 찌푸렸다. 블레어 경감은 아무 증거도 제출하지 않았고, 단지 결투에 관한 보고서만 제출했을 뿐이었다.

"아직 그럴 만한 시간이 없었을 걸세." 총경이 말했다.

"하지만 제게 해고를 의미하는 혐의를 덮어씌우는 것은 매우 심각한 일입니다. 그러니 제게 개인적인 원한이 있지 않은 한은, 어떤 경찰도 정확한 증거 없이 그런 짓을 할 리 없죠."

"그 정도면 됐네." 데이비엇 총경이 그의 말을 잘랐다. 블레어 경감이 해미시를 혐오한다는 건 널리 알려진 바였다. 이제 총경은 해미시에게 향해 있던 자신의 분노가 블레어에게로 향하는 것을 느꼈다. 만약 해미시를 제거하고 싶었다면, 블레어는 그에 마땅한 증거나 보고서를 들이밀었어야 했다.

"솔직히 말해서," 해미시가 조용히 말을 이었다. "만약 제가 해고된다면, 아, 생각하고 싶지도 않습니다만, 어쨌든 그렇게 된다면, 저는 공식적으로 특별조사위원회 심리를 신청하는 것 외에 다른 방법은 없을 것 같다고 생각하고 있습니다. 그건 다시 말해서, 살인 사건 수사 중간에 언론을 상대해야 한다는 걸 의미할 테지만, 저는 부당함을 그냥 참고 넘어가는 그런 사람이 아니거든요." 그가 매우 진지하게 덧붙였다.

데이비엇 총경은 식은땀을 흘리기 시작했다. 해미시는 침착하고 결의에 찬 모습이었다. 그는 해미시가 차라리 파멸할지언정 이 쓰레기 더미를 피해 달아나지는 않으리라고 굳게 결심했다는 건 알지 못했다.

총경은 해미시의 해고에 관해 묻는 경찰 심리와 언론의 질문 공세가 눈에 선히 보이는 듯했다. 해미시는 자신이 진실을 말하고 있으며, 자신의 진짜 의도는 두건에게 경고나 몇 마디 하려던 것이라고 주장할 게 분명했다. 또한 그 주장이 사실임을 증명해 줄 마을 사람을 족히 스무 명도 더 데려다 놓을 수 있을 터였다. 게다가 자기 아내도 만약 프리실라 할버턴스마이스를 만나기 위해 토멜성을 방문할 기회가 아예 없어져 버리기라도 한다면 남편을 절대로 용서하지 않을 터였다.

그는 깊이 숨을 들이마셨다. "이번에는 내가 자네의 해명을 받아들이기로 하겠네, 맥베스. 하지만 오늘부로 다시는 그런 비슷한 일도 일어나게 하지 말게. 내 말 알아들었나?"

해미시는 안도감이 온몸을 휘감아 오는 것을 느꼈다. 자신이 이번 일에서 벗어났다는 사실을 믿을 수가 없었다. "예, 알겠습니다. 고맙습니다, 총경님."

"그럼 가 보게. 그리고 로흐두에 도착하면, 블레어 경감에게 즉시 내게 보고하라고 전하고."

"물론입니다, 총경님."

"좋아. 이제 자네는 끝났네."

해미시는 놀란 눈으로 총경을 바라봤다.

"끝났다는 말이 그 말이 아니라, 인제 그만 자네 업무로 돌아가라는 말이야."

해미시는 서둘러 문으로 움직였다. 밖으로 나가자 복도에 경찰들이 몰려서 있었다. 그는 재빨리 처량한 표정을 지었다. 갑자기 로흐두에 있는 블레어 경감이 해미시 맥베스가 해고되었다는 소식을 전해 들었으면 좋겠다는 생각을 했다. 그렇게 되면 데이비엇 총경의 질책이 훨씬 더 뼈아프게 느껴지지 않겠는가.

스트래스베인을 벗어나자마자, 그는 집으로 가는 내내 흥겹게 노래를 불렀다. 여전히 비가 내리고 있었고, 안개가 보라색 헤더가 뒤덮인 산등성이 위아래로 움직였다. 로흐두로 향하는 길고 구불구불한 마지막 언덕길을 차를 몰고 가는 동안, 그는 자신의 마음이 두건의 살인 사건으로 서서히 옮겨 가고 있음을 깨달았다. 두건이 살해당한 건 확실했다. 하지만 살해된 시각을 특정 짓기가 어려웠다. 살인자는 중앙난방 장치의 온도를 올려놓을 만큼 굉장히 영리한 자였다. 하지만 경찰은 두건의 위 속에 들어 있는 음식물로 살해 시점을 꽤 근사치까지 맞힐 수 있을 터였다. 그리고 두건의 배경도 조사해 봐야 했다. 그는 살인자가 마을 사람 중의 하나가 아니라, 두건이 과거에 알던 누군가이기를 마음속으로 간절히 바랐다. 하지만 쉴 새 없이 내리는 비 때문에 마을 사람들의 신경도 상당히 날카로워져 있었다. 조르디 매켄지가 범인일까? 어쩌면 그처럼 작은 체구의 사내도 분노와 억울함이 극에 달하면 확 불타오를지도 모르지 않는가……

그는 자신이 부디 범인이 마을 사람이 아니기를 간절히 바라고 있음을 깨달았다. 가망 없는 희망인 줄은 알았지만, 포기할 수가 없었다.

부둣가를 따라가는 동안 마을 사람들이 둘러서서 이야기를 나누는 모습이 보였다. 언덕 위 두건의 집 옆에는 경찰 밴 두 대가 서 있고, 현장에 둘러쳐진 파란색과 흰색 경찰 테이프가 불어오는 바람에 펄럭였다. 그는 경찰서 문을 따고 안으로 들어갔다. 그리고 자신을 반기며 허우적대는 앞발이 더는 느껴지지 않는다는 사실을 깨달았다. 이제 더는 개가 없다는 사실에 그는 갑자기 가슴이 저며 왔다. 타우저는 죽어서 경찰서 위쪽 언덕에 묻혀 있었다. 해미시가 막 커피 한 잔을 내렸을 때, 부엌문이 열리더니 블레어 경감이 만면에 혐오스러운 미소를 지으며 안으로 들어섰다. "그래, 짐은 언제 쌀 텐가?" 그가 조롱하듯이 물었다.

"바로 싸야죠." 해미시가 말했다. "참, 잊어먹을 뻔했네. 지금 당장 스트래스베인으로 보고하시랍니다. 총경님이 경감님과 얘기할 게 있다고 하던데요."

"무슨 얘기?"

해미시는 어깨를 으쓱했다. "제가 높은 분들 마음까지 어떻게 알겠습니까? 하지만 총경님 표정을 보면 가능한 한 빨리 스트래스베인으로 가서야 할 것 같던데요."

블레어는 스트래스베인으로 빠르게 차를 몰았다. 그는 자신이 곤경에 처했다는 사실은 직감했지만 그 이유는 알 수 없었다. 어쨌든 맥베스와 관련된 일은 아닐 게 분명했다. 잘못을 저질렀으면 당연히 그에 마땅한 처분을 받아야 했다. 그래서 제정신이 박힌 상관이라면 당연히 그래야 하듯이 자기가 해미시의 범죄 사실을 위에 보고한 것이 아니던가. 때로 그는 목을 길게 빼고 백미러로 자신의 얼굴을 바라보며 총경 앞에서 지을 적절한 표정을 연습했다. 아주 쾌활한 표정으로, '사모님께서는 안녕하신가요, 총경님?' 진지한 표정으로, '저는 중요한 사건 수사 중에 불려 왔습니다.' 당황하고 의아한 표정으로, '무슨 일입니까, 총경님?' 그는 무리에서 빠져나와 길을 헤매던 양 한 마리를 거의 차로 칠 뻔한 후에, 마침내 당황스러운 표정이 제일 낫겠다고 마음을 정하고는 총경실로 향하는 계단을 올라가는 순간까지도 연습한 표정을 얼굴에서 지우지 않았다.

블레어가 총경실에 들어섰을 때 피터 데이비엇 총경은 바쁘게 무언가를 적고 있었다. 블레어는 어색하게 서서 어서 총경이 고개를 들어 자신이 적절한 표정을 짓고 있는 모습을 봐주기를 바랐다. 밖에서는 다시 거세진 바람이 현대식으로 지은 네모난 콘크리트 경찰 본부 건물 주변을 휘몰아치며 기분 나쁘게 울부짖었다. 갈매기 한 마리가 창밖 가로대에 앉아 냉소적인 시선으로 블레어를 바라봤다. 블레어 경감은 헛기침을 하고 한쪽 발을 질질 끌었다. 점점 화가 일어났다. 적절한 표정은 무슨 얼어 죽을 적절한 표정. 그는 책상 맞은편으로 의자 하나를 끌어다 놓고 자리에 앉아 팔짱을 꼈다. 이제 그의 거대한 모습은 심술이 잔뜩 난 버릇없는 아이처럼 보였다.

"아, 블레어 경감," 마침내 데이비엇 총경이 입을 열었다. "자네 이번 일 처리는 정말 형편없었네."

"두건의 살인 사건 말씀이신가요, 총경님?"

데이비엇 총경이 아내가 생일 선물로 준 금박이 씌워진 펜을 아래로 던졌다. "아니, 두건의 살인 사건 말고. 맥베스 건을 말하는 거네."

"그 일은 있는 그대로 보고드린 겁니다, 총경님. 그가 마을 주민 중 한 명에게 결투를 신청했고, 로흐두 마을 사람이 전부 다 그 결투를 보기 위해 모여 있었거든요. 그래서 그가 두건 사건의 가장 중요한 용의자가 되는 거고, 그러니 해고되어야 마땅합니다."

"그래, 나도 자네 보고서는 읽었네. 몇 개의 짧은 문단이 전부더군. 그런데 맥베스의 얘기를 들어 보니, 그는 마을 사람이 전부 모인 앞에서 두건에게 경고나 몇 마디 하려던 거였다고 하더군."

"말도 안 되는 헛소립니다!"

"그럴지도 모르지. 하지만 자네는 그게 아니라는 어떠한 증거도 제시하지 않았네. 자넨 맥베스 순경이 사건 용의자라고 했네. 그런데 맥베스는 자네가 말하는 그 싸움이 벌어지기 전에, 자신은 경찰서 사무실에 있었고, 그 앞을 지나가는 사람은 누구라도 자신을 볼 수 있는 상황이었다고 주장하네. 이 사실을 확인해 봤나?"

"확인해 볼 이유도 없었습니다." 블레어가 분노에 차 소리 질렀다. "설마 그가 두건에게 경고나 몇 마디 하려던 거라는 그 말도 안 되는 변명을 믿는다고 말씀하시려는 건 아니겠죠?"

"들어 보게, 블레어, 그것도 아주 잘. 내가 만약 맥베스를 해고한다면, 그는 특별조사위원회 심리를 신청할 거야. 그러니 자네도 잘 알다시피, 완벽한 수사가 이루어지지 않고서는 그를 해고할 수가 없어. 보나 마나 그는 사건에 관한 자신의 각색을 늘어놓을 테고, 마을 사람들에게도 그들의 각색판을 말해 달라고 요청할 걸세. 대체 마을 사람들이 누구 편을 들 거라고 생각하나? 우리일까, 맥베스일까? 게다가 고지 경찰이 완전한 조사도 없이 해고되었다는 사실이 알려지면 언론이 지금까지 그가 해결했던 사건에 관해 파고들기 시작할 거야. 그는 인기가 상당하지 않나. 맙소사, 이 사람아, 게다가 파더스 경이 얼마 전에 그에 관해서 뭐라고 했는지 아나? 난 지금 우리 지부 회원이신 파더스 백작을 말하는 거야. 그분이 맥베스도 '우리 일원'이라고 했네. 그 말은 우리 등 뒤에는 언론만 있는 게 아니라 가장 힘 있는 프리메이슨 단원 하나도 있다는 거라고. 자네가 마을 사람들이 해미시가 해고되리라는 사실을 전해 듣기 전에 맥베스가 결투를 신청했던 진짜 의도에 관해 진술을 받아서 적절한 보고서를 작성해 넘겼더라면, 우린 그를 해고하는 데 아무런 어려움도 없었을 거야. 그는 질서를 유지하네. 게으르고 비정통적인 방식을 사용하기는 해도 늘 결과를 얻어 낸다고. 그러니 이번에는 우리가 참고 감당하는 수밖에 없네. 로흐두로 돌아가게. 더는 사적인 충돌 같은 건 원치 않네. 자네와 자네 부하들이 이번 살인 사건을 수사하고 맥베스는 평소 일을 계속하게 하라고. 그리고 그에 관해서 더는 어떤 보고서도 올리지 말게."

"만약 맥베스가 진짜로 두건을 살해한 거라면요?"

"한심한 소리 좀 작작 하라고. 사망 시점은 나왔는가?"

"아직입니다."

"자넨 이번 살인이 폭력배가 저지른 사건이라고 생각하나? 피해자의 손이 등 뒤로 결박돼 있었다면서?"

"이 사건이 글래스고나 심지어 이곳에서 일어났다면, 아마도 그렇다고 생각했을 겁니다." 블레어가 무겁게 대꾸했다. "아직 부검 결과를 기다리는 중입니다. 피해자가 상당히 거구에 힘도 장사였거든요. 그러니 마취를 시키고 총을 쏘기 전에 먼저 손을 결박했을 겁니다."

"음, 우리가 두건의 배경을 조사하고 있네. 그러니 뭔가 알아낼 수 있을 거야. 만약 피해자가 알려진 범죄자였다면, 이번 사건은 복수극일 수도 있겠지. 이제 가 봐도 좋네, 블레어 경감. 그렇지만 앞으로는 맥베스에 대한 자네의 노골적인 반감이 수사를 방해하지 않게 하라고."

블레어 경감은 밖으로 나가서 천천히 층계를 내려가 남자 화장실에 들어가서 거울에 머리를 쿵쿵 박았다. 그리고 누군가 제발 해미시 맥베스를 살해해 달라고 빌었다.

제3장

살인은 하나의 예술로 간주되었다.
토머스 드퀸시

블레어 경감은 그 어느 때보다도 단호하게 해미시 맥베스를 사건 수사에서 제외하리라 마음먹었다. 그러나 해미시는 로흐두 주민이었기에 마을 사람들은 그를 찾아가서 주변에 떠도는 소문을 털어놓곤 했다. 강압적인 분위기에서 블레어 경감과 면담을 마친 마을 사람들은 상처받은 마음을 위로받으려고 곧장 해미시의 부엌으로 향했다. 첫 번째 방문객은 아치 매클레인이었다.

"정말 끔찍한 일이야, 해미시." 그는 심술이 잔뜩 나 있었다. "시민의 의무를 다하면서 시체까지 발견해 신고한 사람이 살인자로 의심받는 상황이 말이 되냐고."

해미시는 화가 난 어부 앞에 위스키 탄 커피를 가득 채운 머그잔을 내려놓고 부엌 탁자에 그와 나란히 앉았다. "한 가지 물어보고 싶은 게 있어요, 아치." 해미시가 조심스럽게 말했다. "살인 사건이 일어나기 전날 밤, 당신이 랜디와 함께 항구에 있었고, 그에게 협박을 했다는 얘기를 들었어요."

"아, 그건 자네가 신경 쓰지 않아도 되는 일이야. 랜디가 하도 염장을 질러서 성질이 나 그냥 몇 마디 한 거라고. 다 헛소리지. 다들 화가 나면 상대방에게 죽여 버리겠다고 큰소리도 치고 그러잖아."

"그렇지만 그런 말을 들었다고 정말 다 죽거나 하지는 않잖아요!"

"그 덩치에게 죽여 버리겠다고 협박한 게 나 하나는 아니라고." 아치가 머그잔에 코를 묻으며 말했다.

"앤디 맥태비시와 싸움이 있었다는 얘기도 들었어요."

아치가 고개를 들었다. 그가 성긴 잿빛 머리칼을 벗어진 이마 위로 쓸어 넘기고는 풀 먹인 옷깃 속의 목을 비틀었다. "난 어떤 숙녀를 떠올리고 있었어."

"어허, 나 참, 어서 말해 봐요. 어차피 내가 조만간 알아낼 거라고요."

"내가 그 숙녀의 이름에 먹칠을 할까 봐 걱정돼서 그러는 거라고."

"그러니까 더 궁금하잖아요. 대체 왜 안 하던 짓을 하고 그 래요?"

"안 하던 짓이라니?"

"내 말은, 평소에는 숙녀의 평판을 보호하는 일 같은 거엔 관심도 없었잖아요."

"자네가 어떻게 알아?" 아치가 분개했다.

"우리 싸우지 말자고요." 해미시가 침착하게 말했다. "아치 도 용의자예요. 많은 사람이 용의자가 될 거라고요. 그렇지만 정직한 사람은 두려워할 게 없어요."

"블레어 같은 인간이 마을을 헤집고 다니면서 모두를 비난 하는 상황에서는 모두가 두려워서 벌벌 떨 수밖에 없어."

"제발요, 아치. 어서 말해 봐요. 그 숙녀가 누구예요?"

아치가 머그잔을 비우고 소맷부리로 입을 쓱 문질러 닦았 다. "로지 드랄리." 그가 중얼거렸다.

해미시가 놀란 눈으로 그를 바라봤다. "그 작가!"

"맞아."

로지 드랄리는 최근에 크라스크 도로변에 있는 작은 집을 산 사람이었다. 해미시도 그녀가 처음 이사 왔을 때 딱 한 번 그곳을 방문한 적이 있었다. 그녀는 해미시를 그다지 반기지 않았다. 경찰에게 내줄 시간이 별로 없다는 것이 그녀의 주장이었다. 이유인즉슨, 글래스고에서 차를 도난당한 적이 있었는데, 당시 경찰이 별다른 조치를 취하지도 않았을 뿐 아니라 무례하게 굴기까지 했기 때문이었다. 해미시는 그녀가 주로 섭정 시대*를 배경으로 하는 역사 로맨스를 쓰는 작가라는 사실을 알고 있었다. 로지 드랄리는 마을 활동에는 전혀 참여하지 않았다. 대신 자신의 문인대리인을 만나기 위해 자주 런던을 방문했다. 나이는 40대였고, 금발에 작고 날씬한 체구였으며, 자그마한 얼굴에는 거의 표정이 없었다. 해미시는 그녀의 존재를 거의 잊고 지냈었다.

"그녀가 마을 사람들과 조금이라도 교류가 있었는지는 전혀 몰랐어요." 그가 말했다. "아치는 그녀를 어떻게 알게 됐어요?"

"앤디를 만나려고 그 숙녀분 집 앞을 걸어가던 중이었어. 앤디네 집이 그 집에서 조금 올라가야 있잖아. 그날 앤디는 집에 없고, 그녀는 정원에 나와 있더라고. 그래서 나도 자네가 평소에 하듯이 '좋은 날이네요'라고 인사를 했더니, 안에 들어가서 차나 한잔하고 가라고 초대를 하더라고. 그러고는 자기 책에 어선에 관한 내용을 좀 집어넣으려 한다면서 어업에 관해 알고 싶다고 했어. 그러면서 나한테 『영주의 열정』이라는

* 영국에서 조지 왕세자의 섭정기였던 1811~1820년까지의 시기를 말한다.

책 한 권을 주더라고. 난 읽어 보지 못했는데, 우리 집사람 말로는 온통 귀족과 귀부인에 관해 얘기하는 꽤 재미난 책이라더군."

"그런데 그게 랜디하고 무슨 상관인데요?"

"2주 전에 있었던 일인데, 그날 바람이 엄청나게 불어서 고깃배가 다 항구에 발이 묶여 있었거든. 난 기분도 착잡하고 해서 산책이나 하려고 밖으로 나갔는데, 지난번에 그 작가와 대화를 나눴던 게 참 기분이 좋았지 싶더라고. 그래서 그쪽으로 발길을 옮겼지. 그런데 그 집 앞에 도착하니 고함 소리가 들리더라고. 창문이 열려 있어서 안쪽이 훤히 들여다보였는데, 그 작가와 랜디가 집 안에 함께 있었어. 여자가 울고불고하면서 '죽여 버릴 줄 알아, 이 멍청한 자식아, 이 빌어먹을 놈아' 하고 고래고래 고함을 질러 대니까, 랜디가 웃으면서 대꾸하더라고. '어디 할 테면 해 봐, 이 시들어 빠진 여편네야.' 난 그길로 돌아왔어. 그때 이미 랜디의 헛소리에는 이골이 나 있었으니까. 하지만 그 숙녀가 랜디의 살인자일 리는 없어."

"그건 왜요?"

"생각이란 걸 해 보라고, 해미시. 여자 몸으로 그 거구의 사내를 어떻게…… 게다가 여자들은 산탄총을 쓰지도 않아. 지금 나한테 들은 얘기 블레어 경감에게는 안 할 거지?"

해미시가 미소 지었다. "노력해 보죠."

그의 다음 방문객은 산림 인부 앤디 맥태비시였다. 정수리가 납작하고 목이 굵고 덩치가 커서, 그를 보면 이스터섬에 있는 모아이 석상이 떠올랐다. "아, 정말 사람 미치겠어, 해미시." 그가 진절머리를 쳤다. "자네가 어서 살인자를 잡아야지, 안 그러면 저 블레어 경감이 날 미쳐 버리게 할 것 같아."

"난 공식적으로는 수사에서 제외됐어."

앤디가 부엌 의자에 걸터앉자 의자가 무게를 못 견디고 삐걱거렸다. "자넨 머리를 쓰면 되잖아, 이 사람아. 그게 블레어가 사방으로 뛰어다니며 쑤셔 대는 것보다 훨씬 결과가 좋을걸. 그건 그렇고, 내가 일전에 랜디와 싸움을 했었어. 혹시 그 얘기 들었나?"

"그래, 왜 싸웠는데?"

"그 작자가 숙녀를 모욕하고 있더라고."

해미시가 눈을 가늘게 뜨고 그를 바라봤다. "혹시 그 숙녀라는 분이 로지 드랄리 씨는 아니겠지?"

놀랍게도 그 거구의 산림 인부 얼굴이 눈에 띄게 달아올랐다. "아, 당시에 내가 로지와 자주 얘기를 나누었거든. 그녀가 고지에 관한 이야기를 쓰고 싶어 해서 내가 이 지역 배경에 관해 약간 도움이 될 만한 얘기를 해 주고 있었어. 그런데 어느 날 랜디 두건이 내가 그 집에서 나오는 걸 보고는 내가 그녀와 잤다고 비아냥거리지 뭔가. 그래서 내가 놈에게 본때를 보여 주겠다고 큰소리쳤지만, 실은 내가 거의 맞아 죽을 뻔했어."

해미시는 갑자기 랜디가 죽었다는 사실이 너무도 고마웠다. 사실 랜디가 레슬링이니 싸움이니 떠들어 대던 얘기가 전부 다 허풍이라고 은근히 믿고 있었던 것이다.

"그를 죽여 버리고 싶었나?" 해미시가 물었다.

"아, 솔직히 그랬고, 그자에게 그렇게 말하기도 했어. 난 우리 둘 다 그 싸움을 비밀에 부친 터라 주변에 아무도 없다고 생각했거든. 그렇지만 자네도 여기가 어떤지 잘 알잖아. 다음 날 바로 누군가 내게 그 싸움에 관해 물어 오더라고."

앤디의 얼굴은 여전히 벌겋게 달아올라 있었다. "아마 자네 얼굴을 보자마자 다들 자네가 싸움을 했다는 걸 알아차렸을 거야." 해미시가 말했다.

"난 얼마든지 그를 꺾을 수 있다고 맹세라도 할 수 있을 것 같았어." 앤디가 혼잣말을 하듯이 중얼거렸다. "그런데 그 인간 주먹이 꼭 강철 같더라니까."

해미시가 그를 바라봤다. "그가 글러브를 끼고 있었나?"

"권투 글러브?"

"아니, 꼭 권투 글러브가 아니더라도."

"그래, 가죽 장갑을 끼고 있었어."

해미시는 블레어가 로지 드랄리를 찾아가 괴롭히기 전에 자신이 먼저 그녀와 얘기를 나눠 봐야 한다는 생각이 떠올라

마음이 초조해졌다. 마을 사람들은 절대로 블레어의 심문에 순순히 응할 리가 없었다. 그러니 블레어가 곧 로지를 찾아가리라는 사실도 예측 가능했다. 그는 토멜성에 먼저 들러 프리실라를 만나 보기로 마음먹었다. 로지를 찾아가기 전에 그녀에 관해 조금이라도 더 알아내고 싶은 까닭이었다. 해미시가마을에 떠도는 소문에 관해 자주 프리실라에게 도움을 청하는 것은 아니었지만, 솔직히 인정하자면, 최근 들어 그는 자신의 연애사에 만족해서 마을 사람들이 무엇을 하며 지내는지 별다른 관심을 두지 않았었다.

앤디가 가고 나서, 해미시는 밖으로 나가 여전히 비가 내린다는 사실에 우울한 기분을 느끼며 경찰 랜드로버로 갔다. 대서양에서 불어오는 돌풍에 실려 비가 억수로 쏟아지고 있었다. 그는 토멜성으로 차를 몰았다. 와이퍼가 퍼붓는 빗줄기에 맞서 용맹하게 사투를 벌였다.

프리실라는 기념품 가게에 있지 않았다. 그는 호텔 접수대에서 작고 땅딸막한 성난 프랑스 관광객을 상대하는 그녀를 찾아냈다. 관광객은 토멜성 호텔 안내책자에는 햇살과 푸른 하늘이 묘사되어 있었다면서 시끄럽게 불만을 제기했고, 프리실라는 영국식 억양이 도드라지는 프랑스어로 호텔이 고지 날씨까지 책임질 수는 없다고 설명했다.

해미시는 참을성 있게 실랑이가 끝나기를 기다렸다가 접수대로 다가갔다. "조언을 구하고 싶어서 왔어요, 프리실라."

프리실라는 인내심을 가지고 해미시를 바라봤다. 그에게 호의를 보일 기분이 아니었던 것이다. 해미시 맥베스 덕분에 그녀는 데이비엇 부인과 차를 마시며 지루한 오후 시간을 견뎌야 했다. 하지만 해미시가 그 사실을 알 길이 없지 않은가. "알았어요." 그녀가 다소 차갑게 말했다. "커피 한잔해요." 그러고는 해미시가 뒤따라오는지 기다릴 생각도 하지 않고 호텔 기념품 가게 쪽으로 걸어가기 시작했다. 프리실라는 노란색 실크 블라우스에 맵시 좋은 바지 정장 차림이었다. 기념품 가게 쪽으로 걸어가는 동안 그녀의 머리칼이 바람에 흩날렸지만, 프리실라의 헝클어진 모습은 결코 오래가는 법이 없었다. 가게 안에 들어서자마자 그녀는 금발을 빗으로 빗기 시작했고, 머리는 즉각 언제나처럼 부드럽고 깔끔한 모양으로 가지런히 아래로 내려왔다.

프리실라가 구석에 놓인 커피추출기에서 커피 두 잔을 따랐다. "그래, 무슨 일이에요, 해미시? 살인 사건은 어떻게 됐어요?"

"살인 사건은 내 소관이 아니에요. 당신도 블레어가 어떤지 알잖아요. 그가 나를 사건 수사에서 제외하라는 공식 명령을 받아 냈거든요."

"그렇지만 당신도 수사에서 한발 뒤로 물러나 있는 건 아닌 듯한데요?"

"그냥 좀 궁금한 게 있어서요. 로지 드랄리에 관해서 얘기 좀 해 줄래요?"

"그 작가요?"

"네, 맞아요."

"난 그 여자가 삶의 질을 높이겠다고 고지로 찾아와서는 쉼 없이 내리는 비와 각다귀에 쫓겨 다시 남쪽으로 내려가는 많은 사람들과 전혀 다를 바 없는 부류라고 생각하고 있어요. 여기에 그리 오래 머물지 않을 거라고 확신하거든요. 당신도 어떤지 알잖아요, 해미시. 수많은 몽상가와 작가와 예술가가 이곳을 찾아오지만, 고지가 늘 그들을 무찔러 버리죠. 그들은 자기들이 조용한 삶을 찾아 이곳으로 멀리 떠나왔다고 생각하지만, 그들 각자의 개성을 뒤에 버려두고 오는 걸 잊어버리기 때문에, 여기 와서도 약간 더 지루하기만 할 뿐 전과 똑같은 삶을 살아갈 수밖에 없다는 걸 뒤늦게 깨닫게 되죠."

"참 냉소적이군요."

"난 사람들이 실망하는 모습이 보기 싫어요. 새로 들어오는 이주민 대부분이 친절하잖아요."

"그런데 로지 드랄리는 아니죠?"

"왜 그렇게 생각해요?"

"그냥 느낌이에요."

"그 여자에 관해서는 딱히 강한 감정 같은 건 못 느꼈던 것 같아요. 술 한잔씩 하러 여기 두어 번 들렀었거든요. 얼음 없이 위스키를 달라고 했는데 새로 온 바텐더 그리거 데이비스가 얼음을 넣은 위스키를 준 거예요. 그가 사과를 했는데도 그 여자가 그 얘기를 하고 또 하니까, 데이비스가 날 부르러 왔더라고요. 난 그렇게 사소한 일에 대체 왜 그리 장황하게 불만을 제기하는지 도저히 이해할 수가 없었는데, 그 여자는 마치 그 작은 실수를 계기로 서덜랜드에 집을 산 자기 자신의 좌절감을 내게 그대로 뿜어내는 것만 같았어요."

"그녀의 책 중에 읽어 본 게 있어요?"

"아니요. 그렇지만 이동도서관에 가면 빌려 볼 수 있을 거예요. 내일 우리 마을에 이동도서관이 오는 날이잖아요."

"존 글로버는 어떤 사람이에요?" 해미시가 물었다.

"좋은 사람이에요. 여행도 많이 다니고요. 저기 오네요." 프리실라가 창밖을 바라보며 말했다.

문이 열리고 존 글로버가 안으로 걸어 들어왔다. "여기도 경찰인가요!" 그가 말했다. "호텔에 경찰이 우글우글하군요."

"마을에 살인 사건이 나서 그래요." 프리실라가 말했다. "커피?"

"아니요, 됐어요. 난 오랜 친구를 만나러 스트래스베인에 갈 겁니다."

"어느 은행에 근무하세요?" 해미시가 물었다.

"랜프루가에 있는 스코티시 앤드 제너럴 은행입니다." 존이 프리실라를 돌아봤다. "오늘 저녁에 나와 식사 함께할래요?"

프리실라는 딱히 존과 저녁을 먹고 싶지는 않았지만, 그를 바라보는 해미시의 악의 넘치는 시선에 괜히 짜증이 났다. 그녀는 해미시의 소유가 아니었다. 사실 파혼을 선언한 쪽은 해미시가 아니었던가. "그래요, 함께하죠." 프리실라가 미소 지으며 대답했다. "8시 어때요?"

"그럼 그때 봐요." 존이 말했다. "반가웠습니다, 순경님."

"있잖아요," 해미시가 진지하게 말했다. "내가 장담컨대 저 사람이 입은 옷은 런던에서 맞춘 거예요. 난 요즘 은행 지점장들이 저렇게 비싼 옷을 입고 고지의 고급 호텔에서 휴가를 즐길 만큼 많이 번다고는 생각지 않거든요."

"스코티시 앤드 제너럴은 권위 있는 은행이에요, 해미시. 왜 저 사람을 마음에 안 들어 하는 거죠?"

"저 사람이 마음에 안 든다고 말한 적 없어요. 단지 저 사람이 뭔가 좀 이상하다는 생각이 들어서 그래요."

"혹시 지금 질투하는 거예요?"

해미시는 얼굴이 달아오르면서 동시에 화도 치밀어 올랐다. "꿈도 크네요, 그거 알죠?" 그가 고약하게 말하고는 밖으로 걸어 나갔다.

해미시는 마치 황새처럼 한쪽 다리로 바깥에 서서, 대체 자신에게 무슨 망령이 든 것일까 생각해 봤다. 그래서 기념품 가게 문 쪽으로 고개를 돌리고는 나지막이 "미안해요"라고 말하고 나서 랜드로버로 걸어갔다. 그리고 갑자기 로지 드랄리와 대화를 나눠 보고 싶은 호기심이 강하게 일어 존 글로버에 관해서는 재빨리 잊어버렸다.

로지의 집 밖에 차를 세우자, 그녀가 거실 창가에 앉아 워드프로세서 작업을 하는 모습이 보였다. 화면에서 비치는 녹색 불빛이 로지의 얼굴을 환하게 밝혔다. 그는 짧은 길을 걸어 올라가 문을 두드렸다. 안에서 그녀가 "제기랄"이라고 욕설을 내뱉는 소리가 크고 명확하게 들려왔다. 그러고 나서 하이힐이 바닥을 가로질러 또각또각 걸어오는 소리가 났다.

집주인이 문을 활짝 열어젖히더니 챙 달린 모자 밑으로 반짝이는 빨간 머리에서부터 커다란 제복 부츠까지 해미시의 모습을 위아래로 훑어봤다.

"살인 사건 때문에 왔겠군요. 들어와요."

그는 그녀를 따라 거실로 들어가서 은밀히 집 안을 둘러봤다. 돌로 마감한 바닥에는 카펫이 깔려 있지 않았고, 쇠살대 속에서 토탄 불이 타고 있었음에도 방 안은 퀴퀴하고 추웠다. 벽을 빙 둘러서 벽돌에 판자를 얹어 임시방편으로 만든 책장에는 양장본과 문고판 책이 가득 꽂혀 있었다. 낡은 소파 하나와 의자 두 개 그리고 작가가 일하고 있던 식탁 하나가 보였다. 해미시는 좀 놀랐다. 로맨스 작가라면 이보다는 좀 더 안락한 분위기에서 작업을 하리라고 생각한 까닭이었다.

"그래, 뭐가 알고 싶으세요?"

"좀 앉아도 될까요?" 해미시가 모자를 벗으며 말했다.

"그러세요."

그는 의자 하나에 앉아 그녀를 찬찬히 바라봤다. 로지 드랄리는 검은 바지에 중년 여성들이 특히 좋아하는 옷차림처럼 보이는 프렌치 세일러복 상의를 입고 있었다. 유행이 한참 지나 보이는 하이힐은 주홍색에 줄무늬 문양이었는데, 1950년대 영화 속에서 가로등에 기대서 있는 프랑스 매춘부들이 신고 있던 것 같은 그런 종류였다. 깔끔하게 정돈된 곱슬곱슬한 금발이 작고 오목조목한 그녀의 얼굴을 자연스럽게 감싸고 있었다. 작고 가느다란 입술은 열정적인 여성의 입술이기는 커녕, 로맨스의 '로' 자도 모르는 여자의 입처럼 보였다.

해미시의 첫 질문은 그녀를 놀라게 했다. "왜 로맨스인가요?"

"안 되는 이유라도 있나요?"

"그냥 궁금해서요."

"난 섭정 시대를 배경으로 하는 역사 로맨스를 써요." 그녀가 참을성 있게 말했다. "1811년에서 1820년까지의 시기를 말하죠. 내가 그 시기에 관해 많이 알고 있거든요." 해미시는 그럼 로맨스에 관해서도 많이 알고 있느냐고 묻고 싶었지만, 아무래도 그 질문은 로지의 신경을 긁을 것 같다는 생각이 들어서 입을 다물었다. 로지가 랜디 두건과 어떤 사이인지 알아내기 전에 그녀를 화나게 하고 싶지 않았다.

"오래 있지는 않겠습니다." 그가 말했다. "제가 알기로는 당신이 살해당한 랜디 두건과 크게 말다툼을 벌였다고 하던데요?"

"아, 그 사람 말이군요. 그 사람도 내가 대화를 나눴던 마을 사람 중의 하나였어요. 난 역사소설을 쓰는 데 싫증을 느끼기 시작했거든요. 그래서 탐정소설을 써 보고 싶었어요. 그리고 실존 인물을 모델로 하면 어떨까 생각 중이었는데, 마침 그가 이상적인 악당 모델로 보이더라고요."

"다툼은 무엇 때문이었나요?"

"난 다투었던 기억은 없어요." 그녀가 담배에 불을 붙였다.

"싸우는 걸 들은 사람이 있습니다."

"빌어먹을 동네 같으니라고! 도시에서는 이보다는 사생활이 훨씬 잘 보장된다고요. 정말 지긋지긋해. 그가 나한테 수작을 걸어왔고, 내가 꺼지라고 했어요. 그래서 몇 마디 모욕적인 말이 오간 거예요."

비록 매춘부나 신을 것 같은 구두를 신고 있기는 했지만, 어떤 남자도 로지에게 치근댈 것 같아 보이지는 않는다고 해미시는 생각했다. 하지만 한편으론 아치 매클레인과 앤디 맥태비시 둘 다 그녀에게 홀딱 반한 듯 보이지 않았던가. 그는 아직 얻어 낸 것이 없었지만, 조만간 블레어가 누군가를 보내거나 직접 면담하러 이곳에 들를지도 몰랐다. 그러면 해미시가 이미 로지를 만나고 갔다는 사실을 알게 될 터였다. 빌어먹을 블레어! 여긴 내 구역이라고!

"저도 여사님 책을 정말 읽어 보고 싶네요." 그가 말했다.

"그럼 하나 사서 보세요." 로지가 매정하게 말했다. "나도 출판사에서 증정본으로 몇 권밖에 못 받아서, 그건 가지고 있어야 하거든요. 그런데 왜 내 책을 읽고 싶은가요? 거기 나오는 등장인물의 마음속에서 내가 살인자라는 걸 암시하는 어떤 어둠의 요소 같은 걸 찾아낼 수 있을 것 같은가요?"

"비슷합니다." 해미시가 미소 지었다.

"정직한 성격이군요. 그건 인정해야겠네요." 그녀가 미소로 화답했다.

"여기…… 그러니까 서덜랜드에는 왜 오셨습니까?"

"보니 프린스 찰리*에 관한 역사소설을 써 볼까 생각하고 있었거든요. 여기 오면 그 분위기에 흠뻑 젖어들 수 있을 것 같았어요." 그녀가 빗줄기가 퍼붓는 창밖으로 시선을 던졌다. "그런데 보면 알겠지만, 날씨가 나를 흠뻑 적시고 있네요."

"그럼 계속 여기서 지내실 건가요?"

"당분간은요. 이 오막살이에 너무 큰돈을 쏟아부었는데, 알고 보니 나처럼 고지 생활의 환상에 젖은 또 다른 얼간이가 나타나지 않는 한은 집을 팔 수가 없겠더라고요."

"왜 이러세요, 여기 없는 것만 자꾸 찾으려고 하지 않으면 여기도 그럭저럭 살 만합니다." 해미시가 말했다.

"여기 없는 게 뭔지 내가 얘기해 주죠." 그녀가 담배를 비벼 끄고는 또 한 개비에 불을 붙였다. 퀴퀴한 거실을 가로질러 담배 연기가 층층이 띠를 이루어 내려앉았다. "도움의 손길. 내가 지붕을 수리할 필요가 있거나, 정원에 땅을 파거나 수도꼭지를 고쳐야 해서 누군가가 필요하면, 늘 듣는 얘기는 한결같아요…… '내가 내일 들르죠.' 그런데 여기서는 그 내일이란 게 죽어도 오지 않거든요. 바로 그게 문제예요. 내가 도착한 그날부터 줄줄 새던 수도꼭지가 아직도 그대로 새고 있지만, 난 그걸 어떻게 새것으로 갈아 끼워야 하는지 모르겠어요."

"새 수도꼭지는 사다 놓으셨어요?"

"그럼요, 그건 왜요?"

---

* 찰스 에드워드 스튜어트(1720~1788). 제임스 2세의 손자로 로마에서 태어났으며, 잉글랜드와 스코틀랜드의 왕위 계승자 지위를 물려받았다. 제임스 2세가 명예혁명으로 폐위되자 제임스 2세를 지지하던 재커바이트파와 함께 왕권 복귀를 꾀하였지만 결국 실패하고, 1788년 로마에서 숨졌다. '보니 프린스 찰리'는 스코틀랜드인들이 그를 부르던 애칭이다.

"제가 고쳐 드리죠. 차에 연장 상자가 있거든요."

"고마워요." 그녀가 놀라서 대답했다. 해미시는 퍼부어 대는 빗줄기 속으로 나갔다가 곧 연장 상자를 들고 돌아왔다. 로지가 그를 욕실로 안내했다. 그리고 아주 짧은 순간처럼 느껴지는 시간이 흐른 후 그가 돌아왔다. "다 됐어요, 고쳤습니다."

"대단하네요. 저기, 미안해요, 내가 너무 무례했어요. 이거 내가 쓴 책이에요." 그녀가 탁자 위에서 책 하나를 집어 들었다. "어제 막 도착한 거예요." 해미시는 『자작의 비밀』이라는 제목의 양장본 책을 가만히 바라봤다. "고맙습니다."

"책에 사인해 드릴까요?"

"물론이에요." 그가 재빨리 대답했다. "'해미시 맥베스'에게라고 적어 주세요. 저기요, 드랄리 여사님, 지금 쓰고 있다는 탐정소설은 얼마나 진도가 나갔나요?"

"별로 못 나갔어요. 그냥 구상만 하는 중이에요."

"그럼 살인은 어떤 식으로 처리하실 생각이에요? 인슐린? 아마존 부족민들만 알고 있는 남아메리카의 매우 희귀한 독극물?"

"그런 거 아니에요." 수도꼭지를 수리한 후로 부드러워졌던 로지의 표정이 다시 딱딱하게 굳었다. "이제 나도 일을 좀 해야겠네요."

"한 가지만 더요. 랜디 두건에 대해 어떻게 생각하셨습니까? 그의 얘기들을 믿으셨나요?"

"그가 자신에 관해 너무 허풍을 떨어 대서, 그가 하는 말이 진실인지 아닌지 구분하기가 힘들었어요. 하지만 나도 미국을 여행한 적이 있어서, 그가 거기 다녀온 건 사실이라고 할 수 있겠네요."

"왜 그를 악당으로 설정하고 싶었나요?"

"딱 한물간 양아치처럼 굴었잖아요."

"그렇다면 아치 매클레인과 앤디 맥태비시는요? 그 사람들은 소설 속에서 어떤 인물로 그려질까요?"

로지가 자리에서 일어나 하이힐을 또각거리며 거실 문 쪽으로 다가갔다. "그 사람들은 안 나와요." 그녀가 말했다. "난 그냥 약간의 지방색을 원했을 뿐이에요. 자, 이제 다 끝났으면……?"

그는 당혹감을 느끼며 그곳을 나왔다. 그녀에 관해 여전히 아무것도 알 수 없는 느낌이었다. 그는 경찰서로 돌아가서 로지가 준 책을 읽어 보기로 했다. 혹시라도 그녀의 성향을 파악할 단서가 들어 있을지도 모른다는 생각에서였다.

하지만 경찰서로 돌아가자 블레어가, 그것도 성난 블레어가 그를 기다리고 있었다. "부디 이번 사건에 관해서 여기저기 들쑤시고 다니지 않기를 바라네, 맥베스." 블레어가 으르렁거렸다.

"그런 거 꿈도 안 꿉니다." 해미시는 고지인 특유의 천연덕스러운 태도로 거짓말을 했다. "그냥 세양액 서류가 어디 있나 사무실을 뒤져 보려던 중이었어요. 그리고 시노선에서 가택 침입 사건이 있었다고 하더라고요."

블레어의 돼지 눈이 그를 노려봤다. 경감은 이번 사건을 해결하고 싶어 조바심이 났다. 그것도 해미시 맥베스의 도움 없이 해낼 수 있다는 사실을 증명해 보이고 싶었다. "자네가 아직도 잘리지 않고 경찰서에 붙어 있다니 정말 어이가 없구먼." 블레어가 말했다. "그렇지만 뒤를 봐줄 파더스 백작 같은 친구가 있으니 어쩌겠나. 정말, 역겹기 그지없어. 게다가 자네는 프리메이슨 단원도 아니고."

해미시는 파더스 경은 만나 본 적도 없었다. 그는 그 말을 하려고 입을 열었다가 다시 다물었다. 프리실라. 프리실라가 관련된 게 분명했다. 데이비엇 총경 부인은 프리실라를 위해서라면 무슨 짓이라도 할 사람이었다. 그래서 프리실라가 백작과 해미시의 우정에 관해 거짓말을 한 게 분명했다. 거기까지 생각하다가 그는 프리실라와 존 글로버를 떠올렸다. "만약 용의자를 찾는 거라면," 그가 말했다. "그 존 글로버라는 사람을 확인해 보는 게 좋을 겁니다."

"이미 했어." 블레어가 비웃었다. "그는 그 자신이 말한 대로의 사람 그 이상도 이하도 아니야. 살인이 일어나던 시간에 존 글로버는 자네의 옛 애인과 와인을 마시며 저녁 식사 중이었다고 하더군."

"그럼 두건이 언제 살해됐는지 정확한 시간이 나온 겁니까?"

블레어가 있는 대로 인상을 찌푸렸다. 검시 결과가 아직 나오지 않았거나, 나왔다고 하더라도 그는 아직 모르는 게 분명했다. 그건 다시 말해, 존 글로버도 아직 만나 보지 않았다는 의미였지만, 그가 해미시에게 그 사실을 인정할 리 없었다.

블레어가 아무 대답도 없이 떠나고 난 후, 해미시는 사무실로 돌아가서 수화기를 집어 들었다. 그는 블레어가 존 글로버를 면담하지 않았다고 확신했다. 블레어가 왜 했겠는가?

해미시는 전화번호 안내원에게 랜프루가에 있는 스코티시 앤드 제너럴 은행의 번호를 물어서 받아 적은 후 그곳으로 전화를 걸었다. 지점장 존 글로버를 바꿔 달라고 하자, 휴가 중이라는 대답이 돌아왔다. 블레어 때문에, 해미시는 자신이 경찰이라는 사실을 밝히고 싶지 않았다. 그래서 그냥 친구라고 말했다. 글로버 씨는 어디로 휴가를 가셨나요? "고지 어디쯤이라고 하던데요"라는 비서의 대답이 돌아왔다. 글로버 씨는 절대로 주소를 남기지 않는다는 말도 들었다. 해미시는 그가 휴가 중에는 방해받고 싶어 하지 않는다고 맞장구를 쳤다. 그래, 이걸로 끝이군, 해미시는 수화기를 내려놓으며 생각했다.

그는 일단 자리에 앉아 로지 드랄리의 책을 읽기로 했지만, 검시 보고서가 스트래스베인에 도착했는지 궁금해졌다. 잠시 망설인 끝에 그는 병리학자에게 전화를 걸어 블레어 경감의 무거운 글래스고 억양을 흉내 내 검시 결과가 나왔는지 물었다. "방금 데이비엇 총경에게 보고서를 보냈습니다." 병리학자가 심술궂은 목소리로 대꾸했다.

"내가 이 사건 수사 담당자요." 해미시가 블레어의 무겁고 무례한 말투를 흉내 내며 말했다. "그러니 고분고분 결과나 얘기해 보라고요."

"아, 그러죠. 개략적으로는 이겁니다. 집 안 온도가 높아서 정확한 사망 시간을 특정할 수는 없습니다." 그런 다음 사후 경직에 관한 지루한 강의가 뒤따랐다. 해미시는 얘기가 끝날 때까지 벽만 빤히 바라봤다. 그리고 병리학자가 "그는 총에 맞기 전에 마취됐습니다. 우리가 알아낸 건 거기까지예요"라고 말했을 때 허리를 펴고 앉았다.

"무슨 약물로 마취됐죠?" 해미시가 물었다.

"당신, 블레어 경감 맞요?" 병리학자의 목소리가 갑자기 의심으로 날카로워졌다.

해미시는 자신을 저주했다. "아니, 그럼 누가 또 있다는 겁니까?" 그는 다시 블레어의 목소리를 흉내 내 흉포하게 말했다.

"신중을 기해야 해서 그럽니다." 병리학자의 점잔 빼는 목소리가 들려왔다. "두건은 클로랄 수화물로 마취된 후 결박되어 총에 맞았어요."

"사망 시간은 전혀 알 수 없는 겁니까?"

"그게 저녁 7시에서 10시 사이쯤이라고 할 수 있을 것 같네요."

"고마워요." 해미시가 인사를 하고는 전화를 끊었다.

그는 심각한 표정으로 로지 드랄리의 책을 집어 들고 가만히 바라봤다. 두건을 죽인 범인이 여자일 가능성도 배제할 수는 없다. 여자도 그를 마취시키기만 한다면 느긋하게 결박한후 살해할 수 있다. 이런 생각을 하다가, 그는 시노선에서 일어난 강도 사건에 관한 보고서나 작성하라고 자신을 꾸짖었다.

막 보고서 작성을 마쳤을 때, 존 글로버가 다시 그의 머릿속을 파고들었다. 어쩌면, 그래 어쩌면, 존 글로버라는 사람이 휴가를 떠났다는 사실을 알고 있는 누군가가 그 은행장의 신분을 도용한 걸지도 모르지 않는가. 그는 기념품 가게에 있는 프리실라에게 전화를 걸었다.

"글로버가 계산은 뭐로 했어요?" 그가 물었다.

"글로버가 아니라 글로버 씨예요, 순경 아저씨. 그리고 그분은 아직 여기 머물고 있어서 숙박비 계산을 하지 않았어요."

"그렇지만 보통 처음에 호텔 예약을 할 때면 신용카드 번호를 알려 주잖아요."

"해미시! 완벽하게 존경받을 만한 은행원을 괴롭히고 있게 아니라, 살인자를 찾아다녀야 하지 않나요?"

"그냥 확인만 해 볼 거예요. 그가 당신을 저녁 식사에 초대했을 때는 어떻게 계산을 했나요?"

"신용카드로 했어요."

"이탈리아 레스토랑에 갔었어요?"

"맞아요. 그리고 윌리 러몬트가 우리 테이블을 담당했죠." 한창 잘나가던 시절, 그러니까 해미시가 경사로 승진했던 시기에 윌리는 그의 부하 순경이었다. 그러나 윌리는 레스토랑 주인의 아름다운 이탈리아 친척인 루차와 결혼해 레스토랑 사업에 뛰어들어 행복하게 정착해 살고 있었다.

"알았어요." 해미시가 말했다. "아, 그건 그렇고, 데이비엇 총경에게 내 얘기 잘해 줘서 고마워요."

"다 서비스의 일환이에요, 해미시."

해미시는 이탈리아 레스토랑을 향해 길을 따라 걸어갔다. 레스토랑은 청소라면 목숨이라도 걸 만큼 열심인 윌리의 노력 덕분에, 비단 훌륭한 음식뿐 아니라 영국 제도에서 가장 청결한 곳이라는 명성을 얻어 매우 인기가 많았다. 해미시가 식당에 도착했을 때도 윌리는 바닥에 무릎을 꿇고 앉아 레스토랑 입구로 올라가는 계단을 벅벅 문질러 닦고 있었다.

"역시나 오늘도 쓸데없이 무리하고 있구먼." 해미시가 말했다. "그래 봐야 자넨 저 백색 점토*는 사용해 보지도 못할 거야. 요즘 누가 계단을 그렇게 하얗게 닦나. 이봐, 점토 칠을 하더라도 고객들이 금방 발자국을 꾹꾹 찍어 놓을 거라고."

"밟지 말고 뛰어넘어 가라고 하면 돼요." 윌리가 대답했고, 해미시는 농담이 분명하다고 생각했지만, 문득 윌리가 청소에 관해서는 절대로 농담 같은 건 하지 않는다는 사실이 떠올랐다.

"내가 조용히 자네에게 도움을 청할 일이 있어." 해미시가 말했다.

"무슨 일인데요?"

"그 존 글로버라는 사람이 살인이 일어나던 날 밤에 프리실라와 여기서 식사를 하고 신용카드로 계산했다고 하던데. 혹시 그게 무슨 카드이고, 누구 이름으로 되어 있고, 번호는 뭔지 알 수 있을까?"

---

* pipe clay. 흰색 담배 파이프를 제조하거나 장신구 등의 물건을 닦는 데 사용하는 백색 점토로, 여기서는 비누칠로 층계의 때를 벗겨 낸 후 점토를 칠해 말려 놓으려 한다.

"물론이죠. 그렇지만 그게 이번 살인 사건과 관련 있는 거라면, 그건 선배님 사건이 아니잖아요."

"이거 왜 이래, 윌리. 너무 뻣뻣하게 굴지 말라고."

"난 법 절차를 왜반하고 싶지 않아요."

"위반이겠지." 해미시가 정정해 주었다. "그리고 그럴 일은 없을 거야. 아니, 내가 이렇게 설명해 보지. 자네는 지금 당장 그 카드와 관련된 세부 항목을 찾아보는 거야. 안 그러면 내가 저기 있는 저 진흙 웅덩이에 뛰어들었다가 그 발로 자네가 닦아 놓은 이 깨끗한 계단을 온통 뛰어다녀 주지."

"그렇게는 못 할걸요!"

"어디 한번 두고 보자고."

"아, 알았어요. 그렇지만 만에 하나라도 블레어 경감이 알게 돼서 문제가 생기면, 난 곧장 해미시 맥베스 순경이 협박을 해서 어쩔 수 없었다고 털어놓을 겁니다."

"협박은 무슨 협박을 했다고 그러나, 윌리. 이렇게 비가 퍼부어 대는 걸 보면 어차피 백색 점토도 금방 씻겨 나갈 거라고."

"안 그럴걸요. 문 앞에 차양을 새로 해 달았거든요."

해미시는 고개를 들어 위를 올려다봤다. 출입구 위쪽에 빨간색과 흰색 줄무늬 차양이 펼쳐지길 기다리기라도 하듯이 매달려 있었다. "어쨌든," 그가 말했다. "내가 말한 것 좀 알려 줘, 윌리." 그리고 레스토랑 안으로 들어가기 위해 충계를 걸어 올라갔지만, 윌리가 그를 향해 고함을 질러 댔다. "뛰어넘어 가라고요!" 해미시는 청소에 대한 윌리의 광기 어린 집착에 경악하며 시키는 대로 뛰어넘었다. 일단 안으로 들어가자, 윌리는 사무실이 있는 뒤쪽으로 걸어갔다. 얼마 후 그가 돌아와서 존 글로버는 그의 스코티시 앤드 제너럴 은행 골드카드로 결제를 했다고 말해 주었다. 그리고 해미시에게 카드번호를 넘겨주었고, 카드의 이름도 존 글로버라는 것을 확인시켜 주었다. 그렇게 끝이었다. 해미시는 자신이 존 글로버에게서 뭔가 의심스러운 점을 발견하길 바랐던 것은 오직 그 남자를 향한 프리실라의 관심이 점점 커지는 것에 찬물을 끼얹기 위해서였음을 유감스럽지만 인정해야 했다. 정말 이상하지 않은가, 그는 생각했다. 사랑이 지나고 나서도 질투는 그대로 남아 있다니.

그날 저녁 식사 자리에서 프리실라는 갑자기 마음이 편안해지는 것을 느꼈다. 그녀는 자기보다 훨씬 나이 많은 남자도 남편감으로 적당할지 궁금해지기 시작했다. 바로 그때, 존이 촛불 빛 속에서 그녀를 향해 환하게 미소 지으며 말했다. "아마도 당신과 나는 여기까지가 다인 것 같네요, 프리실라."

그녀는 무슨 말인가 싶어 눈썹을 추켜올렸다. 그가 자조적으로 웃었다. "실은 난 당신과 저녁 식사도 하면 안 되는 사람이에요. 약혼녀가 오늘 저녁에 도착하거든요. 내가 호텔 지배인 존슨 씨에게 그녀를 위해 방을 하나 예약해 달라고 부탁했어요."

프리실라는 갑자기 허탈해졌다. 사실 존에게 딱히 어떤 매력을 느낀 것은 아니었다. 하지만 계속 독신녀로 남고 싶지는 않았고, 부모님이 그녀를 위해 골라 주는 '딱 적당한' 신랑감이라는 사람도 전부 마음에 들지 않았다. 조금 전만 해도 프리실라는 나이 많고 편안한 남자라면 자신을 힘들지 않게 하는 남편감으로 적당할지도 모르겠다는 생각을 하던 중이었다. '침대에서 힘들지 않게 하는 남자를 말하는 건가요?' 해미시 맥베스의 조롱하는 듯한 목소리가 머릿속에서 울리는 것만 같은 기분이 들었다. 해미시는 그녀가 냉담하게 군다고 비난했었지만, 사실 프리실라는 자기 자신에게조차도 그 사실만은 인정하고 싶지 않았다.

"그럼 우리 이제 돌아가 봐야 하지 않을까요?" 그녀가 밝게 물었다. "약혼녀가 도착해서 당신이 다른 사람과 함께 있는 걸 보게 되면 그것도 참 곤란한 상황이 될 것 같네요."

그가 손목에 차고 있는 커다란 금시계를 바라봤다. "11시 전에는 도착하지 않을 거예요. 인버네스에서 택시로 오는 중이거든요."

"전에 결혼한 적은 있으세요?"

"한 번요." 그가 말했다. "잘 안 됐어요. 그래서 몇 년 전에 이혼했죠. 지금 약혼녀 베티도 은행에서 일해요."

해미시가 이 상황을 보고 있다면 정말 좋아했겠네, 프리실라는 생각했다.

제4장

우리의 살인은 사흘 전에 저질러졌다.
서리는 완전히 끝나고, 남풍이 웃어 젖힌다.

로버트 브라우닝

윌리의 반짝이는 하얀 계단을 홀쩍 뛰어넘은 후에, 두 사람은 토멜성 호텔로 다시 차를 몰았다. 프리실라는 존이 혼자 남아 베티를 맞이하도록 자신의 방으로 돌아가고 싶었다. 하지만 존은 그녀가 함께 남아 베티를 만나 봐야 한다고 고집을 부렸다. 양심의 가책을 느끼는군, 프리실라는 씁쓸한 기분으로 생각했다. 그들은 바에 함께 앉아 두서없는 대화를 나누었다. 프리실라는 그가 약혼녀의 도착에 매우 긴장한 게 분명하다고 생각했다. 평소 매우 차분한 성격인 그가 바깥에서 소리가 들릴 때마다 깜짝깜짝 놀라는 걸 알아차렸기 때문이다.

마침내 바깥에서 자갈 위로 바퀴 구르는 소리가 들려왔다. "왔나 봐요." 존이 말했다. 그가 펄쩍 뛰듯이 일어나서 바에 있는 거울을 보며 넥타이를 바로 매고 머리를 가지런하게 쓸어 넘기고는 돌아서서 프리실라에게 말했다. "같이 가요. 프리실라, 두 사람이 정말 잘 어울릴 수 있을 거예요."

프리실라는 그를 따라 접수대가 있는 홀로 나갔다. 존슨 씨는 문을 열어 주려고 앞서갔다. 베티는 축축한 바람과 빗줄기 속에 도착했다. 그녀는 작고 까무잡잡하고 통통했으며, 나이는 40대로 보였다.

존이 그녀의 뺨에 키스했다. "여행 어땠어요?"

"끔찍했어요." 그녀가 말했다.

"프리실라, 이쪽은 내 약혼녀 베티 존이에요. 베티, 이쪽은 프리실라 할버턴스마이스 양이에요. 부친이 이 호텔의 소유주시죠."

"술 한잔할 수 있어요?" 짐꾼이 한 세트로 구성된 다섯 개의 짐가방을 옮기느라 끙끙대고 있을 때 베티가 물었다.

"물론이에요." 프리실라가 말했다. "바는 아직 영업 중이거든요."

베티도 존과 마찬가지로 글래스고 억양이었지만, 블레어의 심한 사투리와 달리 가벼운 억양이었다. 그녀는 검은 머리에 눈동자도 검은색이었고, 피부도 꽤 까무잡잡했다. 옷은 고급스럽게 맞춘 트위드 정장에 실크 블라우스 차림이었다. 그리고 온몸에서 생기와 성적 매력을 발산했다. 딱히 아름답다거나 예쁘다고 말할 만한 외모는 아니었지만, 어쩐 일인지 프리실라가 전혀 개성이 없는 듯한 기분이 들게 했다.

"저는 이만 실례하겠습니다." 베티가 커다란 위스키 잔을 받아 든 후 프리실라가 말했다. "이제 잠자리에 들어야 할 것 같아요. 내일 아침 일찍 일을 시작해야 하거든요."

하지만 베티가 존에게 영국 국유철도의 부당성에 관해 이야기하기 시작해서 둘 다 그녀가 가는 것을 알아차리지도 못했다.

해미시는 긴 다리를 뻗고 한숨을 쉬며 로지의 책을 내려놓았다. 플롯은 간단했다. 자작이 여자를 만난다, 자작이 여자를 잃는다, 자작이 여자를 만난다. 로지의 은밀한 성향을 드러내는 내용 같은 것은 전혀 찾아볼 수 없었다. 틀에 박힌 양식이었고, 능숙하고 세련된 문체였지만, 이상하게도 생기라고는 느껴지지 않았다. 해미시는 가끔 고지 호텔이나 하숙집 같은 곳에 발이 묶여 있을 때면 손에 잡히는 무엇이든 읽어 치웠고, 그중에는 로맨스도 여러 권 있었다. 어떤 책은 글솜씨 등이 형편없었지만 그럼에도 어쨌든 '로맨스'이기는 했다. 열정적인 장면에서 작가 개인의 성향이나 에너지를 고스란히 전달한다는 점에 있어서 특히 그랬다. 로지의 책 속에서 사랑을 나누는 장면은 이상하게도 밋밋했다. 심지어 로맨스라는 장르가 아주 야하거나 욕망을 노골적으로 드러내는 법이 거의 없는 장르라는 사실을 인정한다고 하더라도 그랬다. 어쩌면 그녀는 자신의 성격을 현실에서도 그렇듯이 책 속에서도 매우 효과적으로 숨기고 있을지도 몰랐다. 그는 아침에 아치와 좀 더 얘기를 나눠 봐야겠다고 생각했다.

다음 날 아침, 로흐두 마을의 많지 않은 인구는 신선하고 건조한 바람이 부는 맑은 날씨에 상쾌한 기분으로 일어났다. 여전히 두건의 집을 샅샅이 조사하고 있던 감식반원들은 일을 하며 휘파람을 불었고, 심지어 블레어도 미소 짓는 모습이 목격될 정도였다.

해미시 맥베스는 옷을 입고 세수를 한 후 청명한 날씨를 만끽하러 밖으로 나갔다. 고깃배가 잡아 온 생선을 내리고 있는 항구에서는 신나는 외침과 비명이 들려왔다. 로흐두 뒤편의 쌍둥이 산은 몇 주 만에 처음으로 푸른 하늘을 배경으로 그 봉우리를 드러냈다. 산등성이에는 헤더가 산불처럼 피어올랐고, 마가목에는 이미 붉은 열매가 달리기 시작했다. 너무도 오랫동안 비에 씻겨 황량하던 낮은 산 중턱에는 노란 가시금작화가 무리 지어 피어 다채로움을 더하고 있었다.

바로 그때 해미시는 천천히 걸어가는 지미 앤더슨 형사의 키 큰 형체를 알아봤다. 그가 손을 흔들며 소리 질렀다. "한잔하기에는 너무 이른가요?" 블레어 경감의 부하인 앤더슨에게서 정보를 얻어 내려면 위스키만 한 게 없었다.

"한잔하기에 이른 시간이란 없죠." 앤더슨이 밝게 대꾸했다. "어서 갑시다."

해미시는 경찰서로 들어가 책상 맨 아래 서랍에서 스카치 위스키 한 병을 꺼내 넉넉하게 한 잔 따랐다.

"블레어 경감이 병리학자에게 엄청나게 성질을 부려 댔어요. 그가 경감에게 계속해서 '내가 지난번에 얘기했잖아요'라고 했거든요. 그런데 경감은 들은 일이 없다고 맹세라도 할 수 있대요. 당신, 두건과 싸우지 않은 거 정말 다행인 줄 알아요."

"왜요?"

"그의 집에서 아주 야비하게 생긴 브라스 너클* 한 쌍을 찾아냈거든요."

"그럴 거라고 예상은 했었어요." 해미시는 두건이 장갑을 끼고 있었다고 했던 앤디의 말이 기억났다. "그런 인간의 살인범을 찾아야 한다는 게 정말 안타까운 일이에요."

"맞아요, 친구. 이 위스키 정말 끝내주는데요. 블레어 경감

---

* 손가락에 끼우는 쇠뭉치로, 싸움에서 무기로 사용한다.

이 용의자들 때문에 아주 돌아 버리려고 해요."

해미시의 녹갈색 눈이 날카로워졌다. "예를 들어 어떤 용의자요?"

"음, 우선 누군가 아치 매클레인이 피해자를 협박하는 소리를 들었다고 하고, 또 피해자가 맥태비시라는 산림 인부와 싸움을 벌였다고도 하거든요."

블레어가 아주 바빴겠군, 해미시는 생각했다. "또 누가 있어요?"

"여자도 있어요."

"어떤 여자요?" 해미시는 '로지 드랄리'라는 이름이 들려오길 기다리고 있었다. 그러나 앤더슨의 입에서 나온 이름은 그를 놀라게 했다.

"애니 퍼거슨이라는 미망인이에요."

"아니, 말도 안 돼요! 우리 마을의 애니라고요?"

"두건이 그 여자와 내연 관계였대요."

"누가 그래요?"

"그 여자가요."

"말도 안 돼요!"

"사실이에요. 그 여자가 직접 블레어를 찾아가서 털어놨어요. 조만간 그도 알게 될 게 뻔하다고 생각한 거죠."

"난 생각지도 못한 일이에요." 해미시가 유감스러워하며 말했다. "그동안 난 이 마을 소문에는 전혀 귀를 기울이지 않고 있었어요. 그것도 내 업무의 일환이라는 걸 완전히 잊고 있었던 거죠." 그리고 해미시는 빠르게 생각했다. 40대 후반의, 마을에서 존경받는 독실한 기독교 신자인 애니 퍼거슨…… 과 랜디 두건이라니!

"좋아요, 그녀가 두건과 내연 관계였다고 쳐요." 해미시가 말했다. "하지만 왜 그 사실을 블레어에게 말해야겠다고 생각했을까요? 그녀처럼 존경받는 사람이라면 그런 일에 대해서는 조용히 입 다물고 있어야겠다고 생각할 것 같거든요. 내 말은 대체 어느 누가 블레어에게 그런 얘기를 털어놓고 싶겠냐는 겁니다."

"생각해 보면, 그 여자가 그와 바람을 피웠다고 정확하게 말한 건 아니었어요. 블레어가 워낙에 야비한 성격이잖아요. 그래서 그럴 거라고 넘겨짚은 거죠. 퍼거슨 부인 말로는 자기가 일주일 전에 자기 집 밖으로 두건을 쫓아 나가서 그에게 물을 몇 양동이 퍼부었다고 해요. 그리고 죽여 버리겠다고 고래고래 고함을 질렀대요. 그가 자기에게 뭔가 끔찍한 걸 해 달라고 요구했다는 거예요. 남자라면 절대로 여자에게 요구해서는 안 될 일요."

"도저히 믿기지 않네요. 대체 그게 무슨 일이었는데요?"

"그건 말하지 않더라고요. 그냥 흐느끼고 껵껵 울면서 그

더러운 단어를 도저히 입에 올릴 수가 없다고 하더라고요."

해미시의 고지적 호기심이 걷잡을 수 없이 일어났다. 그는 갑자기 얼른 지미를 보내 버리고 애니 퍼거슨을 찾아가 면담을 하고 싶었다.

"당신도 블레어가 어떤지 잘 알잖아요." 지미가 말을 이었다. "그가 그 자리에서 퍼거슨 부인을 체포하지 않은 게 의아할 지경이라니까요. 얼마나 이 사건을 끝내 버리고 싶어 하는데요."

"해미시 맥베스!" 부엌에서 고압적인 목소리가 그를 불렀다.

"웰링턴 부인이네요. 목사님 부인요." 해미시가 말했다. "이제 그만 가 봐요."

"내가 이 술 가져가도 돼요?"

"아니, 그건 안 돼요." 해미시는 병을 꽉 움켜쥐고 맨 아래 서랍에 단단히 숨겨 놓았다. 지미는 공짜 위스키를 못 잊어서 다시 돌아올 게 분명했지만, 부디 그때는 흥미로운 정보를 좀 더 가져와야 할 터였다.

앤더슨 형사를 보내고 나서, 그는 부엌으로 나가 거구의 웰링턴 부인을 맞이했다.

"내가 알고 싶은 건," 웰링턴 부인이 호전적으로 말했다. "당신이 무슨 역할을 하고 있는가예요."

"살인 사건 수사에서 말씀입니까? 실은 제가 할 수 있는 게 별로 없어요. 이번 사건 수사에서 제외됐거든요."

"내가 블레어 경감을 도저히 참아 넘길 수 없는 한은 아무도 당신을 수사에서 제외할 수 없어요. 지금 당장 가서 애니 퍼거슨을 만나 봐요. 블레어가 그 가여운 부인을 흔들리는 난파선으로 만들어 놨어요. 그 짐승 같은 두건이 그녀를 유혹해서 그 존경받던 이름을 앗아 가 버렸다고요."

해미시는 눈을 끔뻑였다. "전 오늘날 이 자유분방한 시대에는 여성에게 빼앗기고 말고 할 만한 존경받는 이름 같은 건 없다고 생각하는데요."

"당신의 그 시답잖은 농담 같은 거 들어 줄 여유 없어요. 퍼거슨 부인이 당신을 불러 달라고 날 보낸 거예요. 당신이 도와주지 않으면, 블레어에게 바로 체포당할 것 같은 기분이 든대요."

"곧 가겠습니다." 해미시는 자신이 면담하고 싶어 하던 바로 그 여성의 초대를 받았다는 사실에 매우 기분이 좋아졌다.

"그리고 그 돼지 같은 블레어가 당신에게 뭐라고 하면," 웰링턴 부인이 말했다. "내가 당신에게 퍼거슨 부인을 만나라고 했다고 말해요."

"그러죠." 해미시가 대꾸했다. 그리고 웰링턴 부인을 밖으로 안내한 후 자신은 부둣가를 따라 애니의 작은 집으로 향했다. 애니 퍼거슨의 집은 로흐두 밖으로 이어지는 홍예다리 바로 전에 있었다.

애니가 문을 열어 주었을 때, 그는 놀랍고 경이로운 심정으로 그녀를 찬찬히 바라봤다. 누군가를 매우 잘 알고 있다고 생각했는데, 어느 순간 자신이 그 사람에 관해 전혀 모르고 있다는 사실을 깨닫게 되는 것은 참으로 새로운 경험이었다. 하지만 다른 누구도 아닌, 코르셋으로 몸을 단단히 여미고 잿빛 머리를 뽀글거리게 파마한 애니 퍼거슨이 두건처럼 거친 사람에게 격정적인 감정을 느꼈다고 하면 대체 누가 믿을 수 있겠는가?

"들어와요." 애니가 말했다. "정말 어떻게 해야 좋을지 모르겠어요." 그녀의 목소리가 떨렸다.

해미시는 깔끔한 거실로 안내되어 들어갔다. 방 안은 반짝거리게 광을 낸 가구 몇 점과 강철 액자에 끼워 놓은 사진으로 장식돼 있었다. 전면이 퀼트 천으로 덮이고 양초 받침이 놓인 구식 수형피아노* 한 대가 한쪽 벽에 붙어 있었다.

열린 창문 앞에서 레이스 커튼이 펄럭였고, 밖에서는 로흐두의 평범한 일상에서 나오는 부산한 소리가 가느다랗게 흘러들었다. 사람들의 이야기 소리, 아이들이 뛰노는 소리, 라디

---

* 현을 세로로 쳐 놓은 직립형 피아노이다.

오에서 터질 듯이 흘러나오는 음악 소리 그리고 양지바른 도로를 따라 차들이 지나가는 소리가 들려왔다.

"그래, 무슨 일이에요, 애니?" 해미시가 물었다.

"앉아요. 내가 맛있는 차 한잔 끓여 올게요. 참, 스콘 구워 놓은 것도 있어요. 해미시, 스콘 좋아하잖아요."

공짜 음식이라면 사족을 못 썼지만, 해미시는 애니가 무슨 얘기를 털어놓을지 너무도 궁금해서 이번만은 기꺼이 차와 스콘을 사양할 수 있을 듯한 기분이었다. 하지만 고지 가정집에서는 절대로 주인의 호의를 거절해서는 안 되는 법이었다. 그는 애니가 부산스럽게 오가는 동안 초조하게 앉아 기다렸다. 잠시 후 그녀가 장미 문양이 장식된 배가 불룩한 도자기 찻주전자와 같은 문양의 찻잔, 크림 단지, 각설탕이 올라간 쟁반을 가지고 거실로 들어왔다. 그리고 황금색으로 따뜻하게 구워져 버터가 배어나는 스콘이 뒤따라왔다.

해미시는 의무감에 차 한 잔과 스콘 두 개를 먹고 말을 꺼냈다. "자, 그럼 무슨 일인지 말씀해 보세요."

"아마도 신이 나를 벌주시려나 봐요." 그녀가 말했다. 두 눈에 마치 며칠 내내 흐느껴 운 사람처럼 눈물이 고이기 시작했다.

"이런, 이런." 해미시가 말했다. 그는 왜 뭔가가 뜻대로 안 되거나, 전적으로 자기 실수로 일이 잘못됐을 때도, 사람들은 신이 자기를 해코지하고 있다고 단정하는 것일까 의아한 생각이 들었다. 물론 이런 생각을 하는 게 이번이 처음은 아니었다. "그냥 천천히 차근차근 얘기해 보세요. 그리고 기억해 보세요. 저는 무슨 말을 들어도 놀라지 않을 테니까요."

"당신은 정말 좋은 사람이에요, 해미시. 랜디와 나는 파텔 씨네 가게에서 처음 대화를 나누게 됐어요. 그때 난 밀가루를 사고 있었는데, 랜디가 나를 보면서 음식을 잘할 것 같다고 하더라고요. 그래서 난 마을 사람들에게 늘 하던 식으로 '아, 집에 한번 들르세요, 제가 구운 스콘을 대접할게요'라고 했어요. 그랬더니 다음 날 정말 그가 찾아와서 우린 대화를 나누게 됐어요. 난 글래스고 밖으로는 나가 본 적이 없어요, 해미시. 그래서 그의 이야기에 완전히 빠져들었죠. 그리고…… 그가 날 여자처럼 바라보더군요. 내 말은, 내 남편조차도 세상을 뜨기 몇 년 전부터는 날 그런 눈으로 바라본 적이 없었어요. 무슨 뜻인지 해미시도 알 거예요. 그렇지만 나는 괜히 쓸데없는 구설에 오르고 싶지 않았어요. 그런데 그가 나를 사모한다고 말하는 거예요. 난 이 마을에서 내가 얼마나 존경받는 사람인지 그리고 이 마을에 소문이 얼마나 빨리 도는지 얘기하면서 내 평판을 망치고 싶은 생각이 없다고 했어요. 그러자 그가 뒷길로 돌아와서 아무도 자기를 보지 못했다고 하는 거예요. 아무도 모를 거라고. 그래서…… 그를 허락했어요."

"그와 내연 관계였던 건가요?"

"네."

"그리고 그걸 비밀에 부쳤다는 건 말 안 해도 알겠어요. 그럼 뭐가 잘못된 건가요?"

"그가 내게 너무 불쾌하고 사악한 짓을 해 달라고 요구했어요."

"저한테는 털어놔도 됩니다." 해미시가 달래듯이 말했다. "자, 그게 무슨 일이었어요?"

그녀가 갈라진 목소리로 말했다. "정말 아무에게도 말하면 안 돼요. 아, 더럽고 사악한 짐승 같으니!"

"자, 애니, 원래 밖으로 나가면 세상이란 곳이 사악함 천지예요. 그렇지만 우린 로흐두에서 온실 속 화초처럼 보호받으며 살고 있어요. 그러니 애니가 당했다는 그 일이 어쩌면 그리 끔찍한 일은 아닐지도 몰라요. 그냥 말해 버리면 기분이 훨씬 나아질 겁니다. 블레어 경감에게는 절대 말하지 않을게요."

"그럼 내가 얘기할 때 내 쪽을 쳐다보지 말아 줄래요?"

"그래요, 저쪽으로 가서 창밖을 내다보고 있을게요."

그가 일어나서 창가로 다가가 레이스 커튼 사이로 밖을 내다봤다. 제시와 네시 커리 자매가 팔에 장바구니를 끼고 뭔가를 논쟁하며 천천히 지나가는 중이었다.

"그가 어느 날 밤, 그러니까 살인이 일어나기 사흘 전에 나

를 찾아왔어요." 애니가 잠긴 목소리로 말했다. "그러고는 내
게 줄 선물을 사 왔다면서 침대에 들기 전에 그것으로 갈아입
어 주면 좋겠다고 하더군요."

"그게 뭐였습니까?"

"가터벨트와 솔기가 있는 검은 스타킹…… 그리고…… 그
리고…… 가랑이가 없는 보라색 팬티였어요. 그걸 입고 침대
로 들어가라는 거였죠."

해미시는 갑자기 키득거리고 싶은 욕구를 느꼈다.

"내가 그에게 말했어요. 얼굴을 똑바로 보고 말했죠. 난 매
춘부가 아니라고. 그리고 이런 말도 해 줬어요. 내 남편 헥터
는, 아, 부디 저승에서도 평안하길, 살아생전 그는 심지어 결
혼 생활 내내 침실에서 불도 한번 켜지 않았었다고요. 그런데
그 더러운 짐승 같은 인간은 감히 나한테 내가 점점 지루해진
다면서 뭔가 짜릿한 걸 시도해 보고 싶다고 하더군요. 나는 그
더러운 사탄의 속옷을 불 속에 던져 넣고, 그에게 당장 나가
라고 소리 질렀어요. 그는 그냥 선 채로 날 비웃고 있었는데,
꼭 악마처럼 보이더라고요. 그래서 죽여 버리겠다고 했던 거
예요. 우린 부엌을 통과해 걸어갔고, 거기서 내가 그에게 물건
들을 집어 던지기 시작했죠. 그는 앞문으로 걸어 나갔고, 나는
그의 머리에 냄비를 집어 던졌어요. 그러니 블레어 경감도 그
얘기를 곧 전해 듣게 될 거라는 생각이 들었던 거예요."

해미시가 돌아섰다. 애니의 평범한 얼굴이 수치심으로 빨갛게 달아올라 있었다.

"자, 여기 봐요, 애니, 괴로워할 필요 없어요. 사실 별로 충격적인 일도 아니지만, 다른 사람이 알아야 할 이유도 필요도 없어요. 그냥 경찰에게는 그가 치근대서 밖으로 쫓아 버렸다고 하면 돼요. 간단하잖아요. 내 말은, 블레어에게는 랜디와 잤다는 말을 할 필요가 없다는 거예요."

"아, 해미시, 그 생각은 전혀 못 했어요."

"웰링턴 부인 말고 다른 사람에게 이 얘길 한 적 있어요?"

그녀가 고개를 저었다.

"그렇다면 얘기하지 마세요. 그냥 내가 일러 준 대로 말해요. 다른 말은 절대로 할 필요 없어요. 그건 그렇고, 웰링턴 부인은 랜디의…… 그러니까…… 그의 행동에 대해 뭐라고 하던가요?"

"남자들은 원래 다 그렇다고, 자기도 책에서 읽었다고 하면서 걱정하지 말라고 했어요. 그리고 도시에 있는 상점에서는 다 그런 속옷을 판다면서, 아마 무릎에 고무줄이 들어간 여자 속옷을 파는 곳은 세계에서 로흐두가 유일한 장소일 거라고도요. 그렇지만 난 그 말은 못 믿겠어요. 어떻게 자존감이 있는 여자가 그런 옷을 입을 수가 있죠?"

"더는 그런 생각으로 자신을 괴롭히지 말아요, 애니. 근데

한 가지만 물어볼게요. 살인이 일어나던 날 밤에 뭘 하고 있었나요?"

"결투 시간이 될 때까지 집에 있었어요. 그러다가 시간이 돼서 당신이 그 인간을 완전히 박살 내 주기를 바라면서 싸움을 보러 나갔죠."

"싸우기만 했다면 그랬겠죠." 말은 이렇게 했지만 해미시 스스로도 믿지 않는 말이었다. "랜디가 총에 맞기 전에 클로랄 수화물에 마취됐다는 사실, 알고 있어요?"

"그게 뭔데요?"

"옛날에 많이 복용하던 수면제 종류예요. 마을에서 혹시 아직도 그걸 가지고 있을 만한 사람을 알고 있나요?"

"아니요. 그렇지만 브로디 선생은 알지도 몰라요. 여기서 의사 생활 한 지 꽤 됐잖아요."

해미시는 그 명백한 사실을 먼저 생각해 내지 못했다는 사실에 스스로를 저주했다. "그럼 전 가서 의사 선생님하고 얘기를 좀 나눠 봐야겠어요. 이제 기분 좀 괜찮아졌어요, 애니?" 그가 자리에서 일어서자 애니도 따라 일어섰다. 그녀가 해미시의 뺨에 키스하고는 성긴 속눈썹 아래서 눈을 들어 그를 올려다봤다. "고마워요, 해미시. 언제라도 마음 편하게 들러 줘요. 다른 사람이 얘기 않던가요, 해미시가 굉장히 매력적인 남자라고?"

해미시는 서둘러 애니에게서 떨어져 나와 문으로 걸어갔다. "안녕히 계세요." 그가 말하고는 밖으로 도망치듯 나가 신선한 공기를 깊이 들이마셨다.

애니는 창가로 가서 그가 가는 모습을 지켜봤다. "키만 컸지, 숙맥이야." 그녀가 거의 혼잣말처럼 말했다. "너무 노골적으로 유혹한 건 아닌가 모르겠네."

해미시는 그날 아침에는 수술이 없다는 사실을 알고 있었기에 의사의 집으로 찾아갔다. 의사 부인 앤절라 브로디가 문을 열어 주었다. "들어와요, 해미시." 그녀의 가느다란 얼굴이 반가움으로 환하게 밝아졌다.

"선생님 집에 계세요?"

"부엌에 있어요."

해미시는 어수선한 부엌으로 갔고, 브로디 선생은 토스트를 먹으며 커피를 마시는 중이었다.

"여긴 웬일인가, 해미시?" 의사가 물었다. "물론 공짜 커피를 찾아온 것 말고."

"클로랄 수화물요." 해미시가 말했다.

"블레어 경감의 부하 하나도 그걸 물어보러 들렀더군. 난 그걸 처방해 준 적이 없거든. 실은 난 아예 수면제의 효능 자체를 믿지 않아. 그래서 수면제를 달라고 하면, 잠 좀 부족하다고 해서 죽지는 않으니 걱정하지 말라고 말해 주지."

"그렇지만 꿈이 부족하면 죽을 수도 있다고 하던데요." 해미시가 말했다. "신문에서 읽었는데……"

"로흐두에서는 꿈이 부족해서 죽을 일은 없네. 다들 눈 뜨고도 꿈을 꾸지 않나."

"앤절라에게 야한 속옷에 관해 좀 물어봤으면 해요."

"내가 잠시 자리를 비켜 줄까?"

"아니요. 저기, 앤절라," 해미시가 말했다. "요즘 같은 시대에 중년 여성이 가터벨트와 가랑이 없는 팬티 같은 걸 입는다는 생각에 경악하고 그러는 게 상상이 가나요?"

"중년 여성이라면, 분명히 젊었을 때 가터벨트는 입어 봤을 테지만, 가랑이 없는 팬티는 충격적일 수도 있죠. 어떤 중년 여성이 경악하는데요, 해미시?"

"아, 아닙니다. 그럼, 클로랄 수화물은……?"

"어쩌면," 브로디 선생이 대꾸했다. "어느 집 약장 속에 과거에 복용하던 게 남아 있을지도 모르지. 마을 사람 중에 영국 제도에 친척이 있는 사람도 많지 않나. 그 친척은 잡동사니로 가득 찬 약품 캐비닛을 대대로 물려받았을 테고. 내가 바라섬에 마지막으로 갔을 때는, 캐비닛에 옛날 약을 가득 가지고 있는 사람도 만났었어. 그 산탄총은 어떤가, 해미시? 경찰에서 기록을 샅샅이 뒤지고 있을 테지."

"아마 그럴 테죠. 제 말은, 그게 일상적인 절차니까요." 해미시는 건성으로 대답했다. 그리고 앤절라 쪽을 바라봤다. 커피 추출기에 신선한 커피를 넣는 중이었다. 그녀는 애니와는 정반대의 느낌을 주었다. 왜지? 해미시는 갑자기 글래스고의 버스 정류장에서 그에게 인버네스에 있는 집까지 버스를 타고 갈 차비를 빌려 달라고 사정하던 한 여성이 떠올랐다. 그녀는 노상강도를 만났다고 얘기했었다. 그때 해미시는 그녀에게 넉넉하게 버스 요금을 내주었다. 여자가 꽤 예의 바르고 점잖아 보였기 때문이었다. 하지만 그날 저녁 그는 고주망태가 되어 소키홀 거리를 비틀거리며 걸어 다니는 그녀를 다시 만났고, 그제야 자신이 속았다는 사실을 깨달았다. 애니와 나누었던 대화에도 진실처럼 느껴지지 않는 뭔가가 있었다.

그는 애니가 평소 입는 속옷은 어떤 종류일지 궁금해졌다. 브로디 부부와 대화를 나누는 동안 그는 그 문제를 돌이켜 생각해 봤다. 그리고 커피를 한 잔 마시고 그곳을 나왔다. 그가 다음으로 찾아간 사람은 아치 매클레인이었다.

어부는 밤새 고기를 잡고 들어와서도 낮 동안에 내내 깨어 있는 것처럼 보였는데, 그건 도저히 풀리지 않는 의문 중 하나였지만, 어쨌든 아치는 집 밖 햇살 속에 앉아 파이프 담배를 피우고 있었다. 해미시는 그의 옆 담벼락에 기대앉았다. "로지를 찾아가서 얘기를 나눠 봤어요." 그가 말했다.

아치의 갈색으로 그은 옹이 진 작은 얼굴이 환하게 밝아지다가, 곧 초조한 표정으로 어깨 너머 집 쪽을 돌아봤다. 집 안에서는 그의 아내가 마룻바닥에 솔질을 하고 있을 터였다.

"어떻게 지내?"

"잘 지내던데요." 해미시가 말했다. "적어도 내가 보기에는요. 그렇게 친절한 사람은 아니더라고요. 속마음도 잘 드러내지 않고, 경계심도 심한 사람 같았어요."

"아, 그런 면이 바로 신비로움을 불러일으키는 거라고." 아치가 열정적으로 말했다. "그녀가 천생 여자라는 걸 보여 주는 거야."

"아치 같은 남자가 그런 여자와 알고 지낸다는 게 좀 의아하네요. 거기 드나드는 걸 부인이 알게 될까 봐 겁나지는 않아요?"

"집사람도 알아. 내가 로지의 책을 줬다고 했잖아, 기억 안 나? 아내는 로지가 나이 먹은 노파라고 생각하는데, 그냥 그렇게 알고 있으라고 내버려 뒀어."

"조만간 알게 될걸요."

"상관없어." 아치는 용감하게 말했지만, 그의 눈은 다시 한 번 두려운 듯이 뒤쪽을 돌아보고 있었다.

"로지가 자기 얘기를 하던가요?" 해미시가 궁금하다는 듯이 물었다. "이 마을에는 왜 왔는지 그런 얘기요."

"고지 지역에 관한 정보를 좀 알고 싶어서 왔다고 했는데, 여기가 생활비가 훨씬 싸게 먹힌다는 얘기도 하더라고. 그리고…… 내가 아주 흥미로운 남자라고 했어." 그러면서 아치가 흉측하게 히죽였다.

아치처럼 아내에게 꽉 잡혀 사는 소심한 남자에게 그런 아부는 거의 마약이나 다름없을 터라고 해미시는 생각했다. 하지만 이 초라한 어부의 마음을 달아오르게 해 환심을 사서 대체 로지는 무엇을 얻으려 했을까?

그는 아치에게 작별을 고하고 토멜성 호텔로 향했다. 차를 몰고 가는 길에, 부둣가에 서 있는 블레어 경감을 보고 반갑게 손을 흔들었지만, 답례로 돌아온 것은 의심하는 듯한 눈 흘김뿐이었다.

"이번엔 뭐예요?" 해미시가 기념품 가게로 들어가는 동안 프리실라가 말했다.

"내가 그냥 당신을 만나고 싶어서 들렀을지도 모른다는 생각은 한 번도 안 해 봤죠?" 해미시가 구슬프게 말했다. "그렇지만 어쨌든 맞아요. 부탁할 게 있어요."

"뭔데요?"

"오늘 오후에 차나 한잔하자고 애니 퍼거슨을 성으로 초대해 줄 수 있겠어요? 시간은 3시 어때요?"

"난 그 여자하고는 잘 알지도 못해요, 해미시. 그런데 내가 왜 그녀를 초대해야 하죠?"

"왜냐하면 내가 그녀의 집을 좀 수색하고 싶거든요. 내 생각엔 그 여자가 나한테 뭔가를 숨기고 있는 것 같아요."

"당신이 무단으로 남의 집 문을 따고 들어가는 걸 도우라는 거예요?"

"문을 따고 들어갈 필요도 없어요. 원래 문을 걸어 놓지도 않는 사람이거든요. 부탁해요, 프리실라."

"아, 알았어요. 그럼 무슨 핑계를 대면서 초대하면 돼요?"

"핑계 같은 건 필요 없어요. 당신이 이 성의 안주인이잖아요. 초대만 받아도 좋아 죽을걸요. 아마 총알처럼 달려올 겁니다."

"전화번호 줘 봐요. 내가 지금 전화할 테니까, 장애물이 바로 치워지는지 확인해 봐요."

프리실라가 애니에게 전화를 걸어 성으로 초대했다. 해미시는 수화기 저편에서 들려오는, 열정적으로 초대를 수락하며 꺽꺽거리는 소리를 들을 수 있었다. "기억해요," 프리실라가 수화기를 내려놓으며 경고했다. "만약 무단 침입했다가 걸리면, 나는 당신과 아무 상관 없는 거예요."

기념품 가게를 나온 후, 해미시는 호텔 주차장을 가로질러 경찰 랜드로버를 세워 놓은 곳으로 걸어갔다. 자그마하고 힘이 넘치는 표정의 여성이 그를 향해 손을 흔들었다. "이 지역에서는 놀려면 주로 어디로 가나요?" 그녀가 물었다.

해미시는 모자를 뒤로 밀어 올리고 머리를 긁적거렸다. "논다는 게 정확히 무슨 의미인지에 따라 다르죠." 그가 말했다. "휴가차 오신 겁니까?"

"맞아요." 그녀가 깔끔하게 손질된 손을 내밀었다. "난 베티 존이에요. 존 글로버의 약혼녀죠."

로지와 비교해서 월등히 매력적인 여성이라고 해미시는 생각했다. 베티는 일종의 동물적인 에너지를 뿜어냈다. "그 은행원 말씀인가요?" 그가 말했다.

"맞아요."

해미시는 미소 지었다. "아니, 약혼자와 휴가를 온 분이 왜 다른 곳에서 놀 거리를 찾으십니까?"

"난 어젯밤에 도착했어요. 그런데 낭만이라고는 전혀 모르는 그 인간이 또 업무차 어디로 가 버렸지 뭐예요. 그는 일밖에 몰라요. 나도 같은 은행에 근무하거든요. 저기, 있잖아요, 오늘 밤에 나랑 저녁 먹어요. 난 경찰하고는 식사해 본 적이 없거든요."

해미시의 녹갈색 눈에 순간적으로 사악한 빛이 반짝였다. 그는 자신이 존의 약혼녀와 저녁을 먹고 있는 걸 보게 된다면 프리실라가 무슨 생각을 할지 궁금했다. 심지어 프리실라가 존에게 약혼녀가 있다는 사실을 알고 있기는 한지 궁금하기도 했다. 물론 그녀도 알 게 분명했다. 하지만 그런데도 프리실라가 불쾌하게 느낀다면 기분이 좀 나아질 듯했다.

"영광입니다." 그가 말했다. "로흐두에 이탈리아 레스토랑이 있는데, 꽤 괜찮은 곳이에요."

"위치는 내가 찾아갈게요. 8시 괜찮으세요?"

"좋습니다."

"그때 봬요."

해미시는 휘파람을 불며 자리를 떴다.

오후 3시가 되자마자, 해미시는 블레어의 날카로운 시선을 피해 애니의 집으로 천천히 걸어가서 집 옆에 있는 좁은 길을 따라 올라간 후 뒷문을 활짝 열었다. 랜디도 종종 아무의 눈에 띄지 않고 이 길로 드나들었을 터였다. 길 한쪽 옆에는 연로한 비거 부인이 살고 있었지만 그녀는 귀가 들리지 않았고, 그 맞은편에는 길크리스트 부부가 살았지만, 그들은 이웃에서 벌어지는 일에 전혀 신경 쓰지 않는 매우 특이한 사람들이었다.

예상했듯이 뒷문은 잠겨 있지 않았다. 로흐두는 사람들이 자기 집 문은 물론이고 차 문도 잘 잠그지 않고 돌아다니는, 세상에 몇 안 남은 마을 중 하나였다.

그는 깔끔하게 정돈된 부엌을 지나 침실로 향하는 층계를 올라갔다. 사용하지 않아 퀴퀴한 냄새가 나는 1인용 침실 하나가 먼저 눈에 들어왔다. 복숭아색 플라스틱 재질이 반짝거리는 욕실도 있었다. 그다음이 애니가 사용하는 게 분명한 2인용 침실이었다. 침대는 깔끔하게 정리돼 있었고, 담요는 병원에서 하듯이 사방으로 끼워져 있었다. 침대 옆에는 고인이 된 퍼거슨 씨의 사진과 커다란 성경이 놓여 있었다.

그는 침대 옆에 놓인 탁자 서랍을 열었다. 머리핀 뭉치와 머리망이 하나 들어 있었다. 요즘도 머리망을 쓰는 여자가 있나? 그리고 서랍 뒤쪽에는 콘돔 상자가 들어 있었다. 랜디가 사용하던 것일까?

애니의 주장대로 그녀가 정말 마을에서 존경받는 여성이라면 그리고 아주 잠시 수치스러운 일탈을 한 것에 불과하다면, 이런 물건은 진즉에 없애 버렸을 터였다. 그는 커다란 서랍장으로 다가가서 서랍들을 다 열어 봤다. 맨 위 서랍에는 서류 뭉치가 들어 있었다. 그는 마지못해 그것들을 그대로 두고 아래 서랍들을 들여다봤다. 엄숙하리만치 점잖은 속옷, 무시무시한 코르셋, 커다란 브래지어, 겨울용 양모 속바지, 여름용 면 속바지 등 모든 게 로흐두에서 판매되는 촌스러운 것들이었다. 나일론 페티코트도 레이스 없는 평범한 것이었다. 두꺼운 스타킹도 있었다. 그는 속옷들이 원래 놓여 있던 곳에 그대로 있는지 확인한 후에 조심스럽게 서랍을 닫았다. 그리고 돌아서서 방을 둘러봤다. 벽에 옷장이 하나 기대서 있었다. 그는 방을 가로질러 옷장 문을 열었다. 평범한 정장과 원피스, 치마, 스웨터, 카디건, 두 벌의 트위드 코트 그리고 우비 한 벌이 걸려 있었다. 위쪽 선반에는 모자가 나란히 놓여 있었다. 로흐두 여성들은 여전히 결혼식이나 장례식 혹은 초대를 받아 갈 때면 모자를 썼다.

존경받는 숙녀의 소지품을 무단으로 마구 헤집고 다닌 것에 수치심을 느끼며 좌절감에 막 돌아서려던 찰나, 해미시는 옷장 아래쪽에 서랍 두 개가 있는 것을 알아차렸다. 그는 어깨를 으쓱했다. 일을 시작했으면 끝을 봐야 하지 않겠는가. 그리고 바닥에 무릎을 꿇고 앉아 서랍 위 칸을 열었다.

야한 속옷이 뒤엉켜 있었다. 해미시는 그것을 멍하니 바라봤다. 레이스 장식이 있는 프랑스식 속바지, 가터벨트, 검은색 망사 스타킹, 야한 나이트가운이 보였고, 그 아래쪽에는 포르노 비디오테이프 세 개가 놓여 있었다. 그는 어이없는 심정으로 까치발을 하고 앉았다. 로흐두의 레이스 커튼 뒤에서 벌어지는 일들이라니, 그는 혀를 내둘렀다. 하지만 한 가지는 확실했다. 애니는 야한 속옷을 입어 달라는 요구에 전혀 놀라지도 않았고, 그 옷을 불길 속에 던져 버리지도 않았다. 하지만 그녀는 두건과 요란하게 싸움을 벌였다. 그게 그녀가 블레어 경감에게 털어놓은 사실이었다. 언젠가는 블레어가 그 소식을 듣게 될 테고, 그러면 그녀의 해명도 듣고 싶어 할 것이 분명했기 때문이다. 그렇다면 진짜 무슨 일이 있었던 걸까? 그는 자신이 그녀의 집에 들어왔다는 사실을 알리지 않고 애니와 다시 대화를 나눌 방법을 찾아야만 했다.

갑자기 초인종이 울리기 시작했고, 해미시는 뛸 듯이 놀랐다. 그는 조심스럽게 서랍을 닫고 까치발로 층계를 내려갔다. 현관문 유리에는 성에가 껴 있었지만, 그래도 그는 초인종을 누르는 사람이 거구의 여성임은 알아볼 수 있었고, 웰링턴 부인이 방문했으리라고 짐작했다.

그는 뒷문으로 빠져나가서 다시 울타리를 뛰어넘어 오솔길을 따라 천천히 내려갔다. 오솔길은 뒤쪽 언덕 위에 있는 집까지 연결돼 있었다. 사실 오솔길 맨 위에서 들판을 가로지르면, 랜디의 집에 가 닿을 수 있었다.

그가 오솔길에서 빠져나오는 것을 보고 웰링턴 부인이 손을 흔들었다.

"범죄 현장에 다녀오는 건가요?"

"그냥 둘러보는 중입니다." 해미시가 말했다. "저는 수사에 참여할 수 없거든요."

"맞아요, 불행히도 그렇죠. 난 가여운 애니를 만나러 왔는데, 집에 없는 것 같네요. 애니와 이야기 좀 해 봤어요?"

"예, 만나 봤습니다. 블레어 경감에게는 랜디가 치근덕거려서 언쟁을 하게 된 거라고 진술하라고 했어요."

"아주 영리하군요. 애니의 선량한 이름에 먹칠을 할 수는 없죠."

"범인이 아니라면 그렇겠죠."

"난 당신이 똑똑한 사람이라고 생각했어요! 애니 퍼거슨이 살인범이라뇨! 말도 안 되는 소리 말아요!"

제5장

만약 사람이 살인에 탐닉하기 시작하면,
머지않아 그는 도둑질을 생각하게 될 테고,
도둑질을 하게 되면
다음은 술을 마시게 될 것이며,
그다음엔 안식일을 지키지 않을 테고,
그러면 무례해지고,
모든 일을 미루게 될 것이다.

토머스 드퀸시

해미시는 애니와의 대면은 일단 어떻게 접근할 것인지 먼저 생각해 보고 그 방법을 결정할 때까지 미뤄 두기로 했다. 무턱대고 애니를 만나서 "당신이 집에 가지고 있는 것 같은 속옷을 입는 여성이라면 랜디의 제안에 그다지 충격을 받았을 것 같지 않은데요"라고 말할 수는 없지 않은가.

그는 자신이 블레어와 수사에서 도망칠 구실로 베티와의 저녁 식사를 기대하고 있다는 사실을 깨달았다. 하지만 적어도 언론에 괴롭힘당할 일은 없었다. 언론의 관심이 온통 블레어에게 향해 있기 때문이었다. 해미시는 「살인 마을」이라는 신문의 헤드라인을 보고는 몸서리쳤다. 로흐두는 점차 살인 사건으로 명성을 얻고 있었다. 그는 신문 한 부를 사려던 참이 었지만, 그만두었다.

그는 저녁 식사를 위해 고급스러운 잿빛 맞춤 양복에 실크 넥타이로 멋을 냈다. 근래 해미시는 매우 헌신적인 중고 의류 매장 고객이 되어 가고 있었다. 그는 빨간 머리에 윤기가 흐를 때까지 빗질을 하고 이탈리아 레스토랑으로 출발했다.

베티는 아직 도착하지 않은 듯했다. 윌리 러몬트가 그를 조용한 구석 자리에 마련된 2인용 식탁으로 안내했다. 그때 해미시는 놀라서 윌리의 모습을 쳐다봤다. 청결에 대한 윌리의 광신적인 믿음은 거의 전설에 가까웠다. 그러나 촛불 빛 속에서, 해미시는 평소 깔끔하던 윌리의 용모가 엉망임을 알아차렸다. 얼굴에는 수염이 덥수룩하게 자라 있었고, 저지 양복은 얼룩으로 더러웠다. 그는 격자무늬 식탁보 쪽을 바라봤다. 식탁보 위에는 스파게티 소스가 뭉개져 있었다. 앞선 손님이 식사를 끝낸 후 식탁을 치우지 않은 까닭이었다. 그는 다시 윌리를 바라봤다. 다른 사람이 수염을 기르고 있었다면 일부러 멋을 내려고 수염을 깎지 않았다고 생각했을지도 모르지만, 윌리는 그럴 사람이 아니었다.

"자네, 무슨 일 있는 거야?" 해미시가 물었다. "몰골이 형편 없네. 식탁에 얼룩도 그대로 남아 있고."

"아, 그런 게 다 무슨 소용이에요." 윌리가 짜증스럽게 대꾸했지만, 곧 사라졌다가 행주를 들고 나타나 비닐 식탁보를 깨끗이 닦았다. 해미시는 그때 도착한 베티에게 정신을 빼앗겼다. 그녀는 가슴이 브이 자로 깊이 팬 하얀 블라우스에 검은 치마를 입고 위에는 품이 넉넉한 코트를 걸치고 있었으며, 강한 사향 향수 냄새를 풍겼다. 해미시는 그녀의 눈이 매우 섬세하고 입술은 매우 감각적이며 도톰하다는 것을 알아차렸다.

"여기 근사하네요." 그녀가 의자 등받이에 코트를 벗어 걸치고 자리에 앉았다. 해미시는 다시 윌리가 걱정되기 시작했다. 보통은 그가 손님의 코트를 받아 걸어 주었던 것이다. 윌리가 메뉴판을 가지고 왔다. 해미시에게 건네준 메뉴판 덮개에는 양초 얼룩이 번져 있었다. 해미시는 짜증과 놀라움이 섞인 시선으로 그를 바라봤다. "난 첫 번째 코스는 생략할래요." 베티가 말했다. "다이어트 중이거든요." 그녀는 아보카도 샐러드를 주문했고, 해미시는 라사냐와 발폴리첼라 와인 한 병을 주문했다.

"프리실라는 잘 지내나요?" 윌리가 침울하게 물었다.

"잘 지내." 해미시가 짜증스럽게 대꾸했다. 그와 프리실라의 약혼은 이미 오래전에 끝이 났지만, 마을 사람들은 전혀 그 사실을 받아들일 마음의 준비가 된 것 같지 않았고, 윌리는 해미시가 다른 여성과 식사를 하러 들를 때마다 늘 죄책감이 들게끔 했다.

"그래, 은행에서는 얼마나 오래 근무하셨어요?" 해미시가
물었다.

"열일곱 살 때부터요." 그녀가 쉰 목소리로 웃었다. "그렇지
만 그게 얼마나 오래전인지는 말해 주지 않을 거예요. 담배 좀
피워도 될까요?"

"피우세요." 해미시는 흡연을 하다 금연에 성공한 사람들이
흡연자들을 만날 때마다 느끼는 짜증스러운 감정을 억누르며
대답했다.

그녀가 담배에 불을 붙이고 만족스럽게 연기를 내뿜은 후
연기 사이로 그를 바라봤다. "경찰 일에 관해 얘기 좀 해 주세
요. 살인 사건 수사는 어떻게 돼 가고 있나요?"

"난들 알 수가 있나요." 해미시가 말했다. "난 한낱 동네 순
경인걸요. 살인 사건 수사는 스트래스베인에서 다루거든요."

"소외된 기분 안 느끼세요?"

"왜요, 느끼죠. 그렇지만 원래 그런 식인걸요."

"그럼 당신은 이 지역 문제만 처리하는 거네요?"

해미시는 자신이 로흐두 밖에서 다루었던 살인 사건에 관
해 베티에게 이야기해 줄까 하다가 그러지 않기로 마음먹었
다. "저도 오늘 저녁에는 경찰 일에서 좀 벗어나고 싶네요." 그
가 말했다. "은행 일에 관해 들려주세요."

"음, 난 그냥 말단 은행원이에요. 요즘 세상에 여성해방이 어쩌고저쩌고 다들 말은 많지만, 여자는 승진하기가 하늘의 별 따기죠. 그렇지만 난 내 고객들을 만나는 게 좋고, 은행이 조용할 때면 손님과 수다도 떨고 그래요."그녀가 자신의 고객에 관한 재미있는 일화를 몇 가지 들려주었다.

"그럼 존 글로버 씨와는 어떻게 알게 된 건가요?" 해미시가 물었다.

"그는 머더웰에 있는 지점에서 우리 지점 지점장으로 임명돼 왔어요. 음, 5년쯤 전이네요. 작년 크리스마스 전까지는 서로 교류도 거의 없었죠. 그날 둘 다 좀 취해서 서로의 불행한 결혼 생활에 관해 이런저런 얘기를 나누게 됐었어요. 우린 둘다 이혼했거든요. 그때부터 차츰 관계가 발전한 거죠."

"이런 말 해도 될지 모르겠지만," 해미시가 말했다. "두 분다 스코틀랜드 고지로 휴가를 올 사람처럼은 안 보여요."

"왜요?"

"상당히 고상한 분들 같거든요."

"어머나, 고마워요, 순경님. 그렇지만 당신의 친구 프리실라는 그 말에 대해 어떻게 생각할지 모르겠네요. 당신 말은 고상한 사람들은 스코틀랜드에서 휴가를 보내지 않는다는 거잖아요?"

"내 말은, 당신들은 바닷가에 있는 별 5개짜리 콘티넨털 호텔에 묵을 것처럼 보인다는 거죠."

"아, 우린 고지를 좋아해요. 특히 존이 좋아하죠. 내 생각에
는 그는 전처가 여기 오는 걸 너무 싫어했기 때문에 그녀가 싫
어했던 모든 걸 하면서 특별한 기쁨을 느끼는 게 아닌가 싶어
요. 이 마을과 지금 일어나는 일에 관해 얘기 좀 해 보세요. 이
번 살인 사건에 관해 나름의 관점이 있을 테니까요."

"솔직히 말해서 전 당신의 약혼자 존 같은 사람이 범인이면
좋겠어요."

그녀가 고개를 뒤로 젖히며 박장대소를 하기 시작했다. "존
이라! 대체 왜 존이 사람을 죽이고 싶어 하겠어요?" 그녀가 겨
우 말을 할 수 있게 됐을 때 물었다. "음, 어쩌면 마이너스 통장
대출은 엄청나게 많은데 그걸 갚을 의사는 전혀 없는 고객이
라면 죽이고 싶어 할지도 모르겠네요. 그런데 왜 존이죠? 그
는 내가 지금껏 만난 사람 중에 가장 살인하고는 거리가 먼 사
람이거든요."

"그냥 마을 사람이 아니라 외부인이 범인이었으면 싶은 거
예요." 해미시가 말했다. "마을 사람은 다 내 친구니까요."

"무슨 말인지 알겠어요. 그렇지만 사람 사는 곳에서는 어디
든 다 이상한 일이 일어나곤 하죠. 나는 겨울철에는 여기 절
대로 오고 싶지 않을 것 같아요. 햇빛이라고는 거의 없잖아요.
당신들은 뭘 하면서 즐기나요? 영화관도, 디스코장도, 아무것

도 없어서 묻는 거예요."

"아, 교회에서 이런저런 행사를 해요. 영화도 상영해 주지요. 그리고 다들 집에 텔레비전도 있고, 파텔 씨의 잡화점에서 비디오도 대여해 주죠."

그녀가 앞으로 몸을 숙였고, 해미시는 그녀의 진하고 이국적인 향수 냄새를 맡을 수 있었다. 베티의 눈이 그에게 추파를 던졌다. "그거 말고는 또 없나요, 경찰 아저씨?"

그녀는 강한 성적 매력을 발산하고 있었다. 해미시가 미소 지었다. "그 외의 다른 건 내 개인사라 비밀입니다."

다시 입을 열었을 때, 베티의 목소리는 허스키하고 친밀했다. "난 곧 결혼할 거예요. 그리고 결혼해서 묶인 몸이 되기 전에 잠깐이라도 일탈을 경험하고 싶은 건 남자들만이 아니거든요."

"지금 나한테 같이 자자고 제안하는 겁니까?"

"한번 생각해 봤어요."

"아주 환상적인 생각인데요." 해미시는 맞장구를 치기 시작하다가, 곧 덥수룩한 윌리의 모습으로 시선이 향했고, 다시 한번 머릿속에서 경고음이 울리는 것을 가슴 아프게 들어야 했다. "난 첫 데이트부터 침대로 향하는 건 좋아하지 않아요." 그가 말했다.

"그럼 두 번째는 괜찮을까요?"

해미시는 온몸의 감각이 동요하는 것을 느꼈다. 참으로 오랜만에 느끼는 기분이었다. 그는 다시 프리실라와 사랑에 빠지고 싶은 생각이 전혀 없었다. 베티의 몸은 강하고 육감적이었고, 가슴도 아주 풍만해 보였다. "아마도요." 그가 말했다. "하지만 존이 알게 되면 크게 상처받지 않을까요?"

"존이 모르게 하면 되죠."

"조금만 생각해 보고 결정해도 될까요? 이러니까 내가 꼭 빅토리아 시대 처녀가 된 기분이네요. 너무 갑작스러워서요."

"원하는 만큼 생각해 보세요. 그런데 뭐가 그렇게 걸리는 거예요? 생각보다 쉬운 남자가 아니군요. 내가 마음에 안 들어서 그러는 것 같지는 않은데."

"저기 있는 웨이터 때문이에요. 윌리 러몬트라고 하는데, 그가 평소에는 무척이나 깔끔하고 청결한 사람인데, 지금은 아주 엉망으로 보이거든요."

"부부싸움이라도 했나 보죠. 유부남인가요?"

"네, 이 레스토랑 주인의 친척인 루차와 결혼했지요. 양해해 주신다면, 식사 후에 나는 그와 함께 가서 루차와 대화를 좀 나눠 봐야 할 것 같아요."

"그러세요. 하지만 내가 브랜디 탄 커피 한잔 마실 때까지는 기다려 줘야 해요."

윌리와 루차의 집은 애니의 집 근처, 부둣가 끄트머리에 있는 홍예다리 바로 직전에 자리 잡고 있었다. 해미시는 베티에게 작별 인사를 건넨 후 그곳으로 향했다. 그리고 베티의 궤도를 벗어나자마자 자신이 실제로 그녀와 침대로 들어가는 것을 진지하게 고려해 봤다는 사실을 놀란 심정으로 깨달았다. 그는 은행이라는 곳이 보나 마나 엄청나게 색을 밝히는 곳이 분명하다고 순진하게 생각했다. 그건 어쩌면 단조로운 은행 업무의 특성 때문일지도 몰랐다.

루차가 문을 열어 주었다. 조금 전까지 울고 있던 얼굴이었다. "지금쯤은 당신과 이름이 같은 애를 보러 올 때가 됐다고 생각하고 있었어요." 루차의 아들 이름도 해미시였다. 그는 루차를 따라 안으로 들어갔다. 아기는 작은방에서 잠들어 있었다. 방 안은 이미 봉제 인형으로 가득했고, 맹목적인 부모의 징조를 보이는 온갖 물품이 즐비했다. 해미시는 아기 침대를 들여다보며 적절한 감탄의 말을 해 주었고, 그런 다음 루차를 따라 거실로 갔다.

"무슨 일이에요?" 그가 불쑥 물었다.

그녀가 무겁게 털썩 주저앉더니 고개를 들어 스페인 광장 사진이 끼워져 있는 액자를 올려다봤다. 마치 다시 이탈리아로 돌아가길 기원하는 사람 같았다. "아무 일도 없어요." 그녀가 말했다. "커피 드실래요?"

"레스토랑에서 마시고 왔어요. 그리고 윌리 꼴도 덥수룩하니 말이 아니더군요."

"아무 일도 없다니까요." 그녀가 고집 센 황소처럼 반복해서 말했다.

"루차, 이런 마을에서 뭔가를 비밀로 고수하고 있기란 생각처럼 쉽지 않아요. 어차피 나도 머지않아 알게 될 거라고요."

"아무도 알지 못할 거예요." 그녀가 거의 혼잣말을 하듯이 웅얼거렸다.

"뭘 알지 못해요?" 해미시가 날카롭게 물었다.

"그만 돌아가세요." 그녀의 두 눈에 눈물이 가득 고였다. "너무 피곤하네요."

"그래요, 더는 괴롭히지 않을게요." 해미시가 문으로 향하며 말했다. "난 언제든지 당신과 윌리를 도울 거예요, 당신도 그건 잘 알 테죠, 루차."

그녀가 고개를 돌렸다. 해미시는 슬프고 걱정스러운 심정으로 밖으로 나갔다. 그는 늘 윌리가 약간은 엉뚱한 사람이라고 간주했지만, 그가 불행한 모습을 지켜봐야 하는 건 너무 싫었다. 레스토랑 사장이 여행 중이라 그에게 윌리 문제를 상의할 수도 없는 일이었다. 해미시는 경찰서로 돌아가서 시계를 바라보고 있다가, 윌리가 가게 문을 닫을 시간이 되었을 때 다시 레스토랑으로 가 보려고 길을 나섰다. 그는 유리문으로 레스토랑 안을 들여다봤다. 생전 술이라고는 마시지 않던 윌리가 혼자 식탁에 앉아 있었다. 그의 얼굴이 촛불 빛에 환하게 빛을 발했다. 그는 와인을 마시고 있었다. 해미시가 유리문을 두드렸다. 윌리가 고개를 들더니 가라는 표시로 손을 내저었다. 해미시는 다시 문을 두드렸다. 윌리가 짜증스러운 듯이 자리에서 일어나 걸어와서는 문을 열어 주었다.

"무슨 일이에요? 뭐 두고 간 거 있어요?"

"나 좀 들어갈게, 윌리, 자네와 얘기 좀 해야겠어."

"들어오세요." 윌리가 식탁으로 돌아갔다. 해미시는 그를 따라가서 맞은편에 앉았다.

"왜 이래, 윌리, 친구 좋다는 게 뭔가. 자네 지금 꼴이 형편없어. 얘기해 봐, 자네 마음에서 털어 내라고."

윌리가, 평소 금욕적이기만 하던 윌리가, 와인을 한 모금 더 마셨다. "그녀가 바람을 피웠어요."

"루차가 바람을 피웠다는 거야?"

윌리가 암울하게 고개를 끄덕였다.

"난 그 말 못 믿어. 루차가 직접 그렇다고 말한 거야?"

"아니요, 그렇지만 뒤를 밟았었기 때문에 알아요."

"뭘 알아?"

"아내가 랜디 두건과 바람을 피웠다는 걸요."

두려움이 해미시의 심장을 차갑게 움켜쥐는 듯했다. 하지만 그는 곧 이성을 되찾았다. 영화배우 지나 롤로브리지다의 젊은 시절을 연상시키는 루차는 두건 같은 남자는 쳐다보지도 않을 사람이었다.

"헛소리!" 그가 단호하게 말했다. "말도 안 되는 소리라고. 윌리, 윌리, 루차는 소녀 같은 여성이고, 두건은 고릴라였어."

"그동안 루차가 이상하게 행동했었어요. 그래서 어느 날 루차를 미행했죠. 아내는 내가 레스토랑에 있다고 생각했을 거예요. 그날 난 루차가 그의 집으로 들어가는 걸 봤어요."

"하지만 그건 살인 사건이 일어나기 전이잖아. 자네는 며칠 전만 하더라도 여느 때처럼 말쑥했었어. 그런데 왜 갑자기 이렇게 무너지는 거야?"

"아, 미칠 것 같아서 그래요. 독이 온몸으로 퍼져 나가는 것 같다고요."

"그럼 자네가 물어봤을 때, 루차는 뭐라고 하던가?"

"울기 시작하더니 내가 상관할 바가 아니라고 했어요. 그냥 자기를 믿어 줘야 한다는 말만 반복하고 있어요. 난 두건을 죽여 버릴 생각이었어요. 그런데 어떤 친절한 영혼이 나보다 먼저 가서 놈을 처리해 버린 거죠. 난 선배가 범인을 절대로 잡지 못했으면 좋겠어요."

해미시는 정신을 차리려는 듯이 고개를 가로저었다. 그런 다음 말했다. "술 그만 마시고 나랑 같이 집으로 가지. 그리고 둘이 함께 루차와 대화를 나눠 보자고. 내가 자넬 질질 끌고 가게 하지 말라고."

월리는 해미시의 말에 저항하며 마치 와인병이 자신을 테이블에 잡아 두기라도 할 것처럼 병을 세게 움켜잡았다. 해미시는 역겨움을 표현하는 탄식을 내뱉으며 월리의 팔을 뒤로 비틀어 잡고는 반항하는 월리를 끌고 레스토랑 밖으로 나가 다리 옆의 집을 향해 해안가를 따라 걸어갔다.

그는 문을 열고 월리를 거실로 밀어 넣었다. 루차가 그들을 보고는 다시 울기 시작했다.

"그만해요." 해미시가 분노와 두려움 사이에서 찢기는 듯한 기분으로 소리 질렀다. "자, 이제 우리 셋 다 자리에 앉죠. 그리고 루차가 랜디 두건과 무슨 일이 있었는지 말하는 거예요."

그녀가 이미 흠뻑 젖은 손수건으로 흐르는 눈물을 닦고는 사납게 말했다. "싫어요! 내 남편도 날 믿지 못한다면……"

"이봐요, 내가 만약 당신과 결혼했다면, 그래서 당신이 다른 남자의 집에, 그것도 두건 같은 인간의 집에 들어가는 걸 목격했다면, 나도 그 이유를 알고 싶었을 거예요. 제발 아이 생각을 해요. 집안 분위기가 이러면 애한테 얼마나 안 좋은데요. 내가 블레어 경감에게 당신이 두건을 방문한 걸 보고해야 한다는 걸 모르겠어요?"

"아니, 안 할걸요." 루차가 경악한 표정으로 말했다.

해미시는 자신이 우위를 점했다는 사실을 깨닫고는 밀어붙였다. "무슨 소리, 보고할 겁니다. 그러니 어서 털어놔요!"

루차가 핸드백에서 손수건 하나를 더 꺼내 코를 풀고는 도전적으로 두 사람을 바라봤다. 그러고는 입을 열었다. "일주일만 있으면 윌리의 생일이에요."

해미시는 당황스러웠다. "그런데요?"

"어느 날 밤, 내가 레스토랑에서 일하고 있을 때였어요. 그날 가게가 몹시도 바빠서 멀리건 부인이 나 대신 아이를 봐 줬었죠. 어쨌든 가게에 랜디 두건이 저녁을 먹으러 왔는데, 롤렉스 시계를 차고 있었어요. 그게 너무 근사해 보이더라고요. 그가 내게도 하나 구해 줄 수 있다고 했죠. 그것도 아주 싸게. 난 그거면 윌리에게 좋은 선물이 될 거 같다고 생각했고요. 그래서 그에게 구해 달라고 하고는 비밀로 해 달라고 부탁했죠. 그가 한 주 후에 내게 전화를 걸어서는 그 시계를 구해 놨다고 했어요. 난 그의 집으로 찾아갔어요. 그런데 시계는 진품이 아니라 모조품이었어요. 이탈리아에도 모조품이 널려 있거든요. 난 그에게 시계는 가짜라고 그리고 그가 나에게 수작을 부리고 있다고 말하고는 뺨을 한 대 올려붙였죠."

"왜 이런 얘기를 나한테 하지 않았어요?" 윌리가 소리 질렀다.

"왜냐하면 당신은 날 신뢰해야만 하니까요." 루차도 역시

소리 질렀다. "남편과 아내 사이에는 믿음이 있어야 하는 거라고요!"

윌리가 울기 시작했고, 취해 있는 상태라 딸꾹질도 하기 시작했다. "난 이대로 당신을 잃어버리는 줄 알았어요." 그가 흐느꼈다.

루차가 방을 가로질러 가서 그의 앞에 무릎을 꿇었다. "아, 윌리, 내가 당신을 그렇게까지 고통스럽게 한 줄은 몰랐어요. 아, 윌리." 그녀가 남편에게 키스를 했다. 해미시는 조용히 방을 떠나 밖으로 나가서는 이맛살을 찌푸렸다. 참 나, 이제 해결됐네, 그는 생각했다. 하지만 윌리가 루차의 외도를 의심하고 랜디를 죽여 버리려고 했다는 말이 계속 머릿속에서 떠나지 않고 남아 마음을 어지럽혔다.

해미시는 다음 날 아침 여전히 근심에 싸인 채로 잠자리에서 일어났다. 뭐라도 해야만 할 것 같은 기분이라 그는 다시 애니를 찾아가 왜 그녀가 그에게 거짓말을 해야 했는지 이유를 알아보기로 했다. 물론 자신이 그녀의 집을 뒤져 봤다는 사실은 모르게 해야만 했다.

그가 문을 두드리자 애니 퍼거슨이 문을 열었다. 해미시를 보자 그녀가 매우 기뻐하는 듯했기에, 그는 어쩌면 애니가 진실을 털어놓을지도 모르겠다는 생각이 들었다. 남몰래 그런 야한 속옷을 입는 건 괜찮지만, 그런 옷을 입고 사랑을 나누는 건 정숙하지 못한 일이라고 생각하고 있을지 누가 알겠는가.

그는 차와 스콘을 거절하고 자리에 앉았다.

"애니," 그가 말했다. "솔직히 좀 걱정이 돼서 왔어요."

"어머, 걱정할 일 전혀 없어요." 그녀가 쾌활하게 대답했다. "블레어 경감에게는 해미시가 시킨 대로 얘기했고—"

"실은 그것보다 더 신경 쓰이는 게 있거든요." 해미시가 끼어들었다. "애니," 그가 거짓말을 했다. "부인은 매우 지적인 여성이고 여행도 많이 다녔잖아요. 난 부인이 글래스고까지도 가 봤을 거라고 생각해요."

"물론이에요." 그녀가 우쭐해했다. "세상 구경 좀 했죠." 해미시는 글래스고가 결코 이국적인 장소가 아니며, 스코틀랜드 서부를 좀 다녔다고 해서 누군가가 넓은 세상을 여행하고 다니는 사람이 되지는 않는다는 생각을 했지만, 그런 말을 입밖으로 낼 수는 없었다. "그래서 하는 말인데, 그런 분이라면 랜디의 제안에 그다지 충격을 받았을 것 같지 않거든요."

그녀의 목이 얼룩덜룩해지면서 양쪽 뺨이 빨개지더니 온 얼굴이 붉게 달아올랐다.

분개한 애니가 목청을 높였다. "난 당신을 믿고 속에 있는 얘기를 다 털어놨는데, 당신은 내 말을 의심하는군요! 난 목사님 부인에게도 그 사실을 털어놓은 사람이에요!"

해미시는 한숨을 쉬었다. "애니, 살인 사건 수사에서 거짓말은 매우 위험한 겁니다. 죄가 없다면 아무것도 두려워할 게 없어요." 블레어 같은 인간이 주변에 돌아다닌다는 사실만 제외하면 그렇지, 해미시는 침울하게 생각했다. "나는 부인을 위해 최선을 다하는 거예요. 무고하다면 부인을 보호해 줄 거라고요. 하지만 아무리 생각해 봐도 부인이 들려준 이야기는 말이 되지 않아요. 제발요, 애니, 진실을 말해 줘요."

"당신도 다른 남자들과 똑같군요." 그녀가 중얼거렸다. "당신 자신을 들여다봐요. 당신이 그 사랑스러운 프리실라에게 무슨 짓을 저질렀나 보라고요. 그녀는 당신 같은 사람에게는 과분한 여자예요. 그런데도 당신은 프리실라를 차 버렸어요."

"우린 서로 합의해서 헤어진 겁니다. 제가 그녀를 찬 게 아니에요." 해미시가 화가 나서 말했다. 그 순간 그의 얼굴이 밝아졌다. "바로 그거야! 그가 부인을 버린 거군요. 그 고릴라가 부인을 차 버린 거예요." 그녀는 황소처럼 조용히 양탄자만 내려다보고 있었다. 빛바랜 윌턴 양탄자는 서양 장미 문양으로 덮여 있었다. "맞아, 바로 그거였어." 해미시가 말했다. 그의 목소리가 갑자기 부드러워졌다. "그리고 부인도 그를 경멸했던 거예요. 그래서 그에게 거부당한 게 더 모욕적으로 느껴졌던 거죠. 부인은 그와 관계를 맺었다는 사실이 수치스러웠을 겁니다. 그가 왜 그만 만나자고 하던가요?"

그녀가 마른 흐느낌을 약하게 내뱉었다. "더 나은 여자를 찾았다고 했어요."

"그게 누구라던가요?" 해미시는 다시 심장을 움켜쥐는 두려움을 느끼며 물었다.

"그 매춘부, 루차 러몬트요."

"루차는 매춘부가 아니에요. 알잖아요, 애니. 그건 그냥 질투 때문에 하는 말로 들을게요. 루차는 그와 아무 관계도 아니었어요."

"그럼 왜 그 여자가 그의 집으로 들어간 거죠?"

해미시는 속으로 신음을 내뱉었다. 이 마을에는 비밀이란 게 없었다. 머지않아 블레어 경감도 이 소문을 듣게 될 터였다. 물론 마을 사람들은 절대 블레어에게 협조하지 않겠지만, 문제는 단서를 찾겠다고 랜디의 집 주변 헤더 들판을 이 잡듯이 뒤지고 다니는 몇몇 경찰이었다. 그들은 저녁이면 일을 끝내고 술집으로 몰려가서 한잔씩 하곤 했고, 그러면서 떠도는 소문을 듣고 블레어 경감에게 전할 수도 있었다.

"랜디가 루차에게 윌리의 생일 선물로 줄 롤렉스 시계를 싸게 살 수 있게 해 주겠다고 했어요. 그래서 루차가 그걸 가지러 갔다가 모조품이란 걸 알게 된 거죠. 랜디가 그녀에게 수작을 걸다가 뺨도 한 대 맞은걸요. 그게 자초지종입니다. 랜디는 자만심에 차 있던 자라 자기가 행운을 잡을 수 있을 거라고 생각했던 거예요."

"그럼 이제 어쩔 건가요?" 애니가 갑자기 겁에 질려 물었다. "내가 거짓말한 걸 당신이 말하면, 블레어 경감이 날 체포할 거예요."

해미시는 잠시 아무 말 않고 가만히 앉아 생각에 잠겼다. 알고 있는 사실을 블레어에게 털어놓지 않는다면 그건 경찰 수사를 방해하는 셈이 될 터였다. 하지만 털어놔 봤자 블레어는 여태 그 사실을 비밀로 하고 있었다고 해미시를 엄청나게 공격해 댈 게 뻔했다. 마침내 그가 물었다. "당신이 그를 죽였나요, 애니?"

"아니요." 그녀가 대답했다. "하지만 죽이고 싶었어요."

"이 사실은 우리 둘만 알고 있죠. 그리고 부디 그게 아무에게도 알려지지 않기를 빌어 보자고요. 하지만 내가 진짜 살인범을 빠른 시일 내에 찾아내지 못한다면, 당신이나 루차 둘 다 곤란한 지경에 처하게 될 겁니다!"

제6장

비난받기 전에는 절대로 변명하지 마라.
찰스 1세

다음 날 프리실라가 점심을 먹으려고 기념품 가게 문을 닫았을 때, 갑자기 존 글로버가 나타났다. "여행에서 돌아온 거예요?" 프리실라는 존이 처음 저녁 식사에 초대했을 때 자신에게 약혼녀가 있다는 사실을 밝혔어야 했다고 생각했기에 다소 껄끄러운 기분을 느끼며 물었다.

"방금 돌아왔는데, 배가 무척 고프네요."

프리실라는 시계를 바라봤다. "식당에서 점심을 제공할 거예요."

"식당에서 먹고 싶지 않아요. 날씨가 정말 좋거든요. 함께

드라이브라도 가죠."

"베티는 뭐 하고 있는데요?"

"나도 몰라요. 어젯밤에 당신 친구인 그 순경하고 저녁을 먹기로 했다고 말하고는 어딘가로 사라졌어요."

"그럼 같이 가도 되겠네요." 프리실라가 말했다. "내 말은, 베티만 개의치 않는다면요."

"그럼요, 개의치 않을 겁니다. 우리가 친구 사이라고 이미 말했거든요."

프리실라는 그와 함께 나가면 안 된다는 사실을 알고 있었다. 그러나 해미시가 베티와 친해졌다면, 프리실라가 존과 함께 나갔다는 얘기도 곧 전해 듣게 되지 않겠는가. 갑자기 그녀는 다른 남자들이 자신과 사귀고 싶어 한다는 사실을 해미시가 알았으면 좋겠다는 생각이 들었다.

"어디로 갈지 말해 주면, 내가 접수계에 메모를 남기고 올게요."

"어디로 갈지는 당신이 제안해 주면 좋겠는데요."

"크라스크에 호텔이 하나 있는데, 바에서 파는 음식이 꽤 괜찮아요. 거리도 멀지 않고요. 난 2시까지는 여기 돌아와야 하거든요."

"좋아요, 크라스크로 가죠."

프리실라는 접수계에 크라스크에 있는 호텔로 연락하면 된다는 메시지를 남겨 놓았다.

　해미시 맥베스는 목마른 표정의 지미 앤더슨에게 문을 열어 주었다. 앤더슨 형사가 그날의 첫 위스키를 목 뒤로 넘긴 후 만족스러운 한숨을 내쉬고는 해미시를 바라보며 미소 지었다. "당신이 펄쩍 뛸 만한 뉴스를 가지고 왔어요, 해미시."

　"그게 뭔데요?"

　"우리 지역 병리학자가 곤경에 처했어요. 그래서 글래스고에서 다른 사람이 오기로 했어요."

　해미시는 흥미가 일었다. "뭐 중요한 걸 놓친 겁니까?"

　"아주 중요한 걸 놓쳤죠. 두건이 과거에 성형수술을 했대요. 그래서 '이 남자를 아십니까?'라는 제목을 달고 신문에 실렸던 그 모든 사진이 다 쓸모없게 돼 버린 거죠."

　"누가 성형수술 한 걸 밝혀낸 거죠?"

　"그게 또 어이가 없는 게, 부검실에서 일하는 아주 젊은 친구가 알아냈다니까요."

　해미시는 안도의 한숨을 내쉬었다. "그럼 이번 살인 사건이 로흐두 밖에서 시작됐다는 거군요."

　"그게 무슨 말이에요?"

　"성형수술을 했다면서요! 그건 다시 말해서 두건이 중범죄자일 수도 있다는 얘기잖아요."

"그렇지만 그는 워낙에 허영기가 많았어요!"

"음, 그렇지만 성형수술은 허영기 때문에 한 게 아니에요. 수술하고도 딱히 잘생겨지지는 않았으니까요."

"자기 딴에는 멋있다고 생각했을지도 모르죠. 그리고 만약 갱단과 관련된 살인이었다면 말이에요, 해미시, 그들은 그냥 단번에 총을 쏴 버렸을 겁니다. 범인이 여자니까 먼저 마취를 시킨 거라고요."

해미시가 엄숙한 표정을 지었다. "그래도 난 누군가 외부 사람이 저지른 사건이라고 생각해요. 클로랄 수화물 마취제에 관해서는 더 밝혀진 거 없어요?"

앤더슨이 고개를 저었다. "어디서든 구할 수 있었을 테죠. 브로디 선생이 처방한 건 아니었어요. 참, 뉴스가 하나 더 있어요."

"뭔데요?"

"수사를 하면서, 우린 랜디 두건이 마을 여자들하고는 전혀 교류가 없었다는 인상을 받았어요. 어떻게 그럴 수가 있지, 우린 생각했죠. 온종일 술집에 앉아서 자기 자랑만 일삼던 사람인데?"

"그렇다면 그에게 여자가 있었다는 건가요?"

"맞아요, 로지 드랄리, 그 작가요. 누군가 블레어에게 랜디가 그녀의 집으로 들어가는 걸 봤다고 털어놨어요."

밖에서 무거운 발걸음 소리가 들려왔고, 지미의 여우 같은 얼굴이 갑자기 경계심으로 날카로워졌다. 그가 책상 밑으로 몸을 숨겼다. 해미시는 맨 아래 서랍을 열어 술병을 집어넣었고, 블레어가 문을 활짝 열고 안으로 걸어 들어왔을 때는 반쯤 남은 지미의 술잔도 그 안에 들어가 있었다.

"노크라도 하시면," 해미시가 차분하게 말했다. "경감님이라는 걸 알 텐데요."

"위스키 냄새가 아주 코를 찌르는군." 블레어가 투덜거렸다.

"그럼 부엌으로 가시죠." 해미시는 지미 앤더슨이 웅크리고 숨어 있는 탁자 옆에 블레어가 자리를 잡고 앉기 전에 재빨리 말했다. 그가 걸어가자 블레어가 뒤를 따랐다.

"나한테 문제가 좀 생겼네." 블레어가 부엌 의자에 털썩 주저앉았다. 그의 무게를 견디지 못한 의자가 저항하며 삐걱댔다. "자네는 이번 사건 수사에 참여할 수 없어. 데이비엇 총경이 그렇게 말했거든."

"경감님은 그걸 좋아하시잖아요." 해미시가 대꾸했다.

"그렇지만 자네 상관으로서," 블레어가 묵직하게 말했다. "그리고 자네가 할 일이라고는 하나도 없이 사무실에 빈둥거리고 앉아 위스키나 마셔 대는 꼴을 보고 있을 수가 없어서 하는 말인데, 날 위해 좀 해 줄 일이 있네."

"이번 사건과 관련된 일이라면, 제가 왜 도와 드려야 하죠?" 해미시가 부엌 조리대에 등을 기대고 앉아 팔짱을 꼈다. "저를 아예 경찰에서 쫓아내려고까지 했었잖아요."

"난 임무에 충실했을 뿐이야." 블레어가 호전적으로 말했다. "도와줄 거야, 말 거야?"

해미시는 싫다고 대답하고 싶은 마음이 굴뚝같았지만, 호기심 때문에 도저히 그럴 수가 없었다.

"좋아요. 뭘 도와 드리면 되죠?"

"말 뒤에 경감님이라고 깍듯하게 호칭 붙이라고."

"알았어요. 그렇지만 이건 비공식적인 대화잖아요."

"자, 잘 들어 봐." 블레어 경감이 말했다. "두건이 그 작가라는 로지 드랄리와 사귀고 있었던 것 같아. 내가 그 여자와 대화를 좀 나눠 보려 했지만, 그 여자는 자기가 책 속에 지역색을 좀 가미하기 위해 그를 이용했을 뿐이라고 주장하면서, 변호사를 이용해 날 협박하고 있어. 자넨 여자들하고 장단이 잘 맞잖아. 그러니 그 여자를 찾아가서 뭘 좀 알아낼 게 있나 보라고. 그리고 알아낸 사실을 내게 알려 주면, 내가 총경을 설득해서 자네가 수사에 참여할 수 있도록 조처하지."

해미시는 자신이 이미 로지를 만나 봤으며, 다시 그녀를 만난다고 해도 지금 알고 있는 사실보다 더 많은 걸 얻어 낼 수 없으리라는 점을 그에게 털어놓고 싶지 않았다. 하지만 한편으로는 이미 이루어진 수사 내용에 접근하고 싶은 마음도 간절했다.

"그녀의 배경에 관해 뭘 알아낸 건 없나요?" 그가 물었다.

"결혼했다가 10년 전에 이혼했더군. 아이는 없어. 원래 학교 선생님이었는데, 글을 쓰기 시작했고, 곧 프리랜서로 글을 써도 충분히 먹고살 수 있겠다는 사실을 알게 되고는 학교를 그만뒀네. 많이 버는 건 아닌데, 열심히 글을 쓰는 것 같아. 책은 미국과 독일에서도 판매되고 있어. 나는 소설가들이 돈을 꽤 많이 번다고 생각했는데, 그 여자는 그런 것 같진 않더군. 문인대리인 말을 들어 보니 로지 드랄리는 조용하고 능률적이고, 원고도 시간 맞춰 마감한다더군."

"지금 가서 만나 보겠습니다." 해미시가 말했다. "그리고 돌아와서 보고드릴게요. 그럼 경감님도 제게 지금까지의 수사 상황을 알려 주셔야 합니다."

블레어의 돼지 눈에 잠시 분노가 번뜩였다. 그는 쉽게 사람들이 입을 열게 하는 해미시의 재주를 이용해야만 했다. 하지만 무슨 수를 써서라도 해미시에게 아무런 공도 돌아가지 않게끔 확실히 조처할 생각이었다. 블레어가 자리에서 일어섰다. "어서 가 보라고. 그리고 혹시 게을러 터진 지미 앤더슨 본 적 있나?"

"그럼요." 해미시가 말했다. "한참 전에 여길 지나쳐서 항구

쪽으로 가던데요."

"가서 찾아봐야겠군. 자넨 나중에 또 보지."

해미시는 블레어가 떠난 후 부엌으로 다시 들어갔다. "블레어가 형사님을 찾아본다고 갔어요. 그러니 어서 나가 봐요."

지미가 탁자 아래서 기어 나와 일어서더니 양손으로 옷에 묻은 먼지를 털어 냈다. "일하는 아줌마라도 구해서 청소 좀 해요, 해미시."

"누가 여기 와서 내 책상 밑을 기어 다니며 청소를 해 주겠어요. 블레어가 나더러 로지 드랄리를 만나 얘기를 해 보라네요."

"블레어는 늘 그렇듯이 이러지도 저러지도 못할 상황이거든요. 사람들에게 쓸데없이 협박이나 하고 엄포를 놓으면서 짜증 나게 하다가 그게 잘 안 먹히면 역겹게 구슬리려고 애써 보지만, 그때쯤이면 이미 사람들은 상처를 입을 대로 입은 후거든요. 경감은 어느 쪽으로 갔어요?"

"항구 쪽으로 보냈어요."

"그럼 나도 그쪽으로 가서…… 그를 찾아다녔다고 하면 되겠네요."

지미 앤더슨이 떠난 후 해미시는 밖으로 나가 랜드로버로 다가갔지만, 곧 누군가 자신을 바라보고 있다는 느낌에 뒤를 돌아봤다. 베티 존이 그를 바라보며 미소 짓고 서 있었다.

"인간에게도 텔레파시 능력이 있거든요." 그녀가 말했다. "당신이 누군가의 뒤통수를 오랫동안 쏘아보고 있으면, 머지 않아 그 사람도 당신의 존재를 느끼게 되죠."

"그래, 여기는 어쩐 일입니까?"

"당신 만나러 왔어요." 베티가 말했다. 이번에도 어김없이 그는 베티의 강한 개성에, 아니 강렬한 성적 매력에 압도당했다. 그녀는 작고 야무지고 통통하고 까무잡잡한 피부에 눈동자는 새까맸고, 진한 여성성을 발산했다.

"존은 어디 있는데요?"

"안내 직원 말로는 프리실라 할버턴스마이스 양과 점심을 먹으러 갔대요. 그래서 난 당신과 점심이나 함께할 수 있을까 해서 이리로 온 거죠."

"안 될 것 같네요. 경찰 업무를 볼 게 있어서 나가 봐야 하거 든요. 그리고 일이 없다고 하더라도, 내가 매혹적인 여성과 즐 겁게 지내는 걸 블레어 경감이 보면 그리 좋아하지 않을 겁니 다."

"잘나가던 시절에 이런저런 수식어로 불려 봤지만, 매혹적 이라는 말은 처음 들어 보네요. 어쨌든 그럼 저녁 식사는 어때 요?"

"존은 어쩌고요?"

"당신이 굳이 진실이 알고 싶다면, 사실 존이 그 콧대 높은 프리실라 양과 함께 다니는 게 마음에 안 들어서 똑같이 갚아 주고 싶거든요."

"그런데 어쩐 일인지 난 당신이 내 근사한 몸매 때문에 날 원하고 있다는 생각이 드는군요."

"아, 그것도 맞아요, 순경 아저씨."

"그럼, 좋아요. 저녁 식사 좀 함께한다고 뭐 해될 게 있겠어요?" 해미시가 말했다. 그는 자신도 역시 프리실라에게 똑같이 갚아 주고 싶은 마음에 그녀의 초대를 받아들였다는 사실을 스스로에게 인정하고 싶지는 않았다. "그럼 내가 8시에 데리러 갈까요?"

"아니요, 내가 이리로 오고, 존에게 전할 메시지를 접수계에 남겨 둘게요." 두 사람은 서로를 바라보며 싱긋 미소 지었다. 스스로 어린애처럼 굴고 있다는 사실을 잘 아는 두 명의 성인이었다.

"그럼 그때 봐요." 해미시가 말했다. 그리고 휘파람을 불며 차를 몰고 떠났다.

어쩌면 날씨가 너무 좋았고, 끊임없이 비만 퍼부어 댈 것 같던 우기가 여전히 머릿속에서 떠나지 않았기 때문일지도 몰랐고, 어쩌면 수사에 합류했다는 사실 때문이었는지도 모르지만, 로지가 그를 맞이하기 위해 문을 열었을 때 해미시는 기뿜과 선의를 온몸으로 발산하고 있었다.

"아, 당신이군요." 그녀가 말했다. 해미시는 돌아서서 집 안으로 걸어가는 로지를 따라 들어갔다. 워드프로세서 모니터가 어두침침한 방 안에서 초록색으로 빛나고 있었다. 그는 앉을 자리를 찾아봤다. 의자마다 잡지와 신문과 벗은 옷이 수북이 쌓여 있었다. 그녀가 선 채로 그를 바라봤다. 작고 다부진 외모는 그 어느 때보다도 상대를 밀어내는 듯한 느낌을 주었다. 잠시 후 그녀가 의자 하나에서 잡지와 신문을 들어내고 무뚝뚝하게 말했다. "앉으세요."

해미시는 자리에 앉았고, 그녀는 벽난로 선반에 기대섰다. 로지는 긴 치마에 한창 유행하는 에드워드 왕조 시대의 화려한 부츠를 신고 셔츠블라우스에 카디건을 걸치고 있었다. 해미시는 가느다란 금발 속눈썹으로 덮인 그녀의 눈이 청회색임을 알아봤다.

"안부나 묻기 위한 사교성 방문은 아닌 것 같네요." 그녀가 살짝 짜증 섞인 목소리로 말했다.

"살인 사건 수사차 왔습니다." 해미시가 말했다. "살해 피해자와 관련이 있었던 사람은 모두 여러 차례 면담을 하고 있습니다. 원래 살인 사건 수사가 그래요. 오늘은 좀 다른 질문을 하고 싶습니다. 사실 우린 랜디 두건이 자기 자신에 관해 떠들어 댄 믿기 힘든 얘기들 외엔 그에 관해 아무것도 모르거든요."

"나 역시도 당신이 이미 관찰하고 들었던 내용 이외엔 더 말해 줄 게 없을 거예요. 그는 허풍쟁이에다 거짓말쟁이였던 것 같으니까요."

"그가 여자들 눈에 매력적으로 보였다고 말할 수 있을까요?"

그녀가 가느다란 어깨를 으쓱하고는, 돌아서서 벽난로 옆에 놓아 둔 양동이에서 토탄 하나를 꺼내 연기 나는 불길 속으로 던져 넣었다. 그리고 벽난로 선반에서 담뱃갑을 내려 담배에 불을 붙이고는 담배 연기와 뒤쪽 토탄 불길에서 피어오른 연기에 휩싸여 돌아섰다. "사람마다 취향도 가지가지 아니겠어요." 그녀가 창가 쪽으로 방을 가로질러 가서 밖을 내다봤다. 마을버스가 덜컹거리며 길을 따라 달려가서 로지의 집 주변으로 수 킬로미터나 뻗어 있는 황무지의 고요 속으로 끙끙거리며 나아갔다.

"그럼 이런 식으로 설명해 보죠." 해미시가 말을 이었다. "당신은 작가잖아요. 그리고 지역색을 관찰해 보겠다고 두건은 물론이고 아치 매클레인과 앤디 맥태비시도 이곳으로 불러들였어요. 두건에게 당신이 원하는 뭔가가 있었던 게 분명하다는 거죠."

"말했잖아요. 그는 악당 캐릭터에 딱이었다니까요."

"그럼 쓰고 있다는 탐정소설에 그의 캐릭터를 사용했습니까?"

"역사물을 끝내서 기간 내에 마감을 해야 하거든요. 탐정소설은 아직 머릿속에서 구상만 해 보고 있는 거예요."

해미시는 속눈썹 아래에서 워드프로세서 쪽으로 슬쩍 시선을 던졌다. 그 속에 무엇이 저장돼 있는지 확인해 보고 싶은 마음이 간절했다. 하지만 계속해서 남의 집을 몰래 뒤지고 다닐 수는 없는 노릇이었다. 경찰에서 아예 쫓겨날 뻔했다가 구사일생으로 살아남은 일이 그를 정말 겁먹게 했기 때문이었다. 이제부터 그는 엄격하게 합법적인 길만을 걸어갈 참이었다. 그때 로지가 말했다. "난 내일 문인대리인을 만나러 런던에 갈 거예요. 당신 상관에게도 보고해 주실래요? 내가 어디에 있는지 아는 한은, 그들도 날 여기에 붙잡아 둘 수는 없을 테니까요."

올곧고 좁은 길을 가려 애쓰는 그를 운명이 유혹해 냈다고까지는 말할 수 없겠지만, 어쨌든 해미시는 이것이 놓치기에는 너무도 아까운 기회라고 생각했다.

"이 마을 사람들은 마을을 떠날 때는 경찰서에 집 열쇠를 맡겨 놓고 갑니다." 그가 말했다. "그러면 제가 집을 지켜 줄 수 있으니까요."

"고마운 일이군요, 하지만 난 괜찮아요. 당신은 물론이고

148

마을 사람 누구도 내 집을 기웃거리고 돌아다니는 건 원치 않거든요." 그녀가 명함 한 장을 건넸다. "이게 내 문인대리인 이름과 주소, 전화번호예요. 난 나흘만 다녀오면 돼요."

"랜디 두건이 범죄자일지도 모른다는 인상을 받은 적은 없습니까?"

"난 지금껏 조용한 삶을 살아왔어요. 그러니 범죄자들이 어떤지 알 수가 없죠. 그건 당신 일이잖아요."

해미시는 한숨을 쉬었다. 이래서는 블레어에게 보고할 만한 게 거의 없지 않은가.

그는 로지의 급소를 찔러 보기로 했다. "그렇지만 당신은 그와 내연 관계였잖아요. 그러니 다른 사람들보다는 그에 관해 훨씬 잘 알고 있을 테죠."

"당신 조심하는 게 좋을 거예요." 그녀가 가느다란 목소리로 말했다. "안 그랬다가는 내가 고소할 수도 있어요."

"어쨌든 사실이잖아요." 해미시가 고집스럽게 주장했다.

"그건 내 개인사고, 당신이 상관할 일이 아니에요. 이제 내 집에서 나가요!"

해미시는 자리에서 일어났다. 적어도 이젠 블레어에게 보고할 거리가 생긴 참이었다. 로지는 랜디와의 관계를 시인한 것이나 마찬가지였다. 그리고 그는 블레어의 심문에서 그녀를 보호하고 싶은 생각도 없었다. 하지만 다시 생각해 보니,

만약 그가 블레어에게 이 유용한 정보를 전달한다면, 블레어는 그녀를 좀 더 심문하기 위해 불러들일 테고, 그러면 로지는 런던으로 떠나지 못할 테니, 해미시는 그녀의 워드프로세서 안을 들여다볼 기회도 얻지 못할 터였다.

로지의 두 눈은 냉엄하고 완강했으며, 해미시는 놀랍게도 로지가 자신을 미워한다는 사실을 깨달았다. 왜지? 그는 단지 할 일을 하는 또 한 명의 경찰일 뿐이었다. 차를 몰고 로지의 집에서 멀어지고 난 후에야, 해미시는 자신이 워드프로세서에 관해서는 쥐뿔도 모른다는 사실을 깨달았다. 로지의 집 안으로 숨어드는 데 성공한다고 하더라도, 그는 그 빌어먹을 기계로 뭘 어떻게 해야 할지 알 수 없을 터였다. 하지만 프리실라는 워드프로세서와 컴퓨터에 관해서라면 전문가였다. 그는 시계를 들여다봤다. 거의 2시가 돼 가고 있었고, 지금쯤이면 프리실라도 기념품 가게 문을 열기 위해 다시 돌아와야 하는 시간이었다. 토멜성 쪽으로 차를 몰고 가는 동안 그는 랜드로버의 열린 창을 통해 들어오는 공기가 다시 축축해지고 있음을 느꼈다. 비가 짧은 여름을 끝내기 위해 서쪽에서부터 몰려오는 중이었다.

그는 기념품 가게 밖에 차를 세우고 기다렸다. 차 한 대가 올라왔다. 존이 운전석에 앉아 있었고, 프리실라는 그 옆에 앉아 있었다. 그녀는 존이 무슨 말인가 하자 웃음을 터트렸다.

존이 기념품 가게 밖에 차를 세웠다가 다시 운전해서 성 안에 있는 주차장으로 들어갔다.

해미시는 컴퓨터 다루는 법을 배워야 한다는 사실에만 너무 열중한 탓에, 그녀가 존과 데이트를 한 사실에 더는 화가 나 있지 않았다. 하지만 그 사실을 전혀 알지 못하는 프리실라는 점심 식사가 즐거웠기를 바란다고 말하며 미소 짓는 해미시를 보고는 살짝 언짢은 기분이 들었다.

"네, 정말 즐거웠어요, 고마워요." 가게 문을 열며 프리실라가 말했다. "존은 정말 유쾌한 사람이에요. 내가 그와 식사했다는 사실을 알게 되더라도 베티가 기분 나빠 하지 않았으면 좋겠네요."

"기분 나빠 하지 않을걸요. 그렇지만 내가 오늘 저녁에 함께 식사하기로 했으니까, 그때 한번 물어볼게요." 해미시가 고소함을 느끼며 말했다.

프리실라의 눈썹이 올라갔다. "약혼자가 있는 사람과 저녁을 함께하는 건, 간단히 점심을 함께 먹는 것과는 또 다른 일이라고요."

"아, 그런가요?" 해미시가 물었다. "'하오의 연정'*이라는 얘기는 못 들어 봤나 봐요, 프리실라?" 그녀의 얼굴이 딱딱하게

---

* 〈Love in the Afternoon〉. 오드리 헵번 주연의 1957년 영화의 제목과 같다.

굳었고, 그 모습이 해미시에게 문득 로지 드랄리를 상기시켰다. 또한 자신이 프리실라에게 도움을 요청하러 왔다는 사실도 새삼 떠올랐다.

"프리실라, 가게가 한산하네요. 그리고 저쪽에 컴퓨터도 가져다 놨군요. 나한테 컴퓨터 좀 가르쳐 줘요."

"컴퓨터는 그렇게 금방 배울 수 있는 게 아니에요, 해미시. 그리고 저건 물품 재고 확인용으로 가게에서 쓰려고 가져다 둔 거라고요. 갑자기 컴퓨터에는 웬 관심이에요?"

"누군가의 워드프로세서를 좀 들여다봐야 하는데, 디스크는 어떻게 넣고 거기 들어 있는 건 또 어떻게 읽는 건지 알아야 볼 거 아니에요."

"상표가 어디예요?"

"하블리요."

"그건 시장에 나와 있는 가장 싼 컴퓨터예요. 혹시 숫자 적혀 있는 거 없었어요?"

"PCW 921."

"하블리 중에서도 가장 낮은 가격대의 모델이네요. 나도 위층에 하나 가지고 있어요. 가장 처음 구입한 컴퓨터였거든요. 업무용 서신 쓰는 데 이용했던 거라 사용법도 간단해요."

"가르쳐 줄 수 있어요?"

프리실라가 계산대 위의 물건들을 이리저리 정리하며 말했다. "난 저녁 8시부터 자정까지만 시간이 나요."

"그럼 그때 보죠."

"베티와 데이트는 어쩌고요?"

"그건 다음으로 미뤄도 돼요. 일 때문에 안 되겠다고 베티에게 말할게요."

"그럼 8시에 만나요. 무슨 일 때문에 그래요? 내 말은, 누구 워드프로세서를 보려는 거냐고요?"

"나중에 말해 줄게요." 해미시가 재빨리 말했다. 진실을 털어놓으면 프리실라가 거절할지도 모른다는 생각이 들었기 때문이다.

그는 호텔 접수계로 가서 베티에게 전달할 메시지를 남겨 놓고 로흐두로 다시 차를 몰고 가서 랜디의 집으로 올라갔다. 전국 신문사 기자들은 이미 기사를 포기하고 집으로 돌아간 후라 지역 신문 기자 몇 명만이 주변에 서 있었다.

해미시가 랜드로버에서 내려섰을 때 블레어가 임시 수사본부 트레일러 중 한 대에서 나와 그에게로 다가갔다.

"그래," 그가 입을 열었다. "뭐 건진 것 좀 있나?"

해미시는 대충 이야기를 지어내기로 마음먹었다. "우선 그녀가 내일 자기 문인대리인을 만나러 런던에 갈 예정이라고 경감님께 말씀드려 달라고 하더군요." 그리고 블레어에게 로지가 건네준 명함을 보여 주었다. "이게 대리인 주소와 전화번호랍니다. 나흘 동안 떠나 있을 거래요."

"그거 마음에 안 드는걸." 블레어가 으르렁댔다.

"우리는 그녀를 붙잡아 둘 명목이 없습니다. 하지만 희망이 전혀 없는 건 아니에요." 해미시가 자신의 상관을 바라보고 정직함을 발산했다. "로지 드랄리가 제게 좀 반한 것 같아요. 그래서 여행에서 돌아오는 대로 랜디가 자기에게 했던 얘기를 모두 기억해 내서 서면으로 작성해 넘겨주겠다고 했습니다. 며칠만 곰곰이 생각할 시간을 갖게 되면, 뭔가 수사에 도움이 될 만한 걸 기억해 낼지도 모르겠다고 하더라고요."

블레어의 얼굴이 밝아졌다. 그러고는 마지못해 말했다. "잘했네."

"그럼 이제 저도 수사 상황을 좀 볼 수 있을까요?"

잠시 블레어는 그의 말을 거절이라도 할 것처럼 보였다. 그러나 곧 소리를 질렀다. "앤더슨, 이쪽으로 오게!"

지미 앤더슨이 구부정하게 걸어왔다. "맥베스에게 지금까지 진술받은 내용과 용의자들 배경 정리해 놓은 것 보여 주게."

"알겠습니다, 경감님." 블레어는 혹시라도 있을지 모를 오만의 흔적을 찾아내기 위해 지미 앤더슨을 날카로운 시선으로 바라봤지만, 지미의 물기 젖은 푸른 눈 속에는 존경의 기미 외에는 아무것도 없었다.

지미 앤더슨이 해미시를 임시 수사본부 트레일러 하나로 이끌었다. 안에는 남자 둘, 여자 둘, 총 네 명의 경찰이 업무를 보고 있었다. "자리에 앉아요, 해미시." 앤더슨이 말했다. "자료가 엄청나게 많거든요."

긴 하루를 보냈지만, 해미시는 실망스러웠다. 수사 현황은 다음과 같았다. 사망 시점은 특정 짓지 못했는데, 사실 그럴 가능성도 없어 보였다. 중앙난방과 전기난로까지 틀어 놓은 탓에 시체의 체온이 높아 사망 시점이 저녁 5시부터 밤 10시 이후까지 어느 때라도 가능했기 때문이다. 클로랄 수화물이 발견되었다. 위 속의 내용물은 그가 점심으로 햄버거를 먹고 그 후 차와 커피를 마셨지만, 저녁은 먹지 않았음을 보여 주었다. 클로랄 수화물은 그가 마신 음료 속에 타 넣었을 수 있지만, 부엌에 있는 유리잔과 컵은 모두 깨끗했다. 하지만 랜디 같은 자가 부엌을 깨끗하게 치우거나 싱크대에 더러운 설거지를 쌓아 놓고 살지 않는다는 사실을 상상하기가 힘들었다. 그는 침착하게 랜디를 살해하고 시간을 들여 꼼꼼하게 현장을 정리하는 살인자의 모습을 침울하게 그려 봤다. 집 안에는 아치의 것 외에는 지문 하나 남아 있지 않았다. 모두가 지문에 관해서 알고는 있지만, 보통은 냉혈한 같은 인간만이 자신의 흔적을 모두 지워 버리는 법이었다. 그는 로지 드랄리를 떠올렸다. 그러나 이번 살인은 치정에 얽힌 범죄도, 분노의 격발로 인한 것도 아니었다. 이번 사건은 매우 냉혹하게 계산된 살인이었다. 그러나 모멸감을 느낀 여자라면 얼마든지 차분히 생각하고 계획해서 살인을 저지를 수도 있을 터였다. 지금까지 여러 용의자에게 받은 진술에서는 아무것도 드러난 것이 없었다. 오직 은퇴한 교사 조르디 매켄지만이 예외였는데, 그는 자신이 '분노하면 성난 사자'와 같아서 얼마든지 두건을 살해할 수도 있었을 거라고 허세를 부렸다.

"어리석은 양반 같으니." 자리에서 일어나 기지개를 켜며 해미시가 말했다. 그는 시계를 흘깃 바라봤다. 식사를 하고 프리실라를 만나러 갈 시간이었다.

"집중해요." 그날 저녁 프리실라가 주의를 주었다. "내가 다시 한번 해 볼 테니까 잘 봐요. 먼저 로고스크립트 디스크를 집어넣고 다 로딩되면 뺀 다음에 당신이 읽고 싶은 디스크를 집어넣으면 되는 거예요."

"그 빌어먹을 열쇠 좀 손가락으로 만지작거리지 말아요. 당신이 뭘 하는지 볼 수가 없잖아요." 해미시가 불평했다. 그는 자신이 멍청하고 시대에 뒤떨어진 듯한 기분이었고, 그 사실에 화가 났다.

"알았어요, 이제 프로그램 디스크 뺐으니까, 저걸 집어넣어요. 당신이 원하는 면을 왼쪽으로…… 왼쪽이요, 해미시! 이제 편집을 해야 하니까 'e'를 누르고, 다음에 '엔터'를 눌러요. 됐네요. 간단하잖아요."

하지만 어쩐 일인지 해미시는 쉽게 감을 잡지 못했다. "당신은 과학기술 공포증을 겪는 거예요." 프리실라가 말했다. "내가 사용법을 간단하게 타자로 입력해 놓을 테니까, 혼자서 한번 해 봐요. 그럼 좀 더 쉽게 익힐 수 있을 거예요."

프리실라가 일련의 사용법을 타자로 입력하고 워드프로세서 전원을 껐다. "이제 처음부터 다시 해 봐요."

혼자 남겨진 후 해미시는 텅 빈 모니터 화면만 침울하게 바라봤다. 애초에 독립적인 두뇌를 가진 컴퓨터라는 것을 발명해 낸 현대 사회에 모든 책임이 있다고 그는 생각했다. 예를 들어 그는 스트래스베인 버스 정류장에서 출발하는 글래스고행 버스에 원하는 자리를 잡을 수 없었다. 표를 판매하는 여직원 말에 따르면 컴퓨터가 그에게 다른 자리를 배정해 주었기 때문이었다. 고지 경기 중 하나인 언덕 달리기에서 우승했을 때도 상금으로 받은 수표가 도착하는 데 너무 오랜 시간이 걸렸다. 게다가 당시 그는 경제적으로 매우 쪼들리고 있었다. 하지만 그가 경기위원회에 전화를 걸면 담당 직원은 매번 이렇게 말하곤 했다. "아, 그건 컴퓨터 안에 있어요." 마치 컴퓨터만이 언제 해미시 맥베스가 그 돈을 받을 수 있을지 결정할 권한이 있다는 듯이 말이다.

그는 워드프로세서의 모니터를 거칠게 홱 잡아당긴 후 의자를 바짝 끌어당겨 앉아 기계의 전원 스위치를 켰다. 아무 일도 일어나지 않았다.

그는 당황스러움을 느끼며 기계를 빤히 바라보다가 모니터 위쪽을 세게 두드렸다. 검은 스크린이 걱정스러운 그의 얼굴을 반사하며 빤히 바라봤다. 그는 스위치를 껐다 켜기를 반복했다. 해미시는 자신이 식은땀을 흘리고 있음을 깨닫고는 어이가 없었다. 이 간단한 기계가 그를 이토록 화나게 하다니. 하지만 프리실라를 부르고 싶지는 않았다. 그녀가 달려와서는 뭔가 어린애도 알 법한 간단한 조작을 해서 그를 전보다 더 한심한 인간처럼 느끼게 할 것 같아 겁이 났다. 스위치를 껐다 켜기를 반복하는 동안 하릴없이 시간만 흘러갔다. 마침내 그의 뒤에서 문이 열리고 프리실라가 들어왔다. "어떻게 돼 가고 있어요?"

"잘돼 가요. 아주 잘하고 있어요." 해미시가 이를 악물고 대꾸했다.

"저기, 내가 조언을 좀 하자면……"

"아니에요, 잘돼 간다니까요. 이제 완전히 감 잡았어요."

"알겠어요. 그렇지만 해미시, 내 생각에는 아까 당신이 벽에서 잡아 뽑은 플러그를 다시 꼽으면 정말 '잘'되지 않겠냐는 생각이 들거든요."

그녀가 뻣뻣해진 그의 목덜미를 바라보며 미소 지은 후 다시 밖으로 나갔다. 해미시는 아까 모니터를 홱 잡아당겼을 때 빠져 버린 플러그를 다시 꽂고 전원을 켰다. 모니터에 녹색으로 불이 들어왔다. 프리실라가 적어 둔 지시 사항을 열심히 따라 하며, 그는 사용법을 익히기 시작했고, 마침내는 통달했다. 프리실라가 다시 돌아왔을 때 그는 상당히 자신감을 느꼈다.

"아직 끝난 게 아니에요." 당황스럽게도 그녀가 말했다. "작성한 걸 프린트하려면, 그것도 어떻게 해야 하는지 배워야죠." 해미시는 끙 하고 신음했다. 그가 마침내 자리에서 일어나 기지개를 켠 후 밖으로 나가기 전에 프리실라에게 고맙다고 인사를 했을 때는 시간이 벌써 밤 11시 30분을 지나고 있었다.

"앉아 봐요, 해미시." 그녀가 조용히 말했다. "자, 왜 갑작스럽게 워드프로세서 작동법에 관심을 두게 된 건지 이제 얘기해 봐요."

"아," 해미시가 뻣뻣하게 말했다. "요즘은 경찰 업무도 다 컴퓨터화되었거든요. 그러니 나도 시류에 편승해 가려고요."

프리실라는 해미시의 얼굴에 떠오른 숨김없고 정직한 표정을 관찰하듯이 유심히 바라본 후에 말했다. "지금 거짓말을 하고 있네요. 당신 뭔가 숨기는 게 있어요. 그러니 그만 털어봐 봐요."

"아, 알았어요. 그 작가 로지 드랄리가 내일 런던에 간다고 하기에 그녀가 지금까지 쓴 작품을 한번 들여다보고 싶어서 그래요."

"그 여자 책, 한 권도 읽어 본 적 없어요?"

"읽어 봤죠. 그녀가 한 권 주더라고요. 그렇지만, 솔직히 말해, 꼭 기계가 쓴 것 같은 느낌이었어요. 그리고 지금 난 그녀가 탐정소설을 쓰기 시작한 게 분명하다는 확신이 들거든요. 워드프로세서 안에 그 작품이 들어 있을 것 같아서요."

"해미시, 당신은 해고될 위험에 이만큼," 프리실라가 엄지와 검지를 세워 가까이 가져가서 아주 근접한 거리를 측정하는 모양을 해 보였다. "가까이 다가갔던 사람이라고요. 그러다 들키기라도 하면 어쩌려고 그래요?"

"안 들켜요."

프리실라가 그를 유심히 바라봤다. 그녀는 존 글로버에 대해 고민하고 있었다. 그와 함께하는 시간을 진심으로 즐겼기 때문이었다. 약혼녀가 도착했음에도, 존 글로버는 프리실라에게 상당히 매혹돼 있었고, 프리실라도 그 사실을 알았다. 그녀는 자신도 그에게 끌리고 있음을 알았다. 하지만 베티가 있지 않은가. 그들은 아직 결혼한 것은 아니었지만, 그래도 여전히……

"나도 당신과 함께 가서 망을 봐 줄게요." 그녀가 말했다.

"그럴 필요 없어요."

"아니요, 필요 있어요. 만약 당신이 체포된다면, 난 로지가 집을 비운 사실을 알고 있는데, 집 안에서 불빛이 보이기에 당신에게 연락해서 집 안을 살펴봐 달라고 부탁했다고 말할 거예요."

해미시는 아주 잠깐 망설였다. 블레어가 프리실라뿐 아니라 그녀가 상류사회에 미치는 영향까지도 두려워한다는 걸 알고 있기 때문이었다.

"좋아요." 그가 말했다. "나는 내일모레 새벽 1시쯤 움직일 생각이에요. 여기서는 여름에 그 시간쯤 돼야 가장 어둡잖아요. 내가 당신에게 연락할게요."

그들은 갑자기 서로를 향해 싱긋 미소 지었고, 해미시는 예전에 느꼈던, 가슴이 죄어드는 듯한 설렘을 느꼈다. "잘 자요." 그가 무뚝뚝하게 말했다.

다음 날 해미시는 마을 사람들을 가가호호 방문해서 끝도 없이 차를 마시고 떠도는 소문을 듣는 데 하루를 보냈다. 하지만 그가 바라는 평결은 여전히 변함없었다. 외부에서 들어온 누군가가 범인이어야만 했다. 그는 루차에 관한 소문은 아무도 듣지 못한 것 같아 안심이 되었지만, 한편으로는 자신이 그들 부부에게만 너무 관대한 것은 아닐까 고민도 되었다. 고지식한 윌리 러몬트가 지금도 여전히 아름다운 자기 아내에게 푹 빠져 있다는 사실은 너무도 명백했다. 그래서 윌리가 청결과 질서라는 자신의 껍데기를 깨고 나와 살인을 저지른 것은 아니었을까?

그는 편치 않은 심정으로 레스토랑을 향해 걸어갔다. 윌리는 휘파람을 불며 전면 창문 앞에 설치해 놓은 놋쇠 난간을 닦고 있었다.

하지만 해미시를 보자마자 표정이 어두워졌다. "그냥 안부차 들르신 거길 바라요."

"아니, 그렇지 않아." 해미시가 뚱하게 말했다. "지난번에는 자네와 루차가 싸웠다는 사실에 당황해서 내가 명확한 사고를 하지 못했어. 그래서 자네가 랜디를 방문한 적이 있는지 알아야겠네. 그리고 자네가 그를 협박한 적이 있는지도."

"음, 그런 사실 없어요."

윌리는 거짓말에는 젬병이었다. "협박했군!" 해미시가 말했다. "맙소사, 블레어 경감이 이 사실을 알아야만 해. 이 어리석은 인간아, 무슨 짓을 한 거야?"

"자기 일이나 신경 쓰라고요."

"그 걸레 내려놓고, 광내던 것도 멈추고, 내 말 잘 들어." 해미시가 소리 질렀다. "만약 블레어 경감이 자네가 랜디를 협박했다는 사실을 알게 된다면, 자넨 친구가 필요하게 될 거야. 그리고 자넨 나한테 거짓말 못 해, 윌리. 해 봤자 얼굴에 다 나타나거든."

윌리가 갑자기 탁자에 주저앉더니 길고 가느다란 손가락 사이에 얼굴을 묻었다. 해미시는 그의 맞은편에 앉았다. "루차에게는 얘기 안 하실 거죠?" 그가 마침내 말했다.

"난 루차보다는 자네가 더 걱정이야. 어서 얘기해 봐."

"그를 만나러 갔었어요." 윌리가 얼굴을 가리고 있는 손가락 사이로 말했다.

"언제?"

"살인 사건이 일어나기 전날 밤에요."

"그런데?"

"그에게 다시 한 번만 루차 근처에 얼씬거렸다가는 반 토막을 내 버리겠다고 했어요."

"계속해 봐. 얼굴에서 그 손 좀 치우고 얘기해!"

윌리가 천천히 손을 내렸다. 당황스럽게도 그의 두 눈에는 눈물이 글썽거렸다.

"그는 계속 웃어 젖히기만 했어요. 그러면서 루차에 관해 끔찍한 말을 늘어놓었어요. 그녀가 아주 애가 닳았다면서, 다시 자기를 찾아올 거라고요. 난 그를 한 대 치려 했지만, 오히려 그가 날 한 바퀴 돌려서 내 목덜미를 잡고는 밖으로 던져 버렸어요. 평생 그렇게 수치스러웠던 적은 없었던 것 같아요. 그래서 죽여 버리겠다고 고래고래 소리 질렀죠."

"아무도 자네를 보거나 자네 고함 소리를 듣지 않은 게 축복인 줄 알라고."

윌리가 작게 흐느끼기 시작했다. "조르디 매켄지 씨가 듣기는 했지만, 그는 아무에게도 말 않는다고 했어요."

"조르디 영감님이! 그는 거기서 뭘 하고 있었는데?"

"그냥 그 앞을 걸어가고 있었어요. 난 너무 화가 나 있는 상태라, 뭘 하고 있었는지 물어볼 생각도 못 했고요. 그가 이제 자기는 랜디의 헛소리를 더는 참아 넘기지 않을 작정이라고 해서 내가 그 어느 때보다도 더 한심한 약골처럼 느껴졌죠. 내가 '그 고릴라 같은 녀석이 어르신을 학살해 버릴걸요' 그랬더니, 그가 조금이라도 생각이라는 걸 할 줄 아는 사람이라면, 재주라고는 힘쓰는 것밖에 없는 그런 무식한 인간에게 받은 굴욕은 반드시 갚아 줘야 하는 거라고 했어요."

해미시는 의자에 등을 기대고 앉아 이 새로운 정보를 곰곰이 생각해 봤다. 그는 왜소한 조르디 영감은 용의 선상에서 제외했을 뿐 아니라, 아예 그가 살인자일 가능성은 생각조차도 해 본 적이 없었다. 이 무슨 엉망진창이란 말인가! 처음에 해미시는 랜디가 술집에서 너무 자기 자랑만 떠벌리기는 해도, 그리 위험한 사람은 아니라고 생각했었다. 그런데 차츰 추잡한 일화들이 수면 위로 떠오르고 있었다. 그는 조르디, 애니, 앤디, 윌리, 아치에게 모멸감을 주었고, 어쩌면 로지 드랄리도 그중에 포함될지 몰랐다.

"하지만 난 그를 죽이지 않았어요, 해미시." 월리가 말했다. "그럴 만한 용기도 없었다고요."

"난 랜디를 죽이지 않는 데 더 큰 용기가 필요했을 거라는 생각이 들기 시작했어." 해미시가 침울하게 말했다. "우리가 그에 관해서, 그의 배경에 관해서 뭔가를 알아낼 수만 있다면, 그래서 로흐두 이외의 지역으로 의심의 시선이 옮겨 가게만 할 수 있다면 좋을 텐데. 블레어는 대체 뭘 하고 있는 거지? 보나 마나 글래스고 경찰을 있는 대로 들들 볶아 대면서 마찰을 빚고 있을 거야. 그래서 그들은 일부러 꾸물거리며 수사를 질질 끌고 있을 테고. 자넨 나중에 나와 다시 얘기하지, 월리. 그렇지만 꼭 그럴 필요가 있지 않은 한 블레어 경감에게는 아무 말도 하지 않을 테니 걱정하지 말고."

해미시는 조르디 매켄지를 만나기 위해 마을 술집으로 향했다. 은퇴한 학교 선생은 물을 섞은 위스키를 마시며 일단의 어부와 대화를 나누는 중이었다. 해미시가 그의 어깨를 톡톡 두드렸다. "잠깐 밖으로 나가시죠, 어르신."

조르디가 초조한 시선으로 그를 올려다봤지만, 곧 마시던 술잔을 비우고 해미시를 따라 조용히 밖으로 나갔다. "저와 잠시 산책이나 하시죠." 해미시가 말했다. "개인적으로 드릴 말씀이 있거든요." 조르디의 얼굴이 눈에 띄게 밝아지더니 마치 아프간하운드와 보폭을 맞추려 애쓰는 작은 테리어처럼 경쾌한 발걸음으로 해미시의 뒤를 따랐다. "이번 사건을 해결하는 데 내 도움이 필요한 건가?" 그가 물었다.

"맞아요, 그렇게 말할 수도 있겠네요." 해미시가 항구 벽 옆에 멈춰 섰다. 두 사람 다 비가 오는 것은 알아차리지 못했다. 잠시 로흐두를 환하게 밝혀 주었던 햇살은 이미 뇌리에서 잊히고, 두 사람은 다시 비와 함께하는 삶 속으로 들어가 비의 존재를 아예 무시하고 있었다. 이것이 바로 완곡어법에 재능이 있는 아일랜드인들이 '편안하고 좋은 날씨'라고 부르는 것이었다. 대서양에서 보슬비가 바람에 날려 와 협만을 가로질러 언덕과 숲을 뿌옇게 흐려 놓고 있었다. 공기에서는 소나무와 타르와 나무 타는 냄새와 생선 냄새가 섞여서 났다.

"여기가 좋겠네요." 해미시가 벽에 한쪽 팔을 올려놓으며 말했다. "실은 제가 들은 바로는, 어르신이 랜디에게 받은 만큼 갚아 주겠다는 말을 했다는데, 그게 무슨 뜻인가요? 윌리 러몬트에게 그런 말을 하셨다고요."

"그 친구 참 입도 싸구먼." 조르디가 화를 냈다. "난 자네에게 실망했네, 해미시. 나 정도의 학식 있는 사람이면 자네가 살인자를 찾아내는 데 큰 도움을 줄 수도 있다고."

"그렇죠, 어르신 정도의 학식이 있는 분이라면 이게 경찰의 임무라는 사실도 잘 아실 텐데요. 경찰은 랜디와 조금이라도 관련이 있는 사람이라면 모두 면담을 해야 할 의무가 있고, 특히 그를 협박했던 사람이라면 더욱더 만나 봐야 하니까요."

"그냥 말만 그렇게 한 거야." 조르디가 뚱하게 말했다.

"뭔가 숨기시는 게 있는 것 같은데, 이러지 말고 얘기해 보세요. 뭔가요?"

"난 말씨를 굉장히 잘 알아듣네." 조르디가 말했다. "술에 취했을 때 랜디의 어투는 딱 스코틀랜드 사람이었어. 특히 글래스고 억양이 강하게 나왔지. 내게 저축해 놓은 돈이 좀 있거든. 그래서 글래스고에서 사립 탐정을 고용해 그에 관해 모든 걸 밝혀 낼 작정이었네."

해미시는 흥미롭다는 시선으로 그를 바라봤다. "그런데 안 하신 건가요?"

"그럴 만한 시간이 없었네. 누군가 그를 죽여 버리지 않았나. 아주 속이 시원하더군." 그가 독기를 내뿜었다. "그리고 난 그 살인자가 누구든지 영영 잡히지 않기를 바라네."

"그래서 사건 해결을 돕겠다고 제안하신 건가요?" 해미시가 따지듯이 물었다. "제가 범인을 찾아내지 못하도록 확실히 하기 위해서요?"

"아니, 그건 아니야. 사람 말을 너무 왜곡하지 말라고."

"어르신이야말로 본인이 한 말을 왜곡하신 겁니다. 그 거구의 사내를 거의 증오하신 게 틀림없군요."

"이봐, 괜히 나한테 덮어씌우려 하지 말라고." 조르디가 얼굴을 붉히며 말했다.

"전 그냥 진실을 알고 싶을 뿐이에요." 해미시가 짜증스럽다는 듯이 대꾸했다. "마을 사람 모두가 마찬가지겠지만, 어르신도 본인이 살인을 저지른 게 아니라면, 아무것도 두려워할 게 없습니다. 혹시라도 뭔가 생각나는 게 있으면, 나중에라도 제게 알려 주세요."

조르디의 표정이 밝아졌다. "내가 잘 살펴보고 계속 주의도 기울이고 있겠네." 그가 말했다. "그렇지만 난 여자가 살인범일 것 같아."

"왜 그렇게 생각하세요?"

"클로랄 수화물 말이야. 여자들이 잘 쓰는 방법이잖아."

"꼭 그렇지는 않아요. 남자, 특히 작고 약한 남자들도 랜디를 총으로 쏘기 위해서는 먼저 그를 조용히 시켜야 했을 겁니다."

해미시는 보슬비에서 점차 폭우로 변해 가는 비를 뚫고 토멜성으로 향했다. 어두운 하늘을 등지고 환히 불을 밝힌 성이 마치 물속에서 떠오르듯이 그 형체를 드러냈다. 와이퍼가 쏟아지는 빗줄기를 간신히 감당하고 있었다. 성 밖에 차를 세우자마자 프리실라가 달려 나왔다. "엄청나게 퍼붓네요!" 그녀가 헐떡이면서 고개를 저어 빗물을 털어 냈다. "날씨가 이러니 적어도 숨어 다니는 밀렵꾼이 우릴 목격할 일은 없겠어요."

그들은 로지의 집으로 차를 몰았다. "그녀가 여행 간 거 확실해요?" 프리실라가 물었다.

"저녁에 시간 간격을 두고 몇 차례 전화를 걸어 봤는데 아무도 안 받아요."

"집 안에는 어떻게 들어갈 거예요? 창문을 깨고 들어가면 나중에 소동이 일어날걸요."

"나한테 열쇠 따는 도구가 있어요."

"아니 존경받는 경찰관께서 열쇠 따는 도구 같은 건 어디서 난 거예요?"

"시노선에 있는 철물점 주인 퍼기가 만들어 준 거예요. 그 친구가 열쇠 따는 기술에 아주 심취해 있거든요. 사람들이 열쇠를 잃어버려서 집에 못 들어가면 어김없이 그를 찾아간다니까요. 부디 쉬운 자물쇠여야 할 텐데. 만약 로지가 맹꽁이자물쇠 같은 걸 매달아 놨으면 거기서 끝이에요."

그가 차를 세우고 나서 둘 다 차에서 내렸다. "우산을 가져올 걸 그랬어요." 프리실라가 양동이로 퍼붓듯이 쏟아져 내리는 빗줄기를 보고 걱정스럽게 말했다.

"매사에 효율적인 프리실라가 살면서 한 번쯤은 실수라는 것도 하니 다행이네요."

"정말 모르겠어요? 이건 우리가 집 안으로 들어가면 바닥에 물이 뚝뚝 떨어지게 될 거라는 의미라고요."

"안에 들어가기만 하면 그건 내가 알아서 할게요." 해미시는 자물쇠를 따기 시작했다. 이제 워드프로세서 안에 무엇이 숨겨져 있는지 알아내기 바로 직전까지 와 있다고 느낀 그는 무슨 일이 있어도 작정한 대로 밀고 나가리라 결심했다.

자물쇠는 따기 쉬운 원통형 예일 자물쇠여서 해미시는 문을 빨리 열 수 있었다. 두 사람은 살금살금 안으로 들어갔고, 해미시는 소형 손전등을 켰다. 그리고 그들은 장갑을 꼈다.

"커튼부터 쳐요." 프리실라가 쉬쉬거리며 말했다. "컴퓨터 전원을 켜면 차를 타고 집 앞을 스쳐 지나가는 사람도 그 불빛을 볼 수 있을 거라고요."

그가 커튼을 홱 잡아당겨 닫았다. 탁자 위에는 플로피 디스크가 어질러져 있었다. "손전등 줘 봐요." 프리실라가 말했다. "디스크 하나에 책 한 권씩이 들어 있네요. 『레이디 제인의 환상』. 이건 탐정물이라고 보긴 힘들겠어요. 이건 『편지』라는 제목이 붙어 있고, 이건 『세금』이네요. 도움이 안 되는데요, 해미시. 어쩌면 로지가 한 말이 사실일지도 모르겠어요. 탐정물은 아직 시작도 안 했을지 몰라요."

"아무 이유도 없이 아치나 앤디와 친분을 쌓았을 리가 없는 사람이에요. 난 그녀가 지역색을 얻으려 했다는 말을 믿어요.

혹시 메모나 서류 같은 건 없어요?"

물론 메모와 서류와 원고 뭉치들도 있었지만, 그 어느 것도 로흐두나 로흐두 주민과 관련 있는 것은 없었다.

원래 식탁으로 사용하던 탁자가 바로 로지의 작업대였다. "젠장." 한 시간이나 아무 소득 없이 수색을 한 후 해미시가 말했다. "아무래도 불을 켜야겠어요. 혹시라도 수사관이 오면, 당신이 불빛을 보고 내게 알렸다는 그 시나리오를 써먹자고요. 우리가 와 보니 문이 열려 있었다고 하면 돼요." 프리실라가 불을 켰고, 그들은 황량한 방 안을 둘러봤다.

"벽난로에서 뭔가를 태우고 있었네요." 해미시가 그 앞에 웅크리고 앉으며 투덜댔다. "이리 와 봐요, 프리실라. 이게 뭐죠?"

그녀가 벽난로 앞 양탄자 위에 그와 함께 무릎을 꿇고 앉았다. 해미시가 쇠살대에 검게 녹아 눌어붙은 플라스틱을 가리켰다. "플로피 디스크를 태우고 있었던 것 같아요." 프리실라가 말했다.

해미시는 바닥에 쪼그리고 앉아서 빗줄기가 지붕으로 쏟아져 내리는 소리를 들었다. "정말 기분이 안 좋아요." 그가 소곤거렸다. "뭔가 나쁜 기운이 느껴지는 것 같아요. 잠깐! 다른 방도 둘러봐야겠어요."

"뭐 하려요?"

"나도 몰라요. 그렇지만 뭔가 무시무시해요."

"뭐가요?"

하지만 해미시는 프리실라의 말에 대꾸도 하지 않고 일어나서 방을 나갔다. 두려운 마음을 떨쳐 버리고, 그는 부엌의 불을 켰다. 부엌 식탁에 지저분한 접시와 나이프, 포크, 찻잔 등이 그대로 남아 있었다. 그는 로지 드랄리의 모습을 떠올렸다. 가정적인 성향의 여성이라고 하기는 힘들었지만, 그렇다고 설거짓거리를 그대로 두고 런던으로 여행을 떠날 사람도 확실히 아니었다. 갑자기 입이 마르는 느낌이었다. 해미시는 뒷마당으로 통하는 부엌문을 열었다가 놀라서 숨을 헉 들이마셨다. 로지 드랄리의 흰색 포드 에스코트가 밖에 주차돼 있었다.

로지의 집은 작은 단층집이었다. 그가 서 있는 부엌은 과거 응접실로 사용하던 곳을 개조한 것이었다. 그 외에는 거실과 욕실 그리고 침실이 전부였다.

그는 작은 복도로 나갔다. 프리실라가 그에게로 다가왔다. "표정이 안 좋네요." 그녀가 말했다. "무슨 일이에요?"

"로지의 차가 밖에 서 있어요."

"그럼 우린 가는 게 좋겠어요. 그녀가 침실에서 자고 있을지도 모르잖아요. 해미시!"

해미시는 침실 문을 열고 전등 스위치를 켰다.

로지 드랄리는 침대에 가로질러 누워 있었다. 나신으로 엎드려 있는 그녀의 등에 커다란 식칼이 꽂혀 있어서 마치 범죄 잡지《트루 라이프》의 끔찍한 표지 사진 같았다.

그는 앞으로 나서 로지의 한쪽 팔목을 잡고 맥을 짚었다. 맥박은 느껴지지 않았다. 생기라고는 전혀 없었다. 시체는 이미 차갑고 딱딱하게 굳어 있었다.

프리실라는 한 손으로 입을 막고 그의 곁에 조용히 서 있었다. "집 안에 불이 켜져 있는 걸 보고 들어왔다는 시나리오를 고수해야겠어요." 해미시가 말했다. "이건 즉시 보고해야 할 것 같아요. 블레어는 스트래스베인에 있어요. 우선 그의 집으로 전화를 걸어야겠네요."

"우리 지문은 닦아 내야 해요." 프리실라가 말했다.

"우리 둘 다 장갑을 끼고 있잖아요." 해미시가 지적했다. "그 장갑 한 번도 벗은 적 없죠?" 프리실라가 묵묵히 고개를 끄덕였다.

"당신 먼저 집에 데려다줄까요?"

"아니요, 나도 여기서 기다리는 게 좋겠어요. 혹시라도 누가 우리 둘이 함께 있는 걸 봤을 수도 있잖아요. 문에 관해서는 거짓말하는 게 좋을 거예요, 해미시. 잠겨 있지 않았다고 해요. 내가 가서 빗장을 풀고 올게요."

"정말 괜찮은 거죠?"

"아침이면 이 끔찍한 상황이 실감이 날 것 같지만, 지금은 아니에요. 우선 이 상황부터 처리해야죠."

그들은 거실로 돌아갔다. 해미시는 손수건을 사용해서 수화기를 집어 들었다. "바보 같긴." 그가 말했다. "집 안에는 지문이 남아 있지 않을 거예요. 어쩌면 차에 남아 있을지도 몰라요. 로지를 죽인 자가 누구든, 그녀의 차를 운전해서 눈에 띄지 않는 집 뒤쪽으로 옮겨 놓은 게 분명하니까요. 여보세요, 블레어 경감님 좀 부탁합니다."

프리실라는 여전히 젖어서 후줄근한 채로 가만히 서 있었다. 그녀는 긴장에서 나오는 하품을 눌러 참았다. 아, 집에 가서 따뜻한 침대로 들어가 이 악몽에서 벗어날 수 있으면 얼마나 좋을까. 해미시가 보고를 끝냈다. "여기서 나가 경찰들이 도착할 때까지 랜드로버에 앉아 기다리죠." 그가 말했다.

비가 차량 지붕으로 후드득거리며 떨어져 창문을 타고 흘러내렸다. 해미시는 차의 시동을 켜고 잠시 공회전을 시킨 후 히터를 틀었다. 프리실라가 떨기 시작했고, 그는 그녀의 어깨에 팔을 둘렀다. "고난은 이제 시작이에요." 그가 조용히 말했다. "우린 밤새 여기 붙잡혀서 질문에 답해야 할 테니까요. 그런 다음 당신은 어떻게든 언론을 피해 있어야 할 텐데."

"난 늘 언론을 피하려고 애썼던 게 오히려 실수였다는 사실을 나중에야 깨닫곤 했었어요." 프리실라가 이를 덜덜 떨며 말했다. "친절한 말 몇 마디가 그들에겐 큰 의미가 있어요. 그러고 나면 별로 괴롭히지 않더라고요."

머지않아, 멀리서 사이렌 소리가 희미하게 들려오기 시작했다. "오는군요." 해미시가 한숨을 쉬었다. "이제 시작이네요."

제7장

내 마음이 늦게 성숙한 걸까요,
아니면 너무 일찍 타락해 버린 걸까요?

오그던 내시

해미시가 마침내 자신의 경찰서로 돌아왔을 때, 비는 다시
축축한 보슬비로 바뀌어 있었다. 그는 말도 못 하게 피곤했지
만, 블레어보다 먼저 로지의 문인대리인과 연락을 취하고 싶
었고, 로지에게서 받았던 명함에 문인대리인의 집 전화번호
가 있었던 것을 기억해 냈다. 블레어 경감은 나중에 그 사실을
알게 되었지만, 해미시에게 공식적으로 수사에 참여해도 된
다고 허락한 사람이 바로 그 자신이었기 때문에 아무 불평도
할 수 없었다.

해미시는 로지가 주었던 명함을 찾아 경찰서로 가서 전화

기를 앞으로 끌어당겼다. 그는 문인대리인의 집 전화번호를 돌렸다. 그녀의 이름은 해리엇 시먼즈였다. 전화벨이 오랫동안 울리고 나서 졸린 목소리가 전화를 받았다.

"시먼즈 씨," 해미시가 입을 열었다. "여긴 서덜랜드 로흐두에 있는 경찰서입니다. 안타깝지만 댁의 작가 로지 드랄리 씨에 관해 안 좋은 소식이 있어 연락드렸습니다."

"뭐죠? 무슨 일인가요?" 시먼즈가 물었다. 그리고 나서 그녀의 목소리가 날카로워지는 것을 듣고 해미시는 그녀가 완전히 잠에서 깨어났다는 사실을 깨달았다. "뭐라 그러셨죠? 경찰이라고 하셨나요? 로흐두라고요? 로지가 사는 곳이군요."

"살았던 곳입니다." 해미시가 조용히 정정해 주었다. "로지 드랄리 씨가 살해당했습니다."

"살해당해요? 지금 장난치시는 건가요? 누구세요?"

"저는 해미시 맥베스라고 하고, 로흐두 지역 순경입니다. 제 말을 못 믿으시겠다면, 로흐두 경찰서 전화번호를 알려 드릴 테니 전화해 보셔도 됩니다." 이렇게 말하고 나서 그는 자신이 어리석었다는 사실을 깨달았다. 시먼즈가 전화를 걸어와도 어차피 전화를 받을 사람은 그 자신밖에 없지 않은가.

"아니, 아니에요." 시먼즈가 말했다. "저도 이제 좀 진정이 됐어요. 정말 충격이네요. 로지가 살해당하다니! 대체 누가 로지를 살해한다는 말인가요? 대체 어떻게 살해됐나요?"

"누군가 그녀를 등 뒤에서 칼로 찔렀습니다. 우리도 아직 범인이 누군지는 모릅니다."

"세상에 맙소사! 전 오늘 그녀와 만나기로 약속이 돼 있었어요."

"한 가지가 더 있습니다." 해미시가 말했다. "여기서 살인이 한 건 더 일어났었다는 얘기를 그녀가 하던가요?"

"예, 했어요. 자기가 탐정소설을 쓸 예정이었다면서 정말 우연치고는 이상하지 않으냐고 했었어요. 실은 제가 탐정소설은 포기시키려고 했었거든요."

"왜죠?"

"탐정소설은 너무 경쟁이 심한 시장이에요. 물론 어느 시장이나 다 그렇긴 하죠. 로지는 재능 있는 작가이기는 하지만, 내 생각에는 그녀가 할 수 있는 분야가 아니었어요. 하지만 로지는 자기가 쓰는 소설은 팩션이 될 거라고 했죠."

"팩션이 뭔가요?"

"그러니까 작가가 실제 이야기에서 소재를 얻어 그걸 소설화하는 실화 소설을 말해요."

"문제는 말입니다," 해미시가 말했다. "제 생각에는 바로 그게 로지의 죽음을 초래한 것 같아요. 그녀의 디스크와 서류들이 불에 타 있었거든요. 어쩌면 거기에 증거가 있었을지도 모롭니다. 그래서 살인자가 그녀가 가진 증거들을 없애 버렸는 지도 몰라요. 그녀가 거기에 관해서는 얘기한 게 없나요?"

"없어요. 그렇지만…… 오늘 말해 주겠다고 했었죠. 전 만에 하나라도 뭔가 알고 있는 게 있으면 경찰에 알려야 한다고 로지에게 말했었어요. 그런데 로지는 이번이야말로 자기가 큰돈을 벌 기회라고 하더군요. 도서관 작가로 껌값이나 버는 생활에 진력이 났다면서요."

"도서관 작가가 뭔가요?"

"독자들이 좋아하는 작가이기는 하지만, 결코 인기 작가는 아닌 사람요. 그녀의 책은 도서관에서 빌려 읽기는 해도 서점에서 사지는 않거든요. 우리 나라에 실제로 자기 책이 팔리는 걸 한 번도 본 적이 없는 작가가 수도 없이 많다는 사실 알고 있나요? 그리고 로지는 매우 절박하게 돈이 필요했어요."

"곤경에 처해 있었나요? 빚이 많았어요?"

"그건 아니지만, 거금을 벌어들이는 작가들 소식을 읽게 될 때마다 매우 당혹스러워했어요. 로지는 여행을 다니고 싶어 했죠. 제가 그녀의 네 번째 문인대리인이에요. 처음에 로지는 자신이 성공하지 못하는 걸 문인대리인 탓으로 돌렸어요. 끊임없이 책을 내는데, 돈을 벌지는 못했으니까요. 그녀는 늘 시류에 편승하려 애를 썼죠."

"그 말도 역시 설명이 필요하네요."

"그러니까 특정 장르가 유행할 때가 있잖아요. 예를 들어, 과학소설, 스파이, 오컬트, 제2차 대전을 소재로 하는 소설 같은 거요. 그런 게 유행하면 로지는 자기가 생각하기에 돈이 되겠다 싶은 건 무조건 소설로 쓰려 애썼다는 말이에요. 사실 아주 뛰어난 작가라 하더라도 많이 읽어 보지 않은 장르나 자신의 것이 아닌 분야에 관해 글을 쓰려고 하면, 어쩔 수 없이 글이 나빠질 수밖에 없거든요. 바로 그런 일이 로지에게 일어났었죠. 하지만 그녀는 정말 열심히 쓰는 작가였어요. 늘 노력했죠. 이번 탐정소설에 관해서는 굉장히 들떠 있기도 했고요."

"저는 로지 드랄리 씨가 뭔가에 관해 들떠 있는 모습을 상상하기가 힘드네요." 해미시가 말했다. "너무 자제심이 강해서 거의 개성이 없는 사람 같았거든요."

"아마도 로지가 마음을 터놓고 얘기한 사람은 내가 유일할 거예요. 로지 입에서 다른 친구 얘기를 들어 본 적이 없거든요."

"가족은요? 남자 친구도 없나요?"

"남자 친구는 없어요. 가족은 언니가 한 분 있고요. 제가 이름과 주소를 알아요."

"저한테 알려 주실 수 있나요? 언니분께도 사망 소식을 전해야 해서요."

"잠깐만 기다리세요."

몇 분 후 그녀가 다시 전화로 돌아왔다. "백 부인이고, 주소는 윌스턴 주빌리 길 12번지예요."

"전화번호는 없나요?"

"저한테는 없어요. 그렇지만 그 지역 경찰은 가지고 있겠죠."

"시먼즈 씨, 혹시 더 생각나는 거나 제게 해 주실 말이 있으시면 언제든 연락 부탁드립니다. 예를 들어 로지가 로흐두에서 지내는 삶에 관해 얘기한 게 있어서 그게 살인의 단서가 될 만하다고 여겨지거나 하시면 말이죠."

"물론이에요, 꼭 연락드릴게요. 그렇지만 로지는 비밀을 좋아했어요. 그녀가 뭔가에 관해 제게 숨기고 있다는 느낌은 전혀 받지 않았지만, 어쨌든 그게 제 인상이었어요."

"그녀를 좋아하셨나요?"

잠시 놀란 듯한 침묵이 흐르더니 그녀가 조심스럽게 말했다. "죽은 사람에 대해 안 좋은 말은 하고 싶지 않아요……"

"아, 부탁드립니다." 해미시가 간청했다.

"음, 좋아하지 않았어요. 그게 사실이에요. 로지는 안 보는 척하면서 저를 흘낏흘낏 곁눈질하곤 했는데, 그게 마치 저의 어떤 면이 그녀에게는 하찮고 경멸스럽게 보인다고 말하는 듯한 느낌을 줬거든요. 그게 속을 뒤집어 놓더라고요. 게다가 정확히 말로 한 것은 아니었지만, 로지는 제가 문인대리인으

로는 실패한 사람이라는 암시를 지속적으로 보냈어요. 자기
와 이전 문인대리인과의 관계가 실패로 끝났기 때문에, 그게
사실이 아니라는 걸 알았을 텐데도 계속 그런 식이었죠. 그녀
에 대해 이런 얘기를 하고 있자니 기분이 안 좋네요. 아까 말
씀하실 때 굉장히 충격적인 죽음 같았는데, 어떤 칼로 살해당
한 건가요?"

"흔히 사용하는 커다란 부엌칼이었어요."

"아, 가여운 로지! 최소한 의문의 남미산 단검에 찔릴 수도
있었을 텐데. 그래도 어쨌든 언론이 전부 달려들어서 그녀가
평소 간절히 원했던 홍보 효과는 얻게 되겠네요. 하지만 그녀
가 꿈꾸던 방식은 결코 아니겠죠. 저한테 전화번호나 하나 주
세요. 뭔가 생각나면 꼭 전화드릴게요."

"한 가지 더 말씀드릴 게 있습니다. 로지가 지역색을 얻어
보겠다고 마을 사람 몇 명과 친분을 쌓고 있었습니다. 그들 중
두 명이 그녀에게 상당히 빠져 있었던 것 같아요."

"그 지역에는 여자가 상당히 궁한가 보군요. 아, 제가 너무
무례했네요. 죄송해요. 그렇지만 하늘에 맹세컨대, 로지는 남
자에게 관심이 없었어요. 그래서 전 그녀가 동성애자가 아닐
까 늘 의심했는걸요."

"그건 의외의 얘기군요. 확실한 근거라도 있는 건가요?"

"아니요, 그건 아니에요. 그냥 그런 인상을 받았어요. 전 로

지와 오랫동안 알고 지낸 것도 아니고, 만나더라도 최대한 예의를 차렸으니까요."

해미시는 자신이 그녀에게서는 할 수 있는 최대한의 정보를 뽑아낸 것 같다고 느꼈다. 그는 인사를 하고 전화를 끊었다. 그리고 자리에 앉아 그녀가 들려준 얘기를 진술서 형식에 맞춰 타자로 작성했다. 진술서를 다 쓰고 막 잠자리에 들려는 순간, 부엌문을 두드리는 소리가 들렸다. 그는 부엌으로 나가 문을 열었다.

베티 존이 호기심이 잔뜩 담긴 커다란 검은 눈을 반짝거리며 서 있었다. "여기가 완전히 긴장감 넘치는 곳으로 변했더군요!" 그녀가 말했다. "살인이 또 일어났다면서요. 그 얘기 좀 해 줘요."

"지금은 안 돼요. 밤새 일을 하고, 막 잠자리에 들려던 참이었어요."

그녀가 입술을 쑥 내밀었다. "난 커피 한잔 얻어 마시고 싶었는데."

"부엌에 인스턴트커피가 있어요. 들어와서 타 마셔요. 그렇지만 난 잘 겁니다. 너무 피곤해서요."

해미시는 욕실로 들어가 옷을 벗고 씻은 후, 파자마로 갈아입고는 기지개를 켜고 하품을 하며 침실로 가서 침대로 올라갔다. 로지는 뭘 알아냈던 걸까? 그는 잠결에 생각했다. 그 어리석은 여자가 랜디에 관해 뭔가 알아낸 게 분명했다. 랜디의 성형수술은 그가 중범죄자라는 사실을 말해 주고 있었다. 해미시는 곯아떨어졌다. 그러다 어느 순간 깜짝 놀라 잠이 깼다. 누군가 그와 함께 침대에 있었다. 누군가의 몸이 그의 몸에 기대 있었다. 그는 베개 위에서 돌아누웠고, 자신이 베티 존의 도발적인 검은 눈을 정면으로 바라보고 있다는 사실을 알아차렸다.

"맙소사," 해미시가 끙 소리를 냈다. "대체 지금 뭐 하고 있는 겁니까?"

"이거요." 그녀가 쉰 듯한 목소리로 웃어 젖혔고, 그녀의 손이 이불 밑에서 바쁘게 움직이기 시작했다.

해미시는 거의 반쯤 잠에 취해 있었지만, 너무나 오랫동안 금욕 생활을 한 참이었다. 베티 존과 나누는 사랑은 거의 이국적인 꿈의 일부인 듯 느껴졌다. 마침내 그가 완전히 잠에 곯아떨어졌을 때 베티도 그의 가슴에 고개를 묻고 잠이 들었다.

프리실라는 운전석 옆자리에 호텔 부엌에서 챙겨 온 음식 바구니를 올려놓고 점심시간에 맞춰 경찰서로 차를 몰았다. 그녀는 자신이 로지의 시체를 목격한 충격에서 이토록 빠르게 회복했다는 사실이 놀라웠지만, 만약 로지의 몸이 산산조각이 나거나 폭행당해 죽어 있는 모습을 발견했더라면, 그 장면을 극복하는 데 상당히 오랜 시간이 걸렸으리라고 생각했다. 등에 칼이 꽂힌 채 나신으로 누워 있던 로지의 시신에는 너무도 비현실적이면서 극적인 뭔가가 있었다.

그녀는 해미시에게 점심을 가져다주고 사건에 관해 대화를 나눌 생각이었다. 경찰서 앞에 주차하고 차에서 내렸을 때, 프리실라는 손을 흔드는 네시와 제시 커리 자매를 만났고, 곧이어 목사님 아내인 웰링턴 부인도 그들과 합류했다. 독신녀 자매가 살인 사건에 관해 탄식하며 평온하던 스코틀랜드 고지 마을에 대체 무슨 일이 일어난 거냐고 수다스럽게 떠들어 대고 있을 때, 웰링턴 부인이 갑자기 소리 질렀다. "난 해미시 맥베스를 만나서 대체 이 상황을 해결하기 위해 그가 무슨 노력을 기울이고 있는지 알아볼 참이에요. 이 마을이 마치 뉴욕처럼 변해 가고 있잖아요!"

"그 사람 지금 매우 피곤할 거예요." 프리실라가 말했다. "밤을 꼬박 새웠거든요."

"밤새 깨어 있는 게 바로 그의 일이에요." 웰링턴 부인이 활짝 열려 있는 부엌문을 향해 행진해 갔다. 커리 자매가 그 뒤를 따랐다. 자매의 안경알이 빛나고, 뽀글거리는 파마머리 위에 떨어진 빗방울이 반짝였다. 프리실라도 어쩔 수 없이 그들을 따라갔다.

웰링턴 부인이 부엌을 둘러보고는 그곳을 통과해 경찰서

쪽으로 건너갔다. "아직도 자는 모양이네. 게으르긴." 그녀가 콧방귀를 뀌었다. "이제 일어날 때도 됐어요."

웰링턴 부인이 침실 문을 밀어 열었고, 곧바로 끔찍한 비명을 내질렀다. 커리 자매가 웰링턴 부인의 거구를 돌아가서 방 안을 들여다봤고 그들보다 훨씬 키가 큰 프리실라는 그들을 넘겨다봤다. 벌거벗은 해미시 맥베스와 베티 존이 침대 위에 엉켜 있었다.

해미시가 자신에게 향한 모두의 경악한 시선을 의식하기라도 한 듯이 때마침 잠에서 깨어났다. "당장 여기서 나가요!" 그가 소리 질렀다.

"부끄러운 줄 알아야지." 커리 자매가 동시에 말했다. 완전히 신이 난 표정이었다.

여자들이 부엌으로 물러났다. "그는 부도덕한 정도가 아니라 아예 도덕관념 자체가 없어요, 프리실라." 웰링턴 부인이 말했다. "프리실라?"

하지만 부엌문을 쾅 닫는 소리만이 대답으로 돌아왔다.

해미시는 전혀 연인 같지 않은 방식으로 베티에게 꺼져 버리라고 말했다. 그 말에도 베티는 전혀 노여움 없이, 해미시의 시선도 의식하지 않고 벗어 놓은 옷을 벌거벗은 풍만한 몸에 다시 걸쳐 입었다. 그녀가 떠나자 해미시는 베개에 얼굴을 묻고 큰 소리로 신음했다. 대체 이게 무슨 망신이란 말인가! 이제 그가 베티와 함께 침대에 있는 모습이 발견됐다는 사실이 로흐두 전역에 퍼져 나갈 터였다. 그는 웰링턴 부인과 커리 자매가 큰 소리로 탄식을 해 대며 경찰서를 빠져나가는 소리를 듣고 있었다. 그리고 프리실라도! 대체 그 냉혈동물 같은 여자는 그에게 뭘 기대했다는 말인가? 그가 수도승 같은 삶을 살길 바랐다는 건가?

그는 우울한 기분으로 살갗이 델 듯이 뜨거운 물에 목욕을 하며 자신이 마치 순결을 잃은 어린 소녀처럼 행동하고 있다는 생각을 했다.

그가 정복을 차려입었을 때 지미 앤더슨이 경찰서를 찾아왔다. "고지의 돈 후안께서는 어떻게 지내십니까?" 그가 여우 같은 얼굴에 음흉한 미소를 띠고 해미시에게 인사를 했다.

"아니, 벌써 들은 겁니까?"

"참 나, 경찰서 문밖으로 고개 좀 빠끔히 내밀어 봐요. 부둣가에 사람들이 잔뜩 몰려서 있는 게 보일 겁니다. 그 사람들이 그 얘기 말고 무슨 얘기를 하겠어요."

"빌어먹을 동네 같으니라고." 해미시가 사납게 내뱉었다. "아니, 마을에 살인이 두 건이나 일어났는데, 다들 모여서 쑥덕거릴 만한 얘기가 내 개인사밖에 없다는 거잖아!"

"그러니까 다음번엔 문을 잠그시라고요. 블레어 경감이 해미시 보고서하고 해미시도 보고 싶어 해요."

"둘 다 곧 대령한다고 해요. 지금 어디 있는데요?"

"임시 수사본부 트레일러에요. 위스키 있어요?"

"어떻게 대낮부터 술을 마실 수 있는지, 아무리 생각해도 당신은 답이 없어요."

"이러지 마요, 해미시. 해가 벌써 선미 갑판에 걸려 있다고요."

"술 어디 있는지 알잖아요. 따라 마셔요."

지미 앤더슨이 양손을 문지르며 경찰서 쪽으로 허둥지둥 갔다. 해미시도 그를 따라 안으로 들어갔다. "온종일 마실 생각 말아요."

지미가 맨 아래 서랍에서 병과 술잔을 꺼내고는 비판적인 시선으로 위스키병을 바라봤다. "점점 낮아지는군." 그가 잔에 술을 가득 따르며 한마디했다. "좀 더 사다 놔야겠네요."

"생각 좀 해 보고요." 해미시가 말했다. "그래, 로지에 관해서 뭐 좀 더 나온 거 없어요?"

"사망했고, 등에 칼을 맞았어요. 그녀도 클로랄 수화물에 마취됐는지는 부검이 끝나 봐야 알 수 있을 테고요. 그렇지만 사망 당시 피해자가 평화로운 표정을 짓고 있지 않은 것만은 확실해요."

"그건 그렇고 대체 글래스고에서는 무슨 일들을 하는 겁니까? 수사관들이 범인 식별용 사진을 살펴보기는 하겠죠, 맞아요?"

"물론이에요. 그렇지만 우린 그자가 성형수술을 한 후에 이름도 바꿨을 거라고 확신해요."

"나도 거기 가서 내 눈으로 좀 살펴봤으면 좋겠는데."

"블레어가 절대로 허락하지 않을걸요. 친척이 죽었다고 둘러대고 휴가라도 얻어서 갈 수 있으면 모르겠지만, 이제 해미시는 그 가상의 친척도 다 떨어졌을 것 아닙니까."

"나한테 다른 생각이 있어요. 이제 술병 비었으니까, 당신도 일어나서 내가 뭘 알아낼 수 있을지 찾아보는 동안 블레어나 좀 조용히 시켜 줘요."

지미 앤더슨이 떠난 후 해미시는 전기 주전자의 플러그를 꽂고 재빨리 커피 한 잔을 끓였다. 그는 커피를 한 모금 마시고 몸을 부르르 떨었다. '케냐의 기쁨'이라는 커피였는데, 파텔 씨네 잡화점에서 매우 싸게 파는 물건이었다. 이제야 그는 왜 그리 값이 싼지 알 수 있었다. 해미시는 남은 커피를 싱크대에 쏟아 버렸다. 배가 꼬르륵거리며 요동쳤지만, 감히 음식을 해 먹을 엄두가 나지 않았다. 그는 챙 달린 모자를 똑바로 쓰고, 가느다란 어깨를 쫙 펴고서 로흐두 주민들과 마주칠 각오를 하고 밖으로 성큼성큼 걸어 나갔다.

놀랍고 다행스럽게도 부둣가는 비어 있었다. 잔뜩 지친 표정의 관광객 여성 하나가 소리를 질러 대며 우는 어린 아들을 질질 끌고 갈 뿐이었다. "재미있게 놀라고 데려왔으니까, 말썽 좀 부리지 말고 놀라면 그냥 놀아!"

놀랍군, 해미시는 생각했다. 어떻게 부모들은 한결같이 저 한심한 말만 반복해 대는 걸까. 그가 여자 옆으로 다가가서 차분하게 말했다. "애한테 너무 심하게 굴지 마세요, 부인. 다 비가 와서 그러는 겁니다."

"이럴 줄 알았으면 스페인으로 갈 걸 그랬어요." 여자가 말했다. 그녀는 뚱뚱하고 지저분했다. 염색 머리의 검은 뿌리 부분이 내려앉은 빗방울로 반짝였다. 해미시는 코가 빨개진 작은 소년 앞에 웅크리고 앉았다. 아이는 눈물을 뚝뚝 흘리며 엉엉 울고 있다가 울음을 그치고 해미시를 빤히 바라봤다. "자, 꼬마야," 해미시가 말했다. "왜 그러니? 아저씨한테는 말해도 돼. 아저씨는 경찰이니까, 사실대로 말해야 한다."

"바지에 쉬했어요." 아이가 소맷부리로 코를 문지르며 침울하게 말했다.

"왜 엄마에게 말 안 했어?"

"엄마한테 말하면 때릴 거예요."

해미시가 일어나서 엄한 표정으로 여자를 바라봤다.

"들으셨죠? 이제는 때리지 않으실 거죠?"

여자는 겁먹은 표정이었다. "제발 사회보장국에 신고하지는 말아 주세요."

"얼른 아이를 데리고 가서 옷이나 갈아입히세요." 해미시
는 주머니에 손을 집어넣어 50펜스짜리 동전 하나를 꺼냈다.
"자, 꼬마야, 나중에 아이스크림 사 먹어."

그는 가만히 서서 관광객 모자가 멀어지는 모습을 바라봤
다. 이제 여자는 해미시에게 긴장한 미소를 지어 보이며 어린
아들에게 무슨 말인가 다정하게 속삭이고 있었다.

그는 머릿속에 용의자의 이름을 하나하나 떠올리며 길을
걸었다. 그러다가 애니 퍼거슨과 다시 대화를 나눠 봐야겠다
고 마음먹었다.

"어머, 해미시. 어쩐 일이에요?" 그녀가 반갑게 그를 맞이했
다. "당신이 찾아오리라고는 생각지도 못했어요. 게다가 난 당
신과 얘기 나누는 걸 다른 사람에게 보여서는 안 되거든요."

"왜요?" 그가 심술궂게 물었다.

"난 평판에 신경 써야 하는데, 당신이 하고 다니는―"

"이것 보세요," 해미시가 화가 나서 말했다. "저는 공식적으
로 살인 사건을 조사 중이고 마을 사람 모두가 그 사실을 알고
있어요."

"그 사실 외에도 마을 사람 모두가 당신에 관해 알고 있는
게 더 있는 것 같은데요." 애니가 고지 특유의 악의를 드러내
며 말했다. "알았어요, 그럼 들어와요."

그가 응접실로 들어가서 모자를 벗어 커피 탁자 위에 내려놓고 자리에 앉았다. 애니가 맞은편에 앉았다. 그리고 튼튼한 무릎 밑으로 치마를 단단히 여며 넣었다. 혹시라도 이 호색한 경찰이 자신의 맨살을 보고 미칠 듯한 열정에 빠져들면 어쩌겠는가.

"자, 이제," 해미시가 입을 열었다. "부인이 랜디와 나누었던 대화를 한번 주의 깊게 떠올려 보시기 바랍니다. 그가 특별히 미국의 어떤 지명을 언급한 적이 있나요?"

"내 생각에는 미국 여기저기 다 떠돌아다녔던 것 같아요. 뉴욕, 뉴올리언스, 로스앤젤레스 같은 곳요."

"그가 친구나 아는 사람 얘기를 한 적이 있나요?"

그녀가 고개를 저었다. "우린 많은 대화를 나누지는 않았어요." 그녀가 갑자기 바라보고 있기도 괴로운 악동 같은 표정을 지어 보였다.

"그가 성형수술을 한 걸 알고 있었나요?"

"그가 왜 성형수술을 해요? 내 말은, 성형수술은 여자들이나 하는 거 아닌가요? 물론 난 그런 건 절대로 하지 않을 테지만요." 애니는 진짜 놀란 모양이었다.

"우리는 그가 자신의 진짜 정체를 숨기기 위해 수단과 방법을 가리지 않고 모든 시도를 했던 범죄자였다고 생각합니다."

"범죄자라뇨! 아, 그럴 리가 없어요. 난 그런 사람과는 절대로 아무 짓도 하지 않았을 거라고요!"

"그렇지만 당신은 그가 범죄자라는 사실을 몰랐잖아요." 해미시가 참을성 있게 말했다.

"당신도 정확히는 모르는 거잖아요. 그냥 지푸라기라도 잡아 보려 애쓰는 거죠."

"애니, 너무 방어적이 될 필요는 없어요. 생각해 보세요. 그가 어떤 돈을 가지고 있었나요?"

"늘 지폐 다발을 가지고 다녔어요." 애니가 말했다. "당신도 그 얘기는 들었을 거예요. 술집에서도 늘 돈뭉치를 꺼내 보이곤 했으니까요."

해미시는 애니에게 몇 가지 사항을 더 물었지만, 중요한 단서는 아무것도 건지지 못했다. 애니의 집을 떠나서 그는 임시 수사본부 트레일러가 있는 곳으로 올라가 수사 보고서를 읽었다. 미국과 영국에 있는 모든 레슬링 협회의 면담이 엄격하게 진행되었지만, 거기서도 얻은 것은 전혀 없었다. 글래스고 경찰 몽타주 작성자가 성형수술 이전 랜디의 모습이 어떠했을지 추측해 볼 수 있는 몽타주를 작업하는 중이었다. 로지의 언니 벡 부인에게도 연락이 닿아 그녀가 로호두로 오고 있었다. 비는 여전히 내리고 있었고, 임시 수사본부 트레일러의 얼룩지고 뿌옇게 흐려진 창문을 통해, 해미시는 일단의 기자들이 몰려서 있는 모습을 볼 수 있었다. 관광객들도 마치 또 다른 살인 사건이 일어나기를 바라기라도 하는 듯 그 주변에 빙 둘러서 있었다. 그러면 비에 흠뻑 젖은, 지루하기 그지없는 스코틀랜드에서의 휴가가 다시 활기를 찾게 되리라고 생각이라도 하는 듯이.

해미시는 백 부인이 5시경에 인버네스에서 도착할 예정임을 알게 되었다. 그녀는 마을에 있는 매카트니 부인의 민박집에 묵을 것이었다. 블레어 경감은 그녀를 면담할 만반의 준비를 갖추었고, 해미시는 그 자리에 동석하고 싶었다. 하지만 자신이 먼저 블레어에게 부탁한다면, 보나 마나 어딘가로 심부름을 가게 될 게 뻔했기에 그냥 백 부인이 도착할 때까지 기다렸다가 면담 자리에 은근슬쩍 끼어들기로 마음먹었다.

그는 트레일러를 떠나서 아치 매클레인과 조르디 매켄지 그리고 바텐더 피트 퀸을 면담하러 갔다. 문제는 세 사람 모두 랜디가 떠드는 말에는 조금도 주의를 기울이지 않고 그가 사는 술만 받아 마셨다는 것이었다. 어느 날 이방인 랜디가 그들 사이에 나타나 자기 자랑만 잔뜩 늘어놓다가 살해당했고, 그걸로 끝이었다. 거센 비바람에 맞서 고개를 잔뜩 움츠리고 경찰서로 돌아왔을 때, 그는 피곤하고 지저분하고 비참한 기분이었다. 프리실라에게 전화를 걸어 자신이 어떤 경위로 베티와 잠자리를 하게 되었는지 설명하고 싶었지만, 그녀를 이해시킬 만큼 호소력 있는 설명을 도저히 생각해 낼 수가 없었다.

그는 또한 고지 신사라면 당연히 그래야 하기에 베티에게도 전화를 걸어야 한다고 느꼈다. 비록 그녀가 잘 참아 주기는 했지만, 자신이 베티에게 그토록 무례하게 굴 만한 이유가 전혀 없었다. 그는 토멜성 호텔로 전화를 걸었다. 처음에 그는 수화기에서 들려오는 퉁명스러운 목소리의 주인이 프리실라라는 사실을 알아차리지 못하고 베티와 통화를 하고 싶다고 말했다. 그리고 프리실라가 차갑게 "당신이 사랑하는 숙녀분은 지금 약혼자와 언덕으로 산책하러 나갔습니다"라고 말했을 때, 비로소 그녀의 목소리를 알아차렸다.

그는 성의 종업원들이 허리가 아프다거나 혹은 뭐가 됐든, 그 순간 머릿속에 떠오르는 고지 방식의 변명을 늘어놓으면서 시도 때도 없이 병가를 내는 바람에 프리실라가 늘 그들의 빈자리를 메꿔야 한다는 사실을 문득 깨닫고는 속으로 저주를 퍼부었다. "그건 그냥 어쩌다 보니 일어난 일이에요. 깨어나 보니 그녀가 옆에 있었다고요."

프리실라의 목소리는 얼음처럼 차가웠다. "그러세요? 전화왔었다고 전해 드리죠." 전화가 끊어졌고, 그는 비참한 기분으로 수화기를 빤히 바라보다가 천천히 내려놓았다. 대체 왜 그는 프리실라와의 차가운 관계에서 빠져나오는 옳은 선택을 했음에도 이토록 끔찍하게 상처 입는 것일까? 정신과 의사가 보면 어린 시절 사랑이 결핍된 탓에 자신이 얻을 수 없는 것을 갈망하는 것이라고 지적할지도 모른다. 하지만 사실 그는 매우 사랑 넘치는 어린 시절을 보냈다. 빌어먹을 정신분석, 해미시는 생각했다. 그리고 벡 부인의 면담 자리에 불청객으로 참석할 준비를 마쳤다.

블레어는 해미시 맥베스가 서 있는 방향으로 분노의 눈동자를 굴려 댔다. 그것이 그가 해미시의 존재를 못마땅해한다는 유일한 신호였다. 해미시는 조용히 형사들을 따라 민박집 안으로 들어갔다. 벡 부인은 앞쪽 응접실에 앉아 있었다. 그녀의 머리 위쪽에는 민박집에서 지켜야 할 주의 사항과 날씨가 좋고 나쁘고에 상관없이 투숙객은 반드시 아침 식사 이후에는 숙소를 비워야만 한다고 경고하는 안내문이 붙어 있었다.

벡 부인은 로지 드랄리와 자매처럼 보이지 않았다. 키는 작고 통통했으며, 매우 사무적으로 보였고, 헛소리는 절대 용납지 않을 듯한 표정을 통해 유머라고는 손톱만큼도 없는 사람이라는 사실을 고스란히 드러내 보였다. 사람은 모두 가면을 쓰고 사니까, 해미시는 멍하니 생각했다. 살아오는 동안 어느 시점에서, 벡 부인은 어리석은 짓은 절대로 용서치 않는 유능한 주부의 역할을 해 나가기로 마음먹었고, 보나 마나 생이 끝날 때까지 그 역할을 고수할 터였다. 나 역시도 가면을 쓰고 있을까? 해미시는 궁금했다. 나도……?

"앉게, 맥베스, 제발 넋 나간 사람처럼 그렇게 멍하니 서 있지 말고." 블레어가 빽 소리 질렀다. 해미시는 응접실 한구석에 놓인 작은 의자 쪽으로 서둘러 물러났다.

"백 부인," 블레어가 목을 길게 빼서 평소의 공격적인 모습을 부드러운 표정으로 바꾸었다. 최근 사랑하는 사람을 잃은 유가족을 대할 때면 의도적으로 짓는 표정이었다. "우리 모두 충격을 받았고, 부인의 상실에 깊은 애도를 표하는 바입니다."

"그쯤 하면 됐어요." 백 부인이 무릎에 놓아 둔 낡은 가죽 핸드백을 꽉 움켜잡으며 말했다. "당신이 털끝만큼도 개의치 않고 있다는 거 아니까, 더 이상 시간 낭비하지 말죠."

그녀의 억양은 영락없는 스코틀랜드 사람이었고, 그 사실이 해미시를 놀라게 했다. 로지의 억양에서는 다른 지역의 느낌이 전혀 묻어나지 않아서 그는 그녀가 잉글랜드 출신이라고 추측하고 있었던 것이다.

"그럼 시간 낭비하지 않겠습니다." 블레어 경감이 평소의 성질 더러운 모습으로 돌아오며 말했다. "우린 부인의 동생분이 여기서 먼저 살해당한 랜디 두건이라는 남자에 관해 뭔가를 알고 있었다고 믿습니다. 랜디 두건은 범죄자였는데, 부인의 동생이 그에 관한 정보를 책을 쓰는 데 이용하려 했고, 그래서 살해당했을 거라는 게 우리의 추론입니다."

"동생은 그에 관해 아무것도 몰랐을 거예요." 백 부인이 말

했다. "여긴 늘 이렇게 비가 오나요?" 그녀가 커다란 몸집을
움직여 자세를 고쳐 앉더니 창밖을 노려보았다. 창문에는 굵
은 빗줄기가 서로를 따라잡으려 바쁘게 유리 위로 미끄러져
내려가고 있었다.

"왜 그렇게 생각하시나요?"

"로지는 늘 자신이 비밀을 가지고 있다는 걸, 자기가 상대
방의 비밀을 알고 있다는 걸 은근히 드러내고 싶어 했어요. 그
래서 학교 다닐 때도 인기가 없었죠. 그렇지만 사실 그 애는
어느 누구의 비밀도 제대로 알지 못했어요. 원래가 자기 껍질
속에 단단히 싸여 있던 애예요."

"그렇다면 처음부터 시작해 보죠. 어디서 자라셨습니까?
학교는 어디서 다니셨나요?"

그녀가 아무 감정도 실리지 않은 건조한 목소리로 질문에
간략하게 대답했다. 그들은 덤프리스에서 성장했다. 부모님
은 두 분 다 돌아가셨다. 다른 형제는 없고, 오직 그녀와 로지
뿐이었다.

그녀는 학교를 졸업한 후 결혼을 해서 남부로 떠났다. 로지
는 대학에 진학했고, 졸업 후에 교사가 되었다. 그들은 크리스
마스와 생일에 카드를 보내는 것 외에는 전혀 연락을 하지 않
고 지냈고, 몇 년 동안 둘 사이에 대화라고는 없었다. 그러다
가 작년에 로지가 서덜랜드에 집을 샀다고 하면서 예고도 없

이 이 지역으로 오는 바람에 오랜만에 로지를 만났다. 그 전에 로지는 글래스고에 살았다. 벡 부인이 로지의 글래스고 주소를 알려 주었다.

"동생의 책에 관해 어떻게 생각하시나요?" 방 한구석에서 해미시 맥베스의 조용한 고지 목소리가 울려왔다.

블레어 경감이 그를 노려봤다.

벡 부인이 콧방귀를 뀌었다. "한 권도 읽어 보지 않았어요. 책을 읽을 시간이 없거든요."

"동생분을 매우 시기하셨군요." 해미시가 다시 말했다.

"뭐라고요!" 벡 부인이 분노한 표정으로 그를 바라봤다. "대체 시기할 거리가 있기는 한가요? 나는 결혼했고, 동생은 하지 않았어요. 쓰레기 같은 소설을 쓰는 것 말고 로지가 인생에서 이루어 놓은 게 뭐가 있나요?"

"동생을 단지 질투만 한 게 아니군요." 해미시가 말을 이었다. "정말 싫어했네요. 왜죠?"

"지금 뭐 하자는 거죠? 대체 당신 뭐 하는 경찰관이에요?"

"그녀가 당신의 남편을 빼앗으려 했나요?" 해미시의 목소리가 갑자기 날카로워졌다.

"그걸 어떻게 알았죠?"

해미시는 아무 말도 하지 않았다. 바깥에서는 더욱 심한 악천후를 예고하는, 낮고 비통한 신음 같은 소리와 함께 바람이 거세지고 있었다. 방 안에 피워 놓은, 공기를 따뜻하게 데우는 데는 거의 아무런 역할도 못 하고 가물거리는 작은 토탄 불에서 연기가 피어올랐다.

처음으로 블레어 경감도 조용히 입 다물고 있을 만큼의 분별력을 보였다. "밥과 내가 결혼하고 얼마 되지 않았을 때였어요." 벡 부인이 말했다. "로지가 우릴 방문했죠. 밥은 전자 공장에서 감독관으로 일하다가 해고된 참이었죠. 나는 상점에서 일자리를 구했어요. 남편의 퇴직금이 있기는 했지만, 그게 영원히 남아 있지는 않을 테니까요. 그래서 난 온종일 집을 비웠죠. 그러던 어느 날, 난 남편과 로지가 내가 일하러 나가고 없는 오후에 함께 영화를 보러 가고 점심도 먹으러 다니면서 그 귀한 퇴직금을 다 써 대고 있다는 걸 알게 됐어요. 난 여자들에게 속옷을 파느라 노예처럼 일하고 있는데 말이에요. 결국 한바탕 소동이 일어났어요. 난 로지에게 떠나라고 명령했죠. 그랬더니 남편이 자기도 로지와 함께 떠나겠다고 하더군요. 하지만 난 그 전날 병원에 갔다가 내가 임신했다는 사실을 알게 됐죠. 그래서 남편에게 그 사실을 털어놓고, 결국 남편은 남고 로지만 떠나게 됐어요. 그게 다예요."

'그게 다예요'라는 말이 덮어 주는 비통함의 무게가 너무 무겁다고 해미시는 생각했다. 로지는 밥을 손톱만큼도 좋아하지 않으면서도 언니보다 자신이 뭐든 더 잘할 수 있다는 사

200

실을 증명하기 위해 그를 유혹했을 테고, 백 부인은 로지를 상대로 자신이 결혼했다는 사실을 뽐내며 의기양양해했을 게 분명했다.

"로지가 살해됐을 때 어디 계셨습니까?" 블레어가 날카롭게 물었다.

"집에 있었어요."

"남편과 함께 계셨나요?"

"남편은 주말에만 집에 와요. 버밍엄에서 일하거든요."

다시 해미시의 목소리가 들렸다. "남편분이 혹시 동생분과 연락하고 지냈는지 알고 계시나요?"

그녀의 눈이 번뜩였다. "남편이 감히 그럴 리가 없어요."

"그렇지만 정확히는 모르시잖아요." 해미시가 거의 자기 자신에게 말하듯이 얘기했다. "남편분은 주중에는 계속 집 밖에서 지내시니까요. 일하다가 시간을 내서 어디든 원하는 곳에 다녀올 수도 있었을 테죠. 예를 들어, 로지가 살해되던 날 밤에 남편분은 어디 계셨나요?"

그녀가 이 고지의 고문자를 살짝 의기양양한 표정으로 바라보았다. "바로 그날 저녁에 버밍엄에서 내게 전화를 걸었어요."

"남편이 버밍엄에서 전화했다는 건 어떻게 확신하십니까?" 해미시가 물었다.

"맞습니다." 블레어가 끼어들었다. "여기서 전화를 걸었을 수도 있지 않나요?"

"모르는 소리 말아요! 밥의 숙소는 철길 바로 옆에 있어요. 남편은 매일 밤 9시면 내게 전화를 거는데, 9시에는 항상 밖에서 기차가 지나가고, 그 소리가 집 안을 온통 흔들어 놓죠. 그날도 난 그 소리를 들었어요."

"그 정도면 결정적인 단서로 충분하겠네요." 블레어 경감이 무겁게 말했다. "벡 부인…… 아니 제가 베릴이라고 불러도 될까요?"

"아니요, 벡 부인이라고 부르세요."

"일단 남편의 주소를 좀 적어 주시죠. 이만하면 된 것 같습니다. 블랙 순경이 스트래스베인으로 모시고 가서 시신을 확인하게 도와 드릴 겁니다. 혹시 로지 드랄리 씨가 유서를 작성해 두었는지 알고 계십니까?"

그녀가 고개를 저었다.

"저희는 아직 동생분의 서류를 확인해 보는 중입니다. 뭐라도 나오는 게 있으면 알려 드리죠."

그들은 모두 밖으로 나갔고, 해미시도 경찰서로 돌아가 커피 한 잔을 타서 자리에 앉아 부엌 벽만 빤히 바라봤다.

또 하나의 새로운 시나리오가 머릿속에 떠올랐다. 혹시 두 건과 로지의 살인자가 서로 아무 관련 없는 사람들은 아닐까?

그는 밖에서 분노한 바람이 거세게 휘몰아치는 소리를 듣고는 자리에서 일어나 부엌에 있는 장작 난로에 불을 지피러 갔다. 불길이 즐겁게 타닥거리며 타는 것을 보고 해미시는 다시 자리에 앉았다. 전에도 그는 형제자매 간의 경쟁의식 때문에 일어난 사건을 많이 접해 봤다. 물론 그중 어떤 것도 살인으로까지 번진 것은 없었다. 이번 사건에도 두 자매가 개입돼 있었다. 한 명은 자만심과 자기확신에 차 있었지만, 로지의 성향은 아직 미지수였다. 그는 로지에 관해 무엇을 알고 있을까? 일단 동성애자였을지도 모르지만 그녀는 남자들의 관심을 즐겼다. 권력을 좋아했다. 어쩌면 그 때문인지도 몰랐다. 그녀가 밥을 그렇게 쉽게 포기했을까, 아니면 지난 몇 년 동안 계속해서 그를 마음대로 조종하려 했을까? 해미시는 자신이 한때 프리실라에게 느꼈던 타오르는 듯한 성적인 욕구불만을 떠올렸다. 당시 그는 프리실라를 기쁘게 살해할 수도 있을 것만 같은 기분이었다. 만약 로지가 밥에게 절대로 몸은 허락하지 않으면서 그를 묶어 놓은 고삐만 틀어잡고 있었다면 어떨까? 잠자리를 하게 될지도 모른다는 약속과 함께하는, 흥분되는 비밀스러운 만남이라. 로지가 그런 식이었을까? 정말 그렇게 했을까? 랜디에게도 그런 식으로 대했고, 결국 그가 노골적으로 집적거려서 둘 사이에 싸움이 일어났던 것일까? 그는 갑자기 아치 매클레인을 만나고 싶어졌다. 이런 날씨라면 고깃배를 띄울 수 없을 터였다.

그는 밖으로 나가서 돌풍에 맞서며 힘겹게 마을 술집으로 찾아갔지만, 아치는 그곳에 없었다. 어쩔 수 없이 그는 영 내키지 않는 마음으로 아치의 집을 방문했다. 로흐두의 다른 모든 주민과 마찬가지로 해미시도 매클레인 부인이 무서웠다.

매클레인 부인은 싱크대에서 냄비를 벅벅 문지르며 사납게 일을 하고 있었다. 아치는 예의 그 뻣뻣한 옷을 입고 부엌 한가운데 놓인 딱딱한 의자에 침울한 표정으로 앉아 있었다. 바닥은 금방 청소를 마친 듯했고, 번쩍번쩍 광을 낸 아치의 부츠는 네모난 신문 위에 가지런히 놓여 있었다.

"술 한잔하러 갈까요, 아치?"

아치의 표정이 밝아졌다. "그럼 좋지."

매클레인 부인이 홱 돌아서더니 냄비 긁는 도구를 무기처럼 휘둘러 댔다. "술 마시는 데 아까운 돈 낭비하지 말아요."

"제가 낼 겁니다." 해미시가 부드럽게 말했다.

"흠, 너무 오래 있지는 말아요." 그녀가 주저하며 말했다. "난 마룻바닥 한 번 더 닦고 있으면 되니까요. 그리고 해미시 맥베스, 부츠는 문 앞에 벗어 놓고 들어와야죠. 여긴 깨끗한 집이에요."

"그것도 로흐두에서 가장 깨끗한 집이죠." 해미시가 동의했다.

"잠깐만요!" 남편이 의자에서 일어나자 그녀가 꽥 소리 질 렀다. 그러고는 신문 한 부를 집어 들더니 마치 징검다리를 놓 듯이 마룻바닥에 한 장 한 장 펼쳐 놓았다.

아치가 바스락거리는 검은색 방수포를 벽에서 떼어 내 팔 에 끼었고, 두 사람은 함께 울부짖는 밤 속으로 도망치듯 길을 나섰다. 바람이 어찌나 거세게 불어 대는지 마을 술집으로 걸 어가는 동안에는 대화 자체가 불가능했다.

다행히도 저녁나절 술집은 조용했다. 아치는 위스키 한 잔 을 청한 후 늘 그렇듯이 바에 자리 잡고 앉았지만, 해미시는 그를 구석에 있는 작은 탁자로 이끌었다.

"로지의 죽음이 안타까워요?" 해미시가 물었다.

아치가 옹이 진 손가락으로 숱 없는 머리카락을 가지런하 게 가다듬었다. "죽었으니 안타깝기야 하지." 그가 중얼거렸 다.

"그렇지만 울지는 않았잖아요?"

"아니, 왜 이래, 해미시. 애들이나 우는 거야."

"생각을 좀 가다듬고 대답해 줘요, 아치. 정말 중요해서 그 래요. 로지를 좋아했어요?"

어부가 힘겹게 말을 꺼내기까지 긴 침묵이 이어졌다. 마침 내 그가 말했다. "실은 아주 살짝 기분이 좋기는 했어. 그 여자 는 작가에 고상한 사람이었잖아. 그런 여자가 나한테 아주 똑똑한 사람이라고 했거든. 그런데 말이야, 그 여자가 죽고 나니까, 마치 아예 존재하지도 않았던 사람 같은 기분이 든다니까. 내 말이 무슨 뜻인지 알겠나?"

"로지가 아부를 하고 차를 타 주고 했을 때 혹시 그녀와 바람을 피울 생각을 해 보지는 않았어요?"

아치의 얼굴이 빨갛게 달아올랐다. "이런, 해미시, 그런 생각은 한 번도 해 본 적 없어. 이건 진심이야. 나도 거울은 볼 줄 안다고."

"너무 겸손하네요, 아치. 그렇지만 왜 그녀가 아치에게 추파를 던지고 함께 대화를 나누려고 하는지 이상하게 생각해 본 적은 있을 테죠."

어부의 작은 두 눈이 갑자기 예리해졌다. "내 생각에는 내가 자기에게 반하기를 바랐던 것 같아."

"왜 그렇게 생각하세요?"

"여자들이란 원래 아무 관심 없는 남자들도 다 자기를 좋아해 주길 바라지 않나. 그게 여자들이라고. 그러면 우쭐한 기분이 들 테니까."

"그 여자가 한 가지 옳았던 게 있기는 하네요. 아치는 정말 똑똑해요. 내가 술 한 잔 더 살게요. 그거 마시고 난 가야 할 것 같아요. 전화 걸 데가 있거든요."

경찰서로 돌아와서 해미시는 버밍엄 경찰서 범죄 수사부로 전화를 걸었다. 운이 좋았는지, 전화를 받은 사람은 매우 영리하지만 지루해 죽을 지경이라 무슨 일에든 곧장 뛰어들 만반의 준비가 되어 있는 휴 페린 경사였다.

해미시는 로지 드랄리 살인 사건을 세세하게 설명하고는 덧붙였다. "그래서 혹시 밥 벡의 아파트 수색영장을 받을 수 있을까 궁금해서 전화드렸습니다. 아시다시피, 그의 아내 말로는 9시에 지나가는 기차 소리가 들렸기 때문에 남편이 버밍엄에서 전화를 건 게 분명하다고 하거든요. 하지만 밥이 범인이라면 그저 기차 소리를 녹음해서 서덜랜드로 가져가 전화를 걸 때 틀어 놓으면 그만이었을 겁니다."

"아주 좋은 지적이네요. 그렇지만 피해자의 벽난로에서 타다 만 서류와 컴퓨터 디스크 증거물이 발견됐다고 하지 않았나요? 그게 로지 드랄리의 살인자를 알려 주지는 않아요?"

"밥 벡도 자신이 보내고 받은 편지 증거를 태워 버렸을 수 있잖아요."

"그건 좀 너무 앞서 나간 것 같네요. 만약 그게 사실이라면, 자기가 기차 소리를 녹음해 온 테이프도 함께 태워 버렸으면 됐을 텐데 왜 그러지 않았을까요?"

"내 생각에는 로지를 살해했을 때 편지 증거들은 다 없애 버렸을지도 몰라요. 그런 다음 앉아서 아내에게 전화를 건 거죠. 잠깐, 로지의 집에서 전화를 걸지는 않았겠네요. 우리가 그날 저녁 통화 목록은 이미 확인했거든요. 젠장, 지난 몇 달 간의 통화 기록도 조회를 해 봤어야 하는데. 이렇게 생각해 보세요. 지금 그는 전화가 필요해요. 공중전화 부스 안에 서서 동시에 녹음기를 작동하기는 거의 불가능하죠. 그리고 시간에도 쫓기고 있어요. 그러니 로흐두에서 멀지 않은 남쪽 도로에 있는 호텔이나 모텔에 들어가서 아내에게 전화를 걸려고 할 겁니다."

"그럼 답은 나왔네요." 페린 경사가 말했다. "당신이 그가 사건 현장에서 멀지 않은 곳에 있었다는 증거를 잡으면, 나와 함께 그를 심문하면 되겠어요…… 천천히 해도 돼요. 난 어차피 밤새 여기 있을 테니까요."

심장이 빠르게 뛰는 것을 느끼며, 해미시는 그에게 인사를 하고 전화를 끊은 후 너덜너덜한 전화번호부 쪽으로 팔을 뻗었다. 그리고 근처에 있는 호텔과 숙박 시설 몇 군데에 전화를 걸어 살인 사건이 일어나던 날 밤에 낯선 사람이 하룻밤 묵어 간 적이 있는지 그리고 계산서에 런던으로 전화를 건 요금이 포함돼 있지는 않았는지 질문했다. 그는 백 부인의 전화번호를 불러 주었다. 그렇게 한참이 지나고 막 포기하려던 차에, 해미시는 A9 도로상에 새로 생긴 클루니 모텔을 기억해 내고 전화를 걸었다. 그리고 자신의 행운을 믿을 수가 없었다. 그곳에는 밥 벡이 자신의 집으로 전화를 걸었던 명확한 기록뿐 아니라 그가 실명을 사용한 기록까지 남아 있었다.

그가 페린 경사에게 전화를 걸어 그 소식을 전했다. "이만하면 그를 불러들일 수 있겠어요." 페린 형사가 기세등등하게 말했다. "그렇지만 그가 지금까지 그 테이프를 가지고 있지는 않겠죠? 차창 밖으로 던져 버렸을지도 모르고 어떤 식이든 없애 버렸을 겁니다."

"형사님이 그를 불러들이면," 해미시가 말했다. "내가 클루니 모텔로 가서 쓰레기통을 뒤져 볼게요. 운이 좋으면 아직 쓰레기를 치워 가지 않았을 수도 있잖아요."

그는 부엌으로 가서 탁자 위에 놓인, 테이프 재생 장치가 있는 라디오를 집어 들고 곧장 밤의 거센 바람 속으로 차를 몰았다. 빗줄기가 앞 유리창을 거세게 후려치는 동안, 그는 프리실라와 함께 랜드로버에 앉아 블레어 경감과 다른 형사들이 도착하기를 기다리던 때를 침울하게 생각하며 심장에 칼날이 박혀 드는 듯한 아픔과 크나큰 상실감을 느꼈다. 그 고통이 지금까지도 너무 강렬하게 느껴진다는 사실 또한 놀라웠다. 하지만 술을 마시거나 약 같은 것으로 그 고통을 완화하고 싶지는 않았다. 차라리 권총을 꺼내 가슴에 커다란 구멍을 내 버리고 싶었다. 자살을 하겠다는 게 아니라, 만화에 나오는 동물처럼 고통이 느껴지는 곳에 아주 근사하고 깨끗한 둥근 구멍을 내 버리고 싶었다.

마침내 모텔에 도착한 그는 관리인에게 호텔 쓰레기를 좀 뒤져 봐도 좋을지 열정적으로 물어봤다. "맘대로 하세요." 관리인이 말했다. "쓰레기는 내일 치워 갈 겁니다. 뒤쪽으로 돌아가면 있어요."

그가 밖으로 나가 해미시를 호텔 뒤쪽으로 데리고 갔다. 거대한 금속 쓰레기통 두 개가 모텔 불빛에 반사되어 축축하게 빛나고 있었다. "저 혼자 있는 게 나을 것 같네요." 해미시가 침울하게 말했다. "안에 든 걸 다 꺼내 봐야 하거든요."

"제가 일을 수월하게 해 드릴게요." 관리인이 말했다. "왼쪽에 있는 통에는 부엌에서 나오는 쓰레기가 들어 있어요. 오른쪽은 객실에서 나오는 쓰레기고요. 날짜 지난 신문 같은 거요."

쓰레기통은 해미시의 키만큼이나 커서, 그 안에 들어 있는 내용물에 손을 대려면 상자 하나를 놓고 그 위에 올라서야 했다. 그가 참을성 있게 상자와 신문지, 잡지, 담배꽁초, 콘돔, 샌드위치 포장지, 빈 병 등을 하나하나 살펴보는 동안 시간이 하염없이 흘러갔다. 그는 손에 집히는 것은 무엇이든 어깨 너머로 던져 버렸고, 통 속의 내용물이 어느 정도 낮아지자 통 안으로 들어가서 소형 손전등 불빛으로 바닥에 있는 쓰레기를 뒤졌다. 마침내 손이 카세트테이프에 가 닿았을 때 해미시는 승리의 환성을 질렀다. 그가 소리쳐 부르자 관리인이 안에서 달려 나왔다. "내가 이 테이프를 쓰레기통에서 찾아냈다는 사실에 증인이 돼 주셔야겠어요." 해미시가 말했다. "이걸 접수계로 가지고 가서 틀어 볼 겁니다."

그들은 해미시가 라디오를 맡겨 두었던 따뜻한 접수계로 돌아갔다. 해미시가 테이프 재생 장치에 테이프를 꽂아 넣고 틀었다. 몇 초가 흐른 후, 가수 셰어의 허스키한 목소리가 방 안으로 쩌렁쩌렁 울려 퍼졌다.

평소 웬만해선 욕이라곤 않는 해미시였지만, 이번에는 재생 장치가 꺼지는 소리와 함께 그의 욕설이 방 안에 울려 퍼졌다. "이보세요! 이제 그만하면 됐어요." 관리인이 말했다. "다 끝났으면, 그만 가 주세요."

"다시 한 번만 둘러보고요." 해미시가 고집스럽게 말했다.

그는 다시 바람 부는 빗속으로 나가서 커다란 녹색 금속 통 안으로 들어가 방 안의 휴지통에 씌워 놓았던 작은 비닐 쓰레기봉투들을 집중적으로 뒤지기 시작했다. 그는 바닥에 놓여 있던 봉투 하나를 열어 손전등을 비춰 보았다. 비어 있는 반병들이 용량의 위스키병 하나, 구겨지고 텅 빈 담뱃갑 하나, 몇 개의 꽁초, 지저분한 휴지 몇 장…… 그리고 테이프가 있었다.

다시 한번 그는 관리인을 불렀다. "이번에는 뭡니까?" 관리인이 있는 대로 빈정거렸다. "돌리 파튼?"

"내가 이 테이프를 쓰레기통에서 찾아냈다는 사실에 증인이 돼 주셔야겠어요."

"물론이다마다요."

해미시가 쓰레기통을 넘어 밖으로 나왔다. 그들은 다시 함께 호텔 안으로 들어갔다. 해미시가 테이프를 집어넣고 장치 스위치를 눌렀다. 처음에는 식식거리며 테이프가 돌아가는 소리 외에는 아무 소리도 들리지 않았다. 하지만 얼마 후, 다가오는 기차 소리가 방 안에 가득 찼다. 해미시의 여윈 얼굴에 천천히 미소가 번져 나갔다.

그는 기차 소리가 끝날 때까지 듣고 있었다. "이게 찾고 있던 겁니까?" 관리인이 물었다.

"이게 바로 그겁니다."

"그렇다면 제가 일손이 달려서 그러는데, 이제 나가서 쓰레기 좀 다시 통에 넣어 주세요."

하지만 해미시는 쓰레기 뒤지는 일은 할 만큼 했다는 생각이 들었다.

"다 경찰 증거물입니다." 그가 말했다. "나중에 감식반이 올 때까지 손대지 말고 그대로 놓아두셔야 해요."

로흐두로 다시 차를 몰고 가는 동안, 의기양양하던 해미시는 다시 우울해졌다. 블레어에게 무슨 일을 하려는지 미리 얘기했어야 했지만 그러지 않았던 것이다. 보나 마나 블레어는 불같이 화를 낼 터였다.

그리고 당연하게도 경찰서에 도착했을 때, 그는 밖에 주차된 차들을 볼 수 있었고, 경찰서 문 위에 걸려 바람 속에 거칠게 흔들리는 파란색 불빛 속에서 블레어 경감의 공격적인 모습을 알아봤다.

"지금까지 뭘 하고 돌아다닌 건가, 이 멍청한 작자야?" 블레어가 소리 질렀다. "버밍엄에서 벡을 심문하러 불러들였다고 전화를 걸어 왔는데, 난 거기에 관해 쥐뿔도 아는 게 없잖아. 데이비엇 총경도 곧 이 소식을 듣게 될 거라고."

"제가 벡이 기차 소리를 녹음해 둔 테이프를 찾아냈습니다." 해미시가 말했다.

"어떻게? 뭐라고……?"

해미시가 이야기를 하는 동안 블레어는 반쯤 다른 곳에 정신이 팔린 채로 그 말을 듣고 있었다. 해미시가 수사한 공로를 어느 정도는 자신의 공으로 돌려야만 했기 때문이다. 갑자기 블레어가 회유적인 태도를 취하며 끔찍한 미소를 지었다. "그래, 아주 잘했네. 이제 자네도 가서 잠 좀 자야지. 그러니 테이프는 나한테 건네주게."

해미시는 순순히 테이프를 건네주었다. 블레어 경감이 무슨 짓을 하려는지는 알았다. 보나 마나 데이비엇 총경에게 자신이 해미시를 시켜 버밍엄에 전화를 걸게 하고는 테이프를 찾으러 보냈다고 이야기할 터였다.

블레어는 예상대로 그렇게 했고, 심각하게 의심받는 상황에 직면하게 됐다. "자네 대체 뭐 하는 사람인가?" 데이비엇 총경이 무자비하게 말했다. "순경 한 명이 그런 수색을 하게 보냈다는 거야? 게다가 버밍엄 경찰서 범죄 수사부에 전화를 걸어 그런 지시를 내리는 건 맥베스가 아니라 자네가 해야 할 일이라고."

"전화는 제가 걸었습니다." 블레어가 변명을 했다.

"난 그렇게 안 들었네. 내가 들은 바로, 전화한 사람은 해미시 맥베스였어."

"아니, 제 말은," 블레어가 재빨리 말했다. "좀 전에 말씀드렸듯이, 제가 그에게 전화하라고 시켰다는 겁니다."

"다음번에는 자네 일은 자네가 직접 하게."

"알겠습니다, 총경님." 블레어가 풀 죽은 채 대답했다. 심장 밑바닥에서부터 해미시를 향한 증오가 끓어올랐다.

제8장

사랑이 차츰 병들어 갈 때,
우리가 해 줄 수 있는 최선의 배려는
폭력적인 죽음을 선사하는 것이다.
나는 질질 끌어 가는 소모적인 열정의 고통을
감내할 자신이 없다.

조지 에서리지 경

밥 벡이 북부로 이송되었을 때, 해미시 맥베스는 스트래스베인으로 초대되었다. 벡이 로지를 살해한 범인이라는 사실을 알아낸 것이 누구인지 데이비엇 총경이 이미 짐작하고 있음을 말해 주는 신호였다. 당연히 블레어는 영 마땅찮은 기분이었다.

해미시는 평소처럼 구석에 앉아 놀라운 심경으로 밥 벡을 바라봤다. 남자는 허리도 살짝 굽고 머리도 세어 있었다. 창백한 두 눈은 두꺼운 안경 속에서 어린애 같은 순수함으로 세상을 바라보고, 코는 다소 크고 입은 작았다. 깔끔하게 다림질한

회색 정장에 끈을 묶은 검은 구두 차림이었다. 결코 열정으로 정신을 잃어 로지 드랄리의 벌거벗은 등에 칼날을 꽂아 넣을 사람처럼은 보이지 않았다. 테이프 증거가 아니었다면, 해미시는 그가 단지 살인 사건이 일어난 날 로지를 만나기 위해 서덜랜드로 여행을 갔던 운 없는 사람이라고 생각하고도 남았을 듯했다.

블레어 경감이 평소 같지 않은 점잖은 말투로 심문을 시작했다. 벡의 옆에는 비쩍 마른 토끼처럼 생기고 살인자 본인보다도 더 당황스러워 보이는 변호사가 앉아 있었다.

"로지 드랄리 작가와는 얼마나 알고 지냈나요?"

"몇 년 됐습니다." 벡이 대답했다. 그러고는 단호하게 말을 이었다. "시간 낭비할 필요 없이, 제가 모든 걸 자백하죠."

블레어가 환하게 미소 지었다. "듣던 중 반가운 소리군요. 어서 말씀해 보시죠."

"난 베릴과 결혼한 직후 로지와 사랑에 빠졌습니다." 그가 한동안 말을 안 하고 살았던 사람처럼 쉰 목소리로 말했다. "그게 1964년이었어요. 난 베릴과 이혼하고 그녀를 떠나고 싶었지만, 그때 베릴이 임신한 사실을 알려 왔고, 로지는 내게 올바른 선택을 해야 한다면서 그녀 곁에 남으라고 했습니다. 나는 오랫동안 베릴을 증오했어요." 그가 근시처럼 방 안을 둘러보며 눈을 깜빡였다. "하지만 난 대책을 찾아냈죠. 특히 버밍엄에 직장을 구한 후였습니다. 베릴은 나와 함께 버밍엄으로 이사하길 원치 않았고, 그건 정확히 내가 바라던 상황이었습니다. 난 로지와 만났어요…… 그것도 자주요. 난 그녀를 원했죠. 그녀를 갖고 싶었습니다. 로지는 늘 내가 그 희망을 품고 있게끔 했고, 난 완전히 그녀에게 집착하고 있었기 때문에 그녀를 믿었습니다. 로지와 함께 있지 않을 때면, 난 온종일 그녀 생각만 했어요. 가끔은 이 미칠 것 같은 상황에서 좀 벗어나고 싶을 때도 있었지만, 잠깐만 그런 시도를 해도 내 삶은 어둡고 텅 비어 버렸기에 어쩔 수 없이 다시 내 꿈으로 돌아갈 수밖에 없었습니다. 내 꿈, 그 꿈속에서 나는 세상 어떤 남자도 결코 경험해 본 적 없는 것처럼 그녀와 뜨겁게 사랑을 나누었죠. 로지는 정기적으로 내게 편지를 썼고, 난 그녀에게 받은 편지를 모두 보관하고 있었어요. 그러다가 그녀가 서덜랜드로 이사했고, 그때부터 편지가 점차 줄어들더니 어느 날부터 아예 끊어졌습니다. 내가 전화를 걸면 로지는 늘 통화를 거부하는 듯했어요. 죄송하지만, 물 한 잔만 마실 수 있을까요?"

그들은 여경 한 명이 그에게 물 한 잔을 가져다줄 때까지 기다렸고, 밥은 매우 갈증이 났는지 물을 벌컥벌컥 들이켰다.

"결국 난 더는 참을 수 없을 지경에 이르렀어요." 그가 말을 이었다. "로지는 내게 로흐두가 워낙에 소문이 쉽게 나는 곳이라면서 절대로 자기를 만나러 오면 안 된다고 경고하더군요.

하지만 난 차를 몰고 찾아갔어요. 가면서 기차 소리를 녹음해 가져갔죠. 저녁에 아내에게 전화를 걸어야 했으니까요. 처음 로흐두로 출발할 때는 그녀를 죽일 생각 같은 건 머릿속에 들어 있지도 않았습니다. 로흐두에 도착한 후에는 로지의 집이 어디냐고 길을 물어볼 필요도 없었어요. 그녀가 처음 고지 지역으로 이사했을 때, 집에 관해서는 물론이고 집이 있는 위치까지 조목조목 자세하게 설명해 주었으니까요. 로지가 문을 열었을 때 난 굉장히 놀랐습니다. 내게 너무도 매정하고 무례하게 대했거든요. 그녀는 자기 앞에 매우 중요한 일이, 대단한 미래가 기다리고 있다고 하더군요. 런던으로 문인대리인을 만나러 갈 예정이라 내게 낭비할 시간이 없다고 하면서요."

두 눈에 눈물이 고이자 밥은 눈을 깜빡여서 눈물을 말려 버렸다.

"그리고 자기는 목욕을 할 테니까 그만 가 달라고 하더군요. 그리고 욕실로 걸어 들어가 옷을 벗었어요. 그동안 내가 그토록 갈망해 왔던 나신으로 내 앞에 너무도 무례하게 서 있었습니다. 난 끔찍할 만큼 깊이 상처를 입었어요. 그때 내가 할 수 있는 생각이라고는 그녀가 날 상처 준 만큼 나도 그녀에게 상처를 줘야겠다는 것뿐이었죠. 기억은 잘 안 나지만, 내가 부엌 서랍을 열어 식칼을 꺼냈던 게 분명해요. 그걸 들고 난 침실로 다시 들어갔습니다. 그녀는 여전히 알몸으로 침대 위로 허리를 구부리고 있더군요. 나는 그녀의 등에 칼을 꽂았습니다. 난 의사가 아니에요. 그러니 어디를 찔러야 하는지도 몰랐고, 또 그런 생각은 아예 하지도 않았습니다. 그런데도 로지는 즉사했어요. 한순간 살아 있던 그녀가 다음 순간에는 양고기처럼 차갑더군요.

그러고 나자 모든 상처와 분노가 내게서 떠나 버렸어요. 난 집착으로 온통 망쳐 버린 내 삶을 돌아봤습니다. 그 순간 떠오른 유일한 생각은, 나 자신을 구해야겠다는 것이었어요. 그런 여자 때문에 내 인생을 포기해서는 안 된다는 것이었죠. 난 그동안 내가 써 보냈던 편지들을 찾아내고, 로지의 컴퓨터 디스크에 남아 있던 그녀의 편지도 찾아냈습니다. 로지는 한 번도 손편지를 써 보낸 적이 없었거든요. 난 그것들을 다 태웠어요. 나머지는 당신들이 찾아낸 대로예요. 클루니 모텔로 가서 기차 소리를 녹음해 온 것을 틀어 놓고 베릴에게 전화를 걸고 쓰레기통에 테이프를 버린 겁니다."

그의 목소리가 점차 잦아들었다. 블레어가 절대 사랑스럽지 않은 자신의 몸 구석구석으로 번져 가는 떨림을 억누르며 뚱뚱한 어깨를 웅크린 채 몸을 앞으로 숙였다. "하지만 당신은 전에도 여기 왔던 적이 있잖아요." 그가 말했다. "당신이 어떻게 랜디 두건을 죽였는지도 털어놔 봐요."

해미시는 의자에 등을 기대고 앉아 한숨을 쉬며 밤의 불가

피한 부인이 이어지기를 기다렸다. 그러나 놀랍게도 그의 귀에는 다른 말이 들려왔다.

"그럼 그 사실도 알고 있다는 건가요?"

"물론입니다." 블레어가 의기양양하게 말했다. "그러니 우리에게 다 털어놔 봐요."

벡이 주저하며 말을 꺼냈다. "로지는 세상에 보기 드물게 흥미로운 남자를 만났다고 내게 말했어요. 아주 드물게 오던 편지 중의 한 통에서였는데, 나는 그 행간의 의미를 읽을 수 있었죠. 그래서 질투에 눈이 멀어 로흐두로 찾아왔습니다. 그리고 로흐두로 가는 도로변에 있는 민박집에 머물렀죠. 민박집 이름이 뭔지는 묻지 말아요. 그때 난 질투에 눈이 멀어 있어서 아무것도 기억할 수 없으니까요. 난 버밍엄에서 총을 한 자루 샀어요. 어느 술집을 찾아가야 하는지만 알면 그리 어려운 일도 아니거든요. 그러고 나서 가발을 하나 사고, 선글라스를 낀 다음 그가 누구인지 특정 지을 수 있을 때까지 주변을 헤매고 다니다가 그의 집까지 따라갔죠. 클로랄 수화물도 챙겨 갔습니다. 어머니가 사용하시던 거죠. 나는 그의 집을 방문해서 로지의 친구라고 소개하고는 잠깐 얘기나 나누고 싶어서 들렀다고 했어요. 그가 술이나 한잔하자면서 들어오라고 하더군요. 그가 방에서 나갔을 때, 나는 그의 잔에 클로랄 수화물을 타고, 그가 그것을 마신 후에는 효과가 나타날 때까지 기다렸습니다. 그런 다음 그가 깨어날까 봐 겁이 나서 손을 결박했어요. 그리고 총을 쏘고 사망 시간을 감추기 위해 난방을 다 틀어놨습니다. 혹시라도 누군가 내가 그의 집에 들어가는 걸 봤을지도 모르니까요. 그러고는 차를 몰고 남쪽으로 가다가 토탄 늪에서 잠시 차를 세우고 총을 던져 버렸어요."

"거짓말 말아요." 해미시 맥베스가 말했다.

블레어 경감의 얼굴이 분노로 인해 자주색으로 변했다. 이제 마침내 자신이 승리를 거머쥘 순간이 되었는데, 이 쥐새끼 같은 맥베스가 그것을 망치려 하고 있지 않은가. 여느 인간들과 마찬가지로 블레어도 다른 사람의 동기를 자신의 기준에 맞추어 판단했다. 지금 해미시 맥베스는 그의 성공을 가로채려 하는 파렴치한이었다.

"자네!" 그가 해미시를 향해 고함을 질렀다. "여기서 나가!"

그렇게 해미시는 밖으로 나갔다. 벡은 진술서에 서명을 했고, 다음 날 신문은 두 건의 살인 사건을 해결한 이야기로 가득 찼다.

기자들이 로흐두를 떠났고, 위성 안테나, 케이블, 카메라도 모두 그들을 따라갔다. 비는 멈추지 않고 꾸준히 내렸고, 해미시 맥베스는 해결되지 않은 살인 사건을 손에 쥐고 홀로 남았다. 그는 벡이 로지를 살해했다는 사실은 믿었다. 그의 열정과 집착은 거짓이 아니었다. 그러나 왜 난데없이 랜디를 살해했다고 자백한 것일까? 사건의 모든 세부 사항은 이미 신문에 다 발표가 되었으니 그도 피해자가 손목이 결박돼 있었으며, 음료에서 클로랄 수화물이 검출됐다는 등의 정황은 모두 알고 있었을 터였다. 블레어야 그의 자백을 기꺼이 받아들일 만반의 준비가 돼 있던 사람이니 벡 어머니의 주치의가 누구이고 또 그녀에게 클로랄 수화물 수면제를 처방해 준 적이 있기는 한지 등에 관해 철저하게 확인해 보지 않을 터였다. 벡이 로지에 대한 열정으로 타오르는 동시에 아내에 대한 증오로 더 세차게 타오르는 건 가능할까? 혹시 아내 베릴에게 이런 식으로 복수하려는 것일까? 그녀가 두 건의 살인을 저지른 범죄자와 결혼했다는 사실을 알게 하는 것으로 말이다.

그는 사무실에 앉아 용의자 목록을 작성하기 시작했다. 우선 조르디 매켄지가 있었다. 그는 랜디에게 몹시도 심하게 모욕당했다. 애니 퍼거슨도 있었다. 또한 산림 인부 앤디 맥태비시도 있고, 심지어는 아치 매클레인도 용의자였다. 그리고 윌리 러몬트와 루차도 있었다. 벡은 온순한 성향의 남자라도 열정에 사로잡히면 무슨 짓을 할 수 있을지 보여 주었다. 이제 그는 용의자 중 누구와도 공식적으로 면담할 수 없었다. 하지만 친구 자격으로는 얼마든지 대화를 나눌 수 있지 않은가. 해미시는 벡이 랜디를 살해했다는 사실을 자신은 믿지 않는다고 말하고 다니기로 마음먹었다. 그러면 그 소문이 마을에 산불처럼 번져 나가게 될 터였다.

그는 베티를 전혀 만나지 못하고 있었다. 전화라도 걸어야 한다고 느끼고 있었지만, 프리실라가 호텔 전화를 받을까 봐 그조차도 엄두를 못 냈다. 해미시는 몸을 부르르 떨었다. 단지 계속 내리는 비 때문만은 아니었다. 날씨도 점점 추워지고 있었다. 그는 나갔다가 들어왔을 때 집 안에 훈기가 돌게 하려고 부엌 난로에 땔감을 집어넣어 불을 지피고는 우비를 걸쳐 입고 챙이 달린 모자를 푹 눌러쓴 뒤 폭우 속으로 피곤한 몸을 이끌고 나갔다. 그는 조르디의 집 쪽으로 걸어가다가 자신이 그곳에는 한 번도 가 본 적이 없다는 사실을 깨달았다. 집은 회반죽을 바른 깔끔하고 낮은 건물이었다. 정원에는 가리비 껍데기로 가장자리를 장식한 작은 화단이 깔끔하고 질서 있게 가꾸어져 있었다. 그는 벨을 누르고 기다렸다.

잠시 후 조르디가 문을 열더니 미소로 손님을 환영했다. 해미시는 자신의 용의자들이 더는 경찰을 두려워할 필요가 없다고 느끼는 것 같다고 생각했다. 조르디가 작은 거실로 그를 이끌었다. 로지의 거실처럼 영혼도 없고 개성도 느껴지지 않는 차가운 곳이었다.

"커피 마실 텐가?" 조르디가 물었다. "방금 주전자를 올려놨거든."

"아니요, 괜찮습니다." 보통 공짜라면 사족을 못 쓰는 해미 시였지만 오늘은 아니었다. 조르디가 불편한 기색을 내비치 며 키 큰 경찰관을 바라봤다. "그래, 그래." 그가 양 손바닥을 문지르며 말했다. "앉지, 앉지. 이렇게 들러 주다니 정말 고맙 네. 이게 다 무슨 일인가, 안 그런가? 우린 국제 범죄니 갱단이 니 하고 있었는데, 그 백이라는 자가 범인이었다니 말이야."

"그러게요." 해미시가 말했다. "하지만 아직 설명되지 않은 부분이 있어요."

"예를 들어?"

"우선, 대체 랜디 두건은 누굴까요? 왜 성형수술을 한 걸까 요? 그리고 또," 해미시가 몸을 앞으로 숙이며 말했다. "왜 백 은 자기가 저지르지도 않은 살인을 저질렀다고 자백했을까 요?"

조르디가 당황한 시선으로 그를 바라봤다. "대체 무슨 말을 하는 건가, 해미시?"

"전 그가 두건을 죽였다고 생각하지 않아요. 그는 로지를 죽였어요. 그건 맞아요. 하지만 두건은 아니에요. 그리고 여긴 잉글랜드가 아니라 스코틀랜드라고요. 자백만으로는 유죄를 인정할 수가 없어요. 그러니 경찰은 좀 더 증거를 찾아야만 하 죠. 물론 내가 아는 한 블레어 경감은 절대 그럴 사람이 아니 지만요."

"아니, 자기가 죽이지도 않은 걸 왜 죽였다고 했겠어?" 조르디가 주장했다.

"제 생각에는 로지에 대한 집착 때문에 벡이 머리가 어떻게된 게 아닐까 싶어요. 그는 자기 아내를 죽도록 증오했어요. 벡이 그녀를 떠나 로지와 결혼하려 했을 때, 그를 놓아주지 않았거든요. 그래서 전 그가 아내에게 복수하기 위해 두건을 죽였다고 자백한 게 아닐까 생각해요. 게다가 그건 사랑 때문에 속앓이만 하는 겁쟁이가 아니라, 생각을 행동으로 옮기는 진짜 사내처럼 보이게 해 주잖아요."

"그건 자네 추측일 뿐이지. 이보게, 해미시, 다 끝난 일이야. 우리도 이제 정상적인 삶으로 돌아가야지. 자넨 괜한 추측으로 쓸데없이 문제만 일으키고 있는 거라고. 마을 사람들은 자네가 설렁설렁한 성격이고 범죄를 해결하기보다는 낚시나 하며 시간 보내는 걸 더 좋아한다고 말하더군. 그런데 대체 뭐가 씌어서 이러나?"

해미시의 얼굴에서 평소의 게으른 표정이 사라지고 날카로운 표정이 떠올랐다. "제가 스트래스베인의 도움을 받지 않고 혼자 해결할 수 있는 마을의 사소한 범죄에는 설렁설렁 넘어가는 것처럼 보일지 모릅니다. 하지만 살인 사건은 반드시 정의가 실현되어야만 하는 범죄예요. 그리고 정의는 편리하게 자백을 해 버리는 사람에겐 절대 찾아가지 않는 법입니다. 전

계속해서 사건을 파헤칠 겁니다, 어르신, 진범을 찾을 때까지요. 진범은 누구라도 될 수 있어요." 그리고 해미시는 잠시 침묵했다. 빗줄기가 창밖 관목 위로 끊임없이 쏟아져 내렸다. 그가 다시 입을 열었다. "어르신이 범인일 수도 있고요."

"내가!" 조르디가 꽥 소리 질렀다. "왜 나라고 생각하는가?"

"그가 사람들 앞에서 어르신을 망신 주지 않았습니까."

"그래, 자네 생각에는 그래서 내가 그 남자를 살해했다는 건가? 단지 모욕 좀 당했다고? 이보게, 해미시, 나는 학교 선생이었네. 시시각각 날 화나게 하는 코흘리개 소년들을 오랜 세월 가르쳤지. 단지 열렬한 럭비광이거나 교장 부인과 바람을 피운다는 것 말고는 다른 어떤 이유도 없이 나를 앞질러 승진한 선생들도 있었네. 내 말 잘 듣게, 이 사람아, 모욕도 삶의 한 방편이라고!"

해미시는 자리를 뜨려고 일어섰다. "그래도 기억해 두세요." 그가 조용히 말했다. "제가 계속 지켜보고 있을 겁니다."

해미시가 떠난 후, 조르디는 황량한 시선으로 해미시 맥베스가 앉았던 의자를 오랫동안 바라봤다. 그러고는 부단히 쏟아져 내리는 빗소리를 들었다.

시간을 확인하고 나서 해미시는 다리 옆에 있는 루차와 월리의 집 쪽으로 출발했다. 그가 도착했을 때, 월리는 부엌 조리대를 번쩍거리게 닦고 있었고, 그의 아름다운 아내 루차는 손톱에 빨간 매니큐어를 바르고 있었다.

월리가 걸레를 한 손에 쥐고 부엌에서 나왔다. "다 끝나서 정말 다행이에요, 해미시." 그가 밝게 말했다. "날씨 정말 끔찍하지 않아요? 일기예보에서 내일은 강주량이 더 높을 거라고 하더라고요."

"강수량." 해미시가 정정해 주었다. "그리고 아직 끝난 거 아니야, 월리. 자네도 한동안 경찰 생활을 해 봤으니 알겠지만, 랜디를 살해했다는 벡의 자백은 지나치게 시기적절한 면이 있어."

"내 생각에는요," 루차가 고개를 젖혀 검은 곱슬머리를 뒤로 넘기며 절제된 어조로 끼어들었다. "블레어 경감이 사건을 해결해서 당신이 모욕감을 느끼는 것 같은데요."

"블레어가 아니에요." 해미시가 심술궂게 대꾸했다. "벡이 로지를 살해한 범인이라는 사실을 알아낸 건 나라고요. 하지만 난 벡이 두건을 살해했다고는 절대로 믿지 않아요."

"그가 죽인 게 맞아요." 월리가 소리 질렀다. "다 끝났어요, 끝났다고요. 제발 허영심 때문에 여기저기 휘젓고 다니지 말아요."

"난 말이지," 해미시는 분노를 꾹꾹 눌러 참았다. "로흐두 사람 중의 하나가 랜디를 죽였다고 생각해. 그 사람이 누군지 반드시 밝혀내고 말 거야. 그리고 로흐두 주민 개개인에 대한 내 개인적인 느낌은 수사에 전혀 영향을 미치지 않을 테고."

"그 말은 지금도 내가 범인일지도 모른다고 생각한다는 거네요!" 윌리가 소리 질렀다.

"자네나 루차 둘 중 하나일지도 모르지."

"내 집에서 나가요…… 어서요!" 윌리가 걸레를 허공에 대고 펄럭거리며 소리 질렀다. 그 덕에 암모니아 냄새가 집 안을 가득 채웠다. 그러고는 서둘러 문 쪽으로 가서 문을 열고 그 옆에 서 있었다. 해미시는 문간에서 고개를 돌려 루차를 바라봤다. 그녀의 두 눈은 두려움으로 커져 있었다.

해미시는 비를 막으려 코트 깃을 올리고 경찰 랜드로버로 돌아가 차에 올라탔다. "다음 사람의 삶을 끔찍하게 만들어 놓을 시간이군." 그가 퍼부어 대는 빗줄기를 열심히 밀어내는 와이퍼에 대고 말했다. 그러고는 길을 따라 차를 몰아 소나무 숲이 있는 곳까지 호수를 돌아가서 숲길 하나를 따라 올라가다가 창문을 내렸다. 마침내 나무 쓰러지는 소리가 들려오기 시작했다.

앤디와 몇 명의 다른 산림 인부가 나무를 베고 있었다. 해미시가 도착했을 때는 마침 진짜 나무처럼 보이지 않는 잿빛 등치의 소나무 한 그루가 쿵 소리를 내며 쓰러지고 있었다. 브라질 열대우림과는 비슷하지도 않군, 해미시는 생각했다. 늘어가는 목재 수요 때문에 스코틀랜드 북부 지역은 점차 숲으로 덮여 가고 있었다. 기업들은 길가에 관상용 수목을 심고, 나무를 베어 낸 공간에는 소풍용 탁자와 벤치를 설치하는 등 나름대로 최선을 다하고 있었지만, 나무들은 마구 뒤섞여 가늘게 자라면서 가벼운 바람에도 뚝뚝 꺾여 떨어져 골칫거리만 안겨 주었다.

앤디가 해미시를 맞으며 앞으로 나섰다. "잠깐 쉬려던 참이었네, 해미시." 그가 해미시 쪽으로 손을 흔들었다. "차도 한잔 하려던 참이니 마시고 가."

"난 됐어." 해미시가 말했다. "잠깐 얘기 좀 나눌 수 있을까?"

"물론이지, 이쪽으로 와. 무슨 일이야? 설마 그 살인 사건 때문은 아니겠지? 그건 다 해결됐잖아."

그들은 솔잎이 두껍게 깔린 바닥을 천천히 걸어가서 잘라 낸 나무 둥치 위에 서로 마주 보고 앉았다.

"난 백이 랜디를 죽였다는 사실을 받아들이지 못하겠어." 해미시가 말을 시작했다.

그는 분노와 부인을 기대하고 있었지만, 앤디는 차분한 시선으로 해미시를 바라보며 놀랍게도 이렇게 말했다. "그래, 좀 말이 안 되는 점이 있어. 사실 난 랜디가 중범죄를 짓고 도망

다니는 범죄자일 거라고 철석같이 믿고 있었거든. 그래서 로지의 남자 친구가 그를 죽였다는 사실을 아무렇지도 않게 받아들이기가 좀 그래. 게다가 마을 사람 중에 그가 돌아다니는 모습을 본 사람이 아무도 없잖아. 물론 요즘 같은 날씨에는 맑은 날처럼 밖을 유심히 내다보는 사람도 없긴 하지만. 저녁이면 다들 텔레비전 앞에만 앉아 있으니까. 그렇지만 어쨌든 난 그가 범인이 아닐 거라고 확신해."

해미시는 녹갈색 눈에 안도감을 담아 그를 바라봤다. "난 자네도 다른 사람들처럼 나한테 고래고래 소리를 질러 댈 줄 알았어."

앤디가 씩 미소 지었다. "내가 랜디와 싸움을 하기는 했지만, 당시만 해도 난 정정당당하게 싸워서 졌다고 생각했어. 그가 브라스 너클을 사용했다는 사실은 나중에야 알게 됐지. 그렇지만 사실 별로 화도 안 나더라고. 그냥 나 자신이 부끄러웠어. 그래서 다시는 싸움에 휘말리지 말자고 다짐했는걸. 만약 그 싸움이 해미시 자네와 랜디의 싸움처럼 사람들에게 다 소문이 나 버렸다면, 나도 훨씬 화가 났을지도 모르지."

"그렇지만 자네도 랜디가 벡에게 살해당한 게 아니라는 사실을 입증하는 어떤 확실한 증거가 있는 건 아니잖아?"

"그래, 그런 건 없어. 그냥 그 소식을 들었을 때, 지나치게 아귀가 딱딱 맞아떨어지는 것 같다는 생각이 들었거든. 자네

도 알지만, 전에도 종종 관심에 굶주린 자들이 자기가 저지르
지도 않은 살인을 저질렀다고 자백하는 일이 있었잖나. 스코
틀랜드에는 사형 제도가 있는 것도 아니라서 그래."

"맞아, 그렇지만 자기가 저지르지도 않은 살인을 저질렀다
고 자백했던 그 어리석은 사람들은 살인이라고는 아예 저지
르지도 않았었어. 하지만 벡이 로지를 죽였다는 사실은 의심
의 여지가 없지."

"이봐, 해미시. 만약 자네가 범행의 흔적을 완전히 지우고
사라져 버린 그 범인이 누구인지 혼자 찾아다닐 작정이라면,
난 자네가 하는 일 하나도 안 부럽네. 게다가 이젠 스트래스베
인의 도움을 받을 수도 없잖아."

"그 정도야 전에도 겪은 일인걸, 뭐." 해미시가 고집스럽게
말했다. "그리고 이번에도 난 혼자 얼마든지 해낼 수 있어. 아
무래도 그 차 한잔 마셔야겠네, 앤디."

그들은 다른 인부들이 있는 곳까지 함께 걸어갔다. "이렇게
비가 계속 오다가는 우리 전부 다 물갈퀴가 생기겠어." 해미시
가 말했다. "잉글랜드 남부 날씨 확인해 본 적 있어? 거긴 내내
해가 쨍쨍이래."

"거긴 잉글랜드 아닙니까." 해미시의 마지막 말을 우연히
듣게 된 한 인부가 거들었다. "원래 좋은 건 그치들이 다 갖
죠."

해미시는 애니 퍼거슨의 집을 돌아가서 뒤쪽에 차를 세웠다. 랜드로버에서 막 내릴 때 이탈리아 레스토랑 밖에 서 있는 윌리의 모습이 보였다. 하지만 윌리는 어색한 태도로 고개를 홱 피하더니 해미시의 시야에서 사라져 버렸다.

해미시가 문을 두드리려고 막 손을 드는데 애니 퍼거슨이 문을 열었다. "어머, 해미시, 당신이군요, 들어와요." 그녀가 기분 좋은 목소리로 말했다.

"그래, 어떻게 지내나요?" 그가 거실 의자에 자리 잡고 앉자 애니가 물었다. "두 건의 살인 사건 범인을 다 잡았을 뿐 아니라 범인이 외부 사람이기까지 하니 얼마나 다행인지 모르겠어요."

해미시가 두 손으로 양 무릎을 꽉 움켜쥐고 그녀를 빤히 바라봤다. "애니, 저는 랜디 두건을 살해한 사람이 벡이 아니라고 믿어요."

그녀의 입이 쩍 벌어졌다. "하지만…… 하…… 하지만…… 그녀가 말을 더듬었다. "다 끝난 일이잖아요. 우리하고는 아무 상관 없어요."

"나도 그 말을 믿을 수만 있다면 얼마나 좋을까요."

"믿을 수만 있다면이라니! 대체 당신이 누구라고 생각하는 건가요, 해미시 맥베스? 당신은 일개 마을 순경에 지나지 않아요. 스트래스베인의 당신 상관이 만족한다는데, 당신이 믿고 안 믿고가 무슨 상관이죠?"

"이건 정의를 실현하는 일에 관한 겁니다, 애니. 난 살인자가 자유롭게 돌아다니는 걸 도저히 참고 견딜 수가 없어요. 부인도 그럴 거라고 믿습니다."

"당신은 여기 찾아와서 말 같지도 않은 얘기를 떠들어 댈 권리가 없어요. 경찰 제복을 입었다고 해서 가여운 미망인을 협박하고 다녀도 된다고 생각하면 큰 오산이라고요." 그녀가 울기 시작했다. 해미시는 당황스러운 심정으로 그녀를 바라봤다.

"애니, 애니, 침착하세요, 제발. 내가 살인자가 아직 잡히지 않았다고 생각하는 게 뭐 그리 끔찍한 일이라고 이러는 건가요?"

"왜냐하면 당신이 틀렸으니까요." 그녀가 눈물을 쏟으며 소리 질렀다.

해미시는 애니의 집을 떠났다. 그는 해야 할 일을 마무리 지었고, 이제 그 일이 발단이 되어 로흐두 전역에 소문이, 그가 여전히 살인범을 찾아다니고 있다는 소문이 돌기 시작할 터였다.

두 시간 후, 프리실라는 새로 배송 온 문진을 기념품 가게 선반에 진열하고 있었다. 그때 가게 초인종이 울리더니 루차가 안으로 들어섰다. 그녀는 밝은 빨간색 웰링턴 부츠에 반짝이는 빨간 우비를 입고 있었다.

"어서 와요." 프리실라가 말했다. "살 게 있어서 온 거예요, 아니면 얘기나 나누러 온 거예요?"

"얘기 좀 나누려고요." 루차가 주홍색 모자를 벗고 검은 곱슬머리를 흔들어 털었다.

"오늘은 손님이 별로 없네요." 프리실라가 계산대 뒤로 가서 커피 주전자를 들어 올렸다. "한잔할래요?"

"고마워요."

"그래, 로흐두에는 별일 없나요? 벡이 체포되어서 모두가 들떠 있을 것 같네요. 마을에 끔찍한 일이 일어날 때면 난 늘 우리 중 하나가 범인일까 봐 겁을 잔뜩 집어먹곤 한다니까요."

"누군가는 여전히 우리 중 하나가 범인이라고 확신하고 있어요."

루차는 계산대 앞에 놓인 의자에 몸을 웅크리고 앉아 프리실라가 내미는 커피 잔을 받아 들었다.

"무슨 말이에요?"

"그게," 루차가 점잔 빼듯이 말을 시작했고, 프리실라는 루차가 매력적인 이탈리아 억양만 잃어버린 게 아니라, 남 말 하기 좋아하는 스코틀랜드 여자들의 습관 또한 빠르게 익혀 가고 있다고 생각했다. "해미시 맥베스가 벡이 두건을 살해한 게 아니라, 우리 중 하나가 살해했다고 말하면서 마을 사람들을 괴롭히며 돌아다니고 있어요."

"해미시가 왜 그러고 다니는 건데요?"

"자만심 때문에 그러겠죠. 자기가 과거에 일어났던 사건을 전부 다 해결했다고 믿기 시작한 것 같아요."

"그건 사실이에요!"

"우린 그의 주장 말고는 들은 게 없잖아요."

"아, 아니에요, 몇몇 사건에서는 나도 현장에 있었어요. 내 말 믿어요. 해미시의 두뇌와 고지인다운 직감이 아니었다면, 어떤 범인들은 여전히 자유롭게 돌아다니고 있을 거예요."

"월리 말로는 그것 말고 다른 이유도 있다고 하던데요."

"그게 뭔데요?"

"벡이 두건을 살해했다는 사실을 스트래스베인 본부에서 확신하지 않는다는 거죠. 그렇다면 해미시가 우리 중 하나를 범인으로 지목하고 다니는 이유가 뭔지 너무 명백하잖아요."

"뭐가 명백하다는 건지 난 잘 모르겠네요."

"보고도 모르겠어요? 해미시야말로 가장 유력한 용의자라고요. 랜디 두건이 살해당하는 바람에 그에게 맞아 죽을 위험에서 벗어난 게 바로 해미시잖아요."

"난 해미시 맥베스를 그 누구보다도 잘 알아요." 프리실라가 진지하게 말했다. "그는 살인은 고사하고 다른 사람에게 조금도 해를 입힐 사람이 아니에요."

루차가 긴 속눈썹을 아래로 늘어뜨리고 자신의 커피 잔을 물끄러미 바라봤다. "나는 가끔 우리 중에 해미시를 진짜 잘 아는 사람이 있기는 할까 궁금해요. 내 말은, 그가 베티라는 여자하고 침대에 누워 있는 모습으로 발견됐다는 얘기를 들었을 때 정말이지 깜짝 놀랐거든요. 게다가 그 여자는 다른 남자와 약혼까지 한 사이잖아요."

프리실라는 계산대 너머로 팔을 뻗어 루차의 커피 잔을 단호하게 빼앗아 들었다. "나는 남의 험담이나 하면서 허비할 시간 같은 건 없어요. 해야 할 일이 있거든요." 루차가 방수 모자를 집어 들어 머리에 썼다. 그리고 문으로 걸어갔다. 문손잡이에 손을 올린 채로 그녀가 흘낏 뒤를 바라봤다. "가여운 프리실라." 그러고는 문밖으로 나갔다.

프리실라는 암담한 심정으로 다시 선반을 정리하기 시작했다. 빌어먹을 바람둥이 해미시 맥베스. 해미시와 베티에 관한 루차의 마지막 말 탓에, 그녀는 해미시가 벡을 두건의 살인자로 보지 않는다고 했던 처음의 이야기는 까맣게 잊어버리고 말았다.

존과 베티는 아직도 호텔에 머물고 있었다. 그들은 다음 주말까지는 호텔에 계속 있을 예정이었다. 프리실라는 그들이 떠나는 모습을 보면 매우 기쁠 것 같았다.

오후쯤 되자 비가 서서히 걷히고 물기를 머금은 태양이 협만을 황금빛으로 물들였다. 오랫동안 미뤄 두었던 서류 작업을 끝마친 후, 해미시는 기지개를 켜고 하품을 했다. 그는 밖으로 나가 정원 문에 기대서 있었다.

커리 자매가 다가오는 모습이 보였다. 해미시는 돌아서서 안으로 뛰어 들어가고 싶었지만, 그러면 베티와 침대에 있다가 들킨 사실에 죄책감을 느끼고 있음을 시인하는 것이나 다르지 않을 듯했다. 내 집 안에 있는 침대에서 내가 무슨 짓을 하든 그건 남이 상관할 바가 아니지 않은가. 해미시는 제시와 네시 자매가 똑같은 모양의 시장 가방을 팔에 끼고 다가오는 동안, 자기 자신에게 그렇게 말해 주었다. 창백한 태양 빛에 자매의 안경알이 반짝거렸다.

"사람이 부끄러운 줄을 알아야지, 부끄러운 줄을 알아야지." 같은 말을 늘 두 번씩 반복하는 매우 짜증 나는 습관이 있는 제시가 말했다.

"내가 내 침실에서 무슨 짓을 하든 그건 아줌마들이 상관할 바가 아니에요."

"자네가 두건의 살해 용의자로 의심받지 않으려고 고의로 마을 사람들에게 혐의를 뒤집어씌우고 있다고 마을에 소문이

자자하다고." 네시가 말했다.

"뭐라고요!" 해미시는 너무 어이가 없어 할 말을 잃을 지경이었다.

"마을 사람들이나 비난해 대고, 마을 사람들이나 비난해 대고." 제시가 소리 질렀다.

"다른 사람이 아니라, 자기 자신이나 걱정하라고." 네시가 말했다. "자네야말로 랜디 두건에게 두드려 맞을 위기에 처했다가 그의 죽음으로 목숨을 부지한 사람 아닌가?"

"아주 간편한 살인이지, 아주 간편한 살인이야." 제시가 말했다.

"말도 안 되는 소리 말아요. 그런 말은 대체 누가 한 겁니까?"

"말 안 해도 자명한 사실인걸 뭘." 네시가 우쭐거렸다.

그러고 나서 자매는 가던 길을 갔다.

해미시는 그들의 뒷모습을 응시하며 머리를 긁적였다. 대체 누가 그런 생각을 사람들의 머릿속에 집어넣고 다니는 거야?

갑작스레 프리실라가 간절히 보고 싶었다. 안 돼, 그는 엄하게 자신을 나무랐다. 하지만 낭만적인 이유가 아니라, 단지 가볍게 의논을 하기 위해서라면 안 될 것도 없지 않은가.

입고 있던 정복을 셔츠와 스웨터와 청바지로 갈아입고 해미시는 토멜성 호텔로 차를 몰았다. 그가 랜드로버를 주차장에 세우고, 호텔 앞마당의 자갈길을 걸어 들어가는데 베티가 밖으로 나왔다.

해미시는 얼굴을 붉혔다. "전화 못 해서 미안해요, 베티." 그녀와 함께했던 일이 갑자기 생생하게 머릿속에 밀려드는 바람에 기분이 어색했다. "한 번 전화하긴 했는데, 밖에 나갔다고 하더라고요."

"괜찮아요." 그녀가 고개를 들어 그의 볼에 키스했다.

해미시는 서둘러 뒤로 물러났다. "존은 어디 있나요?"

"근처에요." 그녀가 아무렇지도 않다는 듯이 대답했다. "내 방으로 올라가서, 잠깐…… 얘기나 하죠." 그녀가 입술을 적셨다.

"아니요, 그게, 안 돼요." 해미시는 횡설수설하며 비틀비틀 성 쪽으로 뒷걸음질 쳐 갔다.

안으로 들어가자마자 그는 이마를 문질렀다. 호텔 사무실로 들어가자 프리실라가 컴퓨터 앞에 앉아 일을 하고 있었다. 그녀가 까칠한 표정으로 말했다. "앉아서 커피 한잔 마셔요. 난 하던 걸 조금 더 해야 하니까요."

그는 커피를 따르고 자리에 앉아 그녀가 호텔 장부에 능숙하게 타자를 쳐 넣는 것을 바라봤다. 묶어 놓은 금발 머리가 비쳐 드는 햇살에 황금빛으로 반짝거렸다. 갑자기 그는 베티의 까무잡잡한 피부를 떠올렸고, 동시에 찌르는 듯한 역겨움을 느꼈다.

마침내 프리실라가 컴퓨터 전원을 끄고 조용히 말했다. "그래, 어쩐 일이에요, 해미시?"

"저기, 프리실라, 난 왜 베티와 함께 침대에 누워 있었는지 미주알고주알 털어놓을 생각은 없어요. 사건에 관해 얘기하고 싶어서 왔어요."

"무슨 사건이요?"

"랜디 두건의 살인 사건이요."

프리실라의 얼굴이 밝아졌다. 루차가 했던 얘기가 문득 떠올랐다. "아, 당신이 벡을 범인으로 생각하지 않는다는 얘기는 나도 들었어요. 루차가 와서 얘기하더라고요."

해미시의 표정이 날카로워졌다. "대체 언제부터 루차와 남의 얘기를 하기 시작한 겁니까?"

"그런 적 없어요. 그녀가 얘기나 하자고 들렀던 거예요, 해미시. 벡이 두건을 죽였다는 사실을 믿지 않는다고 당신이 여기저기 떠들면서 다닌다고 루차가 그러던데요. 그러면서 당신이 주요 살인 용의자인데, 그 혐의를 다른 사람에게 전가하려 애쓰고 있는 거라고요. 벡이 진짜 범인이 아닐지도 모른다는 의심은 분명히 스트래스베인 본부에서 흘러나온 게 맞을 거라는 거예요."

"만약 그게 스트래스베인에서 흘러나온 말이라면, 로흐두에는 지금도 경찰이 넘쳐 날 겁니다."

"맞아요! 내가 왜 그 생각을 못 했을까요? 그 얘기를 마을에 퍼트려야겠어요, 그럼 더는 당신을 모함하는 얘기가 퍼져 나가지 않겠죠."

"그래 줄래요?" 해미시가 감사의 마음을 드러내며 그녀를 바라봤다.

그러고 나서 그가 커피 잔을 내려다보며 인상을 찌푸렸다. "내 생각에는 윌리가 그 소문의 배후에 있는 것 같아요. 그가 루차를 보내 여기저기 소문을 내고 있을 겁니다. 하지만 왜 윌리는 그렇게 겁을 내는 걸까요? 만약 윌리가 범인일지도 몰라서 루차가 겁을 내는 거고, 윌리는 루차가 범인일지도 모른다고 생각하는 거라면, 사실 전혀 놀라운 일도 아니긴 하네요."

"그들이 범인일 가능성이 있기는 해요? 난 그럴 것 같지는 않아요. 그들이 랜디 두건에 관해 뭔가 알아냈을 가능성은 없지 않아요? 우리가 랜디 두건의 진짜 정체가 뭐였는지 알아낼 수만 있다면, 왜 그가 살해됐고, 누가 그를 살해했는지 좀 더 쉽게 추측해 볼 수 있을 것 같은데 말이죠."

"윌리와 루차는 아무것도 모르는 것 같아요." 해미시가 우울하게 말했다. "만약 두건이 범죄자였다면, 그것도 스코틀랜드 범죄자였다면, 글래스고에서 수사를 시작하는 게 가장 좋은 방법일 거예요. 하지만 난 자비로 수사를 해야 하고, 지금은 가진 돈도 얼마 없어요."

프리실라가 잠시 머뭇거리다가 말했다. "돈은 내가 빌려줄 수 있어요, 해미시."

"고마워요. 그렇지만 내가 어떻게든 방법을 찾아볼게요."

"은행은 어때요? 정기적으로 월급을 그리로 받잖아요. 마이너스 대출을 받을 수는 없어요?"

그가 고개를 저었다. "이미 마이너스 대출은 받아 썼어요."

"당신 건강하죠?"

"그건 왜요?"

"시노선에서 열리는 게임에 1천 파운드가 상금으로 걸렸거든요. 언덕 달리기예요. 전에 당신이 우승했었잖아요."

"1천 파운드! 언제예요?"

"내일이요."

"이런, 참가 인원이 이미 다 찼겠어요."

"아니에요, 아직 참가할 수 있을지 몰라요. 다시 대령이 아빠에게 하는 얘기를 들었는데, 날씨가 너무 안 좋아서 신청했던 사람들이 많이 떨어져 나가고 있대요."

해미시의 얼굴이 밝아졌다. "일단 시노선에 가서 뭘 할 수 있나 봐야겠네요. 드라이브 갈래요?"

홀에서 베티의 천박한 웃음소리가 들려왔다. 프리실라의

얼굴이 갑자기 딱딱하게 굳었다. "너무 바빠서 안 돼요." 그녀가 다시 컴퓨터 전원을 켰다. 해미시는 사무실을 나가서 빠르게 접수계를 지나 걸어갔다. 그는 베티가 뒤에서 부르는 소리를 들었지만, 급하게 성을 빠져나가 랜드로버에 올라타고는 프리실라의 사무실 유리창까지 자갈이 튀어 오를 만큼 빠른 속도로 차를 몰았다.

시노선에 도착해서 그는 아직도 대회에 참가할 수 있다는 사실을 알게 되었고, 주머니를 전부 뒤져서 대회 참가비 5파운드를 어렵게 긁어모았다. 그러고 나서 지도를 보며 경주로를 찬찬히 살펴봤다. 코스가 지독히도 힘들어 보여서 그는 자신이 정말 해낼 수 있을지 확신이 서지 않아 침울해졌다. 경주로는 황무지의 늪지대를 가로지른 후, 높이 솟아 있는 벤로스의 정상까지 곧장 올라갔다가 반대편으로 내려가 그 측면을 돌아서 다시 황무지를 가로질러 결승점까지 가는 코스였다.

하지만 그에게는 반드시 우승해야만 하는 이유가 있었다. 1천 파운드의 상금 없이는 글래스고에 갈 돈이 없었고, 그렇게 되면 랜디의 진짜 정체도 살인범과 함께 영원히 묻혀 버리게 될 터였다.

제9장

하지만 나는 늘 등 뒤에서 듣나니,
날개 달린 시간의 전차가 돌진해 오는 소리를.
앤드루 마벌

그날 저녁 일찍 프리실라는 호텔 여직원 하나에게 해미시 맥베스가 다음 날 시노선에서 열리는 언덕 달리기에 참여하기로 했다는 말을 했다. 그 직원은 다른 직원들에게 그 이야기를 전했고, 그들은 또 손님들에게 그 이야기를 전했다. 그리하여 채 한 시간도 안 되어 그 소식은 로흐두 마을까지 전달되어 사방으로 퍼져 나갔다.

많은 사람이 해미시가 달리는 것을 보려고 시노선에 가기로 했다. 마을에서 정비소를 운영하는 이언 치점에게는 녹슨 곳을 감추기 위해 밝은 빨간색과 노란색 그리고 이런저런 색

깔의 남은 페인트를 이용해 축제 차량처럼 칠해 놓은 폭스바겐 버스가 한 대 있었다. 그는 시노선 고지 게임 장소까지 차편을 제공한다고 손수 적은 포스터를 그 버스에 붙여 놓았다.

협만의 물 위로 태양이 낮게 내리비치는 온화하고 고요한 날씨였다. 사람들은 이 집 저 집 문 앞에 서서 잡담을 나누고 있었다. 몇 주에 걸쳐 비가 내린 후에야 비로소 로흐두의 산과 들에서는 빗물이 마르고 생기가 솟아났다. 과거의 분노는 다 누그러졌고, 심지어 결승선에서 자신들의 챔피언을 응원하기 위해 시노선에 갈 채비를 하는 동안, 마을 사람들은 해미시가 베티와 바람을 피운 사실까지도 다 잊어버렸다. 해미시가 여전히 두건의 살인자를 찾고 있다는 사실 또한 대부분 잊은 듯했고, 그렇지 않다고 하더라도 대개는 그것을 해미시의 일탈 정도로 여기는 분위기였다. 살인 사건은 로흐두를 떠났고, 태양은 밝게 빛났다.

해미시는 옷장에서 자신의 킬트*를 꺼냈지만, 좀이 슬어서 몇 군데 구멍이 나 있었고, 주름은 다 구겨져서 다림질을 해야 했으며, 밑단에는 달걀 얼룩이 묻어 있었다. 그는 킬트 대신에 반바지를 꺼내고 운동화도 꺼내 신었다. 그런 다음 곧 치르게 될 경주 이외의 생각은 전부 머릿속에서 단호하게 밀어냈다.

* 전통적으로 스코틀랜드 남자들이 입던 격자무늬 모직 치마이다.

경주 당일 아침에 잠에서 깨어났을 때야 비로소 해미시는 처음으로 진정한 걱정이 날카롭게 심장을 찔러 오는 것을 느꼈다. 그는 훈련이라고는 해 본 적이 없었다. 그렇다고 아주 건강한 체질도 아니었다. 그러니 다른 선수들이 제대로 준비가 안 돼 있기만을 바랄 뿐이었다. 시노선에서 열리는 게임은 그저 작은 고지 경기 중 하나에 불과했다. 브레마에서 열리는 것 같은 큰 경기가 아니었다.

해미시가 떠날 준비를 마쳤을 때 아치 매클레인이 찾아왔다. "자네에게 이 말을 해 줘야 할 것 같아서 왔어." 그가 말했다. "시노선의 하천 감시관도 경기에 출전한다더군. 빌 프렌치라는 친구야."

"그런데요?" 해미시가 조바심을 내며 말했다.

"그가 공군 특수부대 소속이었거든. 몸도 강철로 만들어진 것처럼 건장하기가 이루 말할 수 없어."

"원래 전직 군인들이 퇴임한 후에는 자신을 돌보지 않아서 더 쉽게 시들어 버리더라고요." 해미시가 말했다.

"그 친구는 아니야. 꼭 바람처럼 달린다고들 하더라고."

"참 나, 그만해요, 아치. 경기를 하기도 전에 날 겁줘서 쫓으려는 거예요?"

"절대 아니야." 아치가 말했다. "난 자네에게 돈 걸었어, 해미시, 그거 잊지 말라고. 그리고 자네를 응원하기 위해 마을 사람 모두가 시노선으로 갈 거야."

그 사실이 해미시의 기분을 그 어느 때보다도 좋지 않게 했다.

그리고 잠시 후 그의 기분은 훨씬 더 안 좋아졌다. 그가 경찰 랜드로버로 걸어가는 동안 환호하는 마을 사람으로 가득 찬 이언 치점의 알록달록한 버스가 그의 뒤쪽 도로에서 길게 늘어선 차량 행렬을 따라 움직였다. 그 행렬이 토멜성 호텔에 도착했을 때는 더 많은 차량이 그 대열에 합류했다. 존과 베티가 보였고, 곧 프리실라도 보였다. 그는 자신이 마을 사람 모두를 실망하게 하고 덤으로 자기 자신도 바보로 만들어 버릴 것 같다는 음울한 기분이 들었다.

태양 빛은 무자비하게 내리비쳤고, 시야도 몇 킬로미터 너머까지 볼 수 있을 만큼 맑았다. 안개나 비 때문에 경기가 취소될 희망이라곤 전혀 보이지 않았다. 저 멀리 계곡에 대형 차양과 경기 깃발들이 걸려 있었고, 열린 창을 통해 백파이프 소리가 들려왔다. 해미시는 점점 약하고 무기력해지는 기분을 느꼈다. 그는 상금 곁에는 다가가지도 못할 테고, 그렇게 되면 글래스고에 갈 희망도 사라지는 것이었다. 대체 왜 그는 그토록 목을 빳빳하게 들고 거만하게 굴었을까? 왜 돈을 빌려주겠다는 프리실라의 제안을 받아들이지 않았던 걸까?

그는 주차 공간으로 따로 정해진 구역으로 천천히 차를 몰고 들어가 뻐근하고 늙은 기분으로 차에서 내렸다. 해미시는 자신의 이런 기분이 키우는 개가 없어진 탓이라고 슬프게 생각했다. 타우저는 언덕으로 올라가는 긴 산책길을 정말 좋아했었다.

프리실라가 아직은 부드러운 잔디를 걸어와 그에게 합류했다. "그리 자신감에 찬 모습은 아니네요." 그녀가 말했다.

"정말 한심한 생각이었어요." 해미시가 낮게 투덜거렸다. "훈련이라곤 전혀 안 했잖아요. 그런데 오늘 전직 공군 특수부대 출신 남자도 경주에 참가한대요."

"참가하기 싫으면 언제든 취소할 수 있어요."

"뭐라고요! 마을 전체가 날 응원하려고 와 있다고요! 사람 속 뒤집는 얘기 좀 그만해요."

"그럼 오직 돈만 생각해요."

해미시의 입장에서는 안타깝게도, 언덕 달리기는 그날의 마지막 경기였다. 백파이프 결승전, 장대 던지기, 비둘기 털 뽑기, 흰담비 쫓기 등 여러 다른 경기를 지켜보고 있는 동안, 그의 사기는 바닥으로 떨어졌다.

마침내 언덕 달리기 경주에 참여할 선수들은 출발선에 모이라는 확성기 소리가 들려왔다. 반바지에 티셔츠를 입은 깡마른 해미시가 열다섯 명의 우락부락하고 건장한 남자들이 기다리고 선 출발선으로 뛰어올라 갔고, 프리실라는 안타까운 심정으로 그 모습을 지켜봤다.

해미시는 자신의 위치에 서서 입이 바짝 마른 채 출발 신호를 기다렸다.

"최선을 다하는 거야, 해미시!" 로흐두 사람 몇몇이 소리 질렀고, 나머지 마을 사람들이 환호하기 시작했다. 그는 맥없이 손을 흔들며 살짝 미소 지어 보였다.

선수들이 웅크려 출발 자세를 취했다. 군중 속에 침묵이 가라앉았다. 비탈길에서 마도요가 울고 있었다. 그때 출발 신호용 총소리가 울렸고, 선수들은 달리기 시작했다. 해미시는 최선을 다하자고 마음먹으며 가볍게 출발했다. 몇 년 전에도 같은 코스를 달려 본 적이 있던 해미시는 피해야 할 위험한 습지의 위치를 알고 있어서 황무지에서는 약간 우위를 점했다. 벤로스는 암벽 등반가를 위한 산은 아니었다. 가족 단위의 등산객도 종종 정상에서 소풍을 하러 헤더가 무성한 그 비탈길을 오르곤 했다. 그러나 전력 질주 하는 남자들에게는 대단히 오르기 힘든 산이었다. 해미시는 숨이 턱 밑까지 차오르고, 심장이 늑골을 쿵쿵 두드려 대는 것을 느낄 수 있었다. 그때마다 머릿속에서는 목소리 하나가 비명을 질러 댔다. "실패야, 실패야, 실패야." 그렇게 어느덧 그는 정상에 도착해 있었고, 아래로 달려 내려가는 동안, 나머지 선수들이 자기 앞에 있는 것을 알아차렸다. 하천 감시관 빌 프렌치가 분명해 보이는 건장한 남자가 선두에서 무리를 이끌었다. 갑자기 그는 다 포기하고 헤더 덤불 속에 주저앉고 싶었다. 그는 뒤처지기 시작했다. 그러다가 일단 하는 데까지는 최선을 다해 보자고 마음먹었다. 그는 깊이 심호흡을 하고, 언덕을 달려 내려가 빠른 속도로 황무지를 다시 가로질러 갈 준비를 했다. 그가 막 멈춰 서서 한쪽 운동화 끈을 다시 고쳐 매려고 허리를 굽혔을 때였다. 오른쪽 헤더 덤불에서 소총이 철컥이는 소리가 들리더니 숙이고 있는 그의 머리 위로 총알이 휙 소리를 내며 날아갔다.

해미시는 총을 발사한 사람을 찾겠다고 조금이라도 더 지체했다가는 총을 든 자가 자신을 향해 다시 한 발을 쏘게 될 게 분명하다는 생각이 들었다.

그는 즉시 출발했고, 이번에는 목숨을 건지기 위해 달리기 시작했다.

"저기 다들 오고 있어요." 시력이 좋은 아치가 소리 질렀다. 프리실라는 성능 좋은 망원경으로 그쪽을 바라보다가 망원경을 낮추고 슬프게 말했다. "해미시는 아무 데도 안 보여요."

"그는 훈련도 안 했잖아, 훈련도 안 했잖아." 제시 커리가 말했다. "달리기를 하기에는 너무 게을러. 그건 부인할 수 없는 사실이야."

마을 사람들은 빌 프렌치를 선두로 점점 다가오는 선수들의 모습을 침울하게 바라볼 뿐이었다.

프리실라는 해미시가 어딘가에 쓰러져 있는 것은 아닐까 걱정이 돼서 다시 한번 망원경을 두 눈에 가져다 댔다.

그리고 바로 그때, 그녀는 속이 상해서 돌아서는 마을 사람들에게 소리 질렀다. "해미시예요! 저기 오고 있어요! 따라잡고 있어요!"

놀란 마을 사람들이 돌아서서 황무지 쪽을 바라봤다.

정말 해미시가 빨간 털이 무성한 긴 다리를 피스톤처럼 펌프질하며 달려오고 있었다. 해미시가 달리는 동안, 마을 사람들이 처음에는 머뭇머뭇하다가 이윽고 격정적으로 환호하기 시작했다.

"맙소사." 이언 치점이 말했다. "저런 건 내 생전 처음이야. 게다가 난 프렌치에게 돈을 걸었다고!"

해미시가 돌진해 왔다. "해미시"라고 외치며 환호하는 소리를 들은 빌 프렌치가 뒤를 돌아보다가 비틀거리며 헤더 덤불 위로 쓰러졌고, 해미시는 그의 몸을 단번에 뛰어넘어 결승점까지 전력을 다해 뛰어가서는 머리를 양손으로 감싸고 잔디 위로 쓰러졌다.

프리실라가 그에게로 뛰어갔다. "잘했어요, 해미시."

"총에 맞을 뻔했어요." 그가 헐떡이며 말했다. "언덕 위에서, 누군가 나를 죽이려고 했어요."

프리실라는 놀라서 외마디 비명을 지른 후 이동 경찰서 차량으로 달려갔다. 그곳에서 해미시가 한 말을 신고하고는 경찰 몇 명과 함께 돌아왔을 때, 해미시는 양손으로 머리를 감싸고 앉아 있었다. 그가 경찰에게 무슨 일이 있었는지 재빨리 털어놓았다. 곧 경찰이 산 위로 넓게 흩어져서 올라갔다. 해미시는 어리둥절한 상태에서 상금이 현찰이라는 사실도 거의 인식하지 못한 채 상금을 받았다. 수표로 수여되었다면 보나 마나 마이너스 통장으로 들어가 사라질 터였다. 수상식 후 그는 이동 경찰서 차량으로 가서 자신이 어디쯤에서 공격받았는지 보여 주기 위해 두 번째 경찰 무리를 이끌고 산 위로 올라갔다. 하지만 증거는 아무것도 남아 있지 않았다. 빈 탄약통도, 사람이 있었다는 흔적도 없었다. 비록 그렇게 광범위하게 퍼져 수색을 했지만, 해미시는 그들이 무언가를 놓쳤을 수도 있다는 것을 알았다.

"상상한 거 아닌가요, 해미시." 시노선의 맥그리거 경사가 말했다.

"아닙니다." 해미시가 단호하게 말했다. "그리고 내 생각에는 그게 랜디 두건의 살인 사건과 관련 있는 것 같아요. 누군가 알고 있는 겁니다. 백이 두건을 살해했다는 사실을 내가 믿지 않는다는 걸요. 그래서 날 제거하고 싶었던 거예요."

"글쎄요, 우린 보고서를 제출하는 것 외에는 할 수 있는 일이 없는 것 같네요." 맥그리거 경사는 서류 작업을 해야 한다는 생각에 침울하게 말했다. 게다가 살인자로 추정되는 자를 찾겠다고 이 많은 경찰이 야근을 했다고 시간 외 수당을 청구한다면 스트라스베인에서는 대체 뭐라고 하겠는가.

해미시는 밤 10시가 돼서야 경찰서로 돌아왔다. 사무실의 전화가 울리기 시작했지만, 그는 왠지 받고 싶지가 않았다. 하지만 어쩔 수 없이 수화기를 집어 들었다.

잡아먹을 듯한 블레어의 목소리가 수화기 저편에서 울려왔다. "이것 보라고, 이 얼간이야, 내가 근사하게 해결해 놓은 사건을 다 망치려는 수작은 집어치우는 게 좋을 거야. 자네가 나보다 더 잘 안다고 생각하는 모양인데, 누군가 자네를 죽이려 했다는 헛소리로 경찰들 시간이나 낭비하게 하지 말라고."

"저는 벡이 두건을 살해했다고 생각하지 않습니다." 해미시가 짜증스럽게 말했다.

"이제는 믿는 게 좋을걸. 실은 내가 자네에게 호의를 베풀었으니 고마운 줄이나 알아. 데이비엇 총경에게 자네의 녹슨 머리가 요즘 잘 안 돌아가는 것 같으니까, 휴가를 좀 주는 게 좋겠다고 했네. 그랬더니 한 주 쉬라고 허가하더군. 그러니 잔말 말고 시키는 대로 해."

해미시는 항의하려고 입을 열었다가 다시 다물었다. 글래스고에 다녀올 완벽한 기회가 아닌가. 이제 그에게는 돈도 있고, 시간도 있었다.

"좋습니다." 그가 온순히 대꾸했다.

"시노선의 맥그리거 경사에게 자네 구역까지 맡아 보라고
하게." 블레어가 전화를 끊었다.

해미시는 맥그리거 경사에게 전화를 걸었다. "아, 사람 미
치게 하네." 해미시의 요청을 듣고 맥그리거 경사가 말했다.
"난 스트래스베인에서 왜 당신을 자르지 않고 계속 붙잡고 있
는지 대체 그 이유를 모르겠소. 진심이라고요."

"뭐 나온 것 좀 없어요?" 해미시가 경사의 목소리에서 뭔가
이상한 기운을 감지하고 물었다.

맥그리거 경사는 반짝이는 책상 위를 우울하게 바라봤다.
그 위에는 소총 탄환 하나가 놓여 있었다. 어린 소년 하나가
벤로스 등성이의 헤더 덤불 속에서 주운 것이었다. 정확히 해
미시 맥베스가 총이 발사됐다고 진술했던 위치였고, 해미시
가 전화를 걸어 오기 10분 전에 시노선 경찰서에 들어온 증거
물이었다. 하지만 이 사실을 해미시에게 얘기해 봐야, 그건 더
많은 서류 작업을 의미할 뿐이었다. 그리고 어쨌든, 이것은 사
슴 사냥용 소총에서 나온 것일지도 모르고 오래전부터 그곳
에 놓여 있던 것일지도 모르지 않는가. 게다가 블레어 경감은
자신이 랜디 두건의 살인 사건을 해결했으니, 그 건은 이미 종
결되었다는 점을 그에게 매우 강압적으로 강조했었다.

맥그리거 경사는 탄환을 들어 쓰레기통으로 던져 넣었다. "아무것도 없어요." 그가 말했다. "그만 쉬어요."

해미시는 짜증이 밀려드는 것을 느끼며 뜨거운 물을 받고 옷을 벗은 후 욕조 안으로 들어갔고, 즉시 잠이 들었다. 어느 순간 깜짝 놀라 깨어나 보니 물이 얼음장처럼 차가웠다. 그는 뼈마디까지 쑤시는 것을 느끼며 욕설을 웅얼거리면서 욕조에서 나와 수건으로 온몸을 감쌌다. 그가 다시 잠들기 전에 마지막으로 들은 소리는 유리창을 운율감 있게 두드리는 빗소리였다.

비가 다시 로흐두로 돌아왔다.

다음 날 아침, 잠에서 깨자마자 해미시는 짐을 싸서 글래스고로 출발해야겠다고 생각했다. 하지만 정확히 딱 꼬집어 말할 수는 없지만, 뭔가 계속 꺼림칙한 기분이 들었다. 게다가 살인자가 로흐두에 남아 있다면 뭐 하러 글래스고까지 간단 말인가? 그러나 한편으로는 살인자의 정체를 알아내는 데 중요한 단서가 될 만한 요소가 랜디의 과거 속에 남아 있었다. 바로 그때 해미시는 꺼림칙하게 느껴지던 게 무엇인지 확실히 깨달았고, 스스로에게 멍청이라고 욕을 퍼부었다. 블레어 경감은 로지 드랄리가 결혼했다가 10년 전에 이혼했다고 말했었다. 그러나 벡 부인은 동생이 한 번도 결혼한 적이 없다는 듯한 인상을 주었다. 밥 벡은 로지의 남편에 관해서는 전혀 언급하지 않았다. 그는 파자마 바람으로 급하게 사무실로 가서 벡 부인에게 전화를 걸었다. 운이 좋다면, 그녀는 런던으로 돌아가 아직 회사에 출근하지 않았을 터였다.

벡 부인의 날카로운 목소리가 전화를 받았다.

"로흐두 경찰서의 해미시 맥베스 순경입니다."

"이제 좀 그만 괴롭히면 안 되겠어요?" 벡 부인이 말했다. "아직 날 괴롭힐 게 더 남았나요? 내 남편이 두 건의 살인을 저질렀다고요! 난 마을 사람들 보기도 두려워요."

"딱 하나만 더 여쭤 볼게요." 해미시가 달래듯이 말했다. "동생분이 결혼을 했었나요?"

"그건 결혼이라고 할 수도 없어요!"

"흠, 결혼을 했다는 건가요, 안 했다는 건가요?"

"했었어요."

"누구와요? 언제, 어디서요?"

"어디 보자, 1985년이었을 거예요. 난 결혼식에는 참석하지 않았어요. 장소는 인버네스였고요."

해미시는 고래고래 소리 지르며 질문하고 싶은 것을 꾹꾹 참고 차분하게 물었다. "동생분이 결혼했던 남자의 이름이 뭔가요?"

"헨리 빌이었어요. 《인버네스 데일리》의 기자였고요."

"그럼 이혼한 건 언젠가요?"

"결혼식을 올린 지 이틀 만에 이혼 소장을 접수했어요." 그녀의 목소리에는 씁쓸한 기색이 역력했다. "그래서 난 로지가 결혼했었다고 생각하지 않았던 거예요."

"그의 주소를 알고 있나요?"

"잠깐만요."

그래서 해미시는 수화기 저편에서 울리는 윌스던의 소음을 들으며 기다렸다. 지나가는 차량 소리와 아이들이 뛰노는 소리가 들리는 것으로 보아 창문이 열려 있는 게 분명했다. 그때 벡 부인이 다시 전화로 돌아왔다. "팁셀로 423번지예요."

"고맙습니다." 해미시가 주소를 받아 적고 재빨리 말했다. "뭔가 알아내면 다시 연락드리겠습니다."

그는 의자에 등을 기대고 앉아 주소를 가만히 들여다봤다. 인버네스에 가는 것은 귀중한 한 주의 휴가를 낭비하는 일이 될 터였다. 하지만 아무리 짧은 기간이었을지라도 로지가 결혼했었다는 사실을 무시할 수는 없었다. 그녀는 밥 벡이 살인을 저지를 지경에 이르도록 몰아갔다. 오래전 일이기는 해도, 로지의 전 남편도 그녀에게 아직 강한 감정이 남아서 그녀가 랜디와 바람을 피운다고 생각하고 그를 죽였을 가능성은 없는 걸까? 확인해 봐야 할 터였다. 또한 아직 로지에게 남은 수수께끼도 있었다. 그녀는 정말 랜디의 과거에 관해 뭔가를 알고 있었을까?

그는 직접 차를 몰고 인버네스로 가기 위해 여행 가방을 꾸렸다. 만약 그곳에 흥미로운 게 전혀 없다면 글래스고로 갈 작정이었다.

해미시는 비가 그치기를 바랐다. 그러나 날이 갤 가능성은 전혀 없어 보였다. 랜드로버에 짐가방을 던져 싣는 동안 그는 바깥 공기가 후덥지근하고 답답하다고 느꼈다. 언덕 달리기 이후로는 뼈마디가 지독히도 쑤셨다. 덕분에 몸과 마음 모두 지칠 대로 지쳐 있었다. 그는 다시 햇살이 내리비치고 이 지긋지긋한 사건도 어서 해결됐으면 싶었다. 해미시는 운전석에 올라타기 전에 잠시 서서 망설였다. 그냥 다 잊어버리면 얼마나 쉽겠는가. 벡이 로지를 살해했다. 그러니 그가 두건도 살해한 것으로 누명을 쓰게 내버려 두어서 안 될 게 뭐람? 하지만 살인자가 아직 로흐두의 공기를 오염시키며 돌아다니고 있었다. 따라서 지금 랜디 두건의 정체를 확실히 밝히지 못하면 그는 진범이 누구인지 절대 찾아내지 못할 터였다.

인버네스까지 먼 길을 가는 내내 그는 이번 사건에 관해 자신이 알고 있는 사실을 마음속에서 하나하나 다 들춰 보았다. 어쩌면 그가 글래스고에 가려는 진짜 이유는 두건의 과거에 그의 살인자가 외부인임을 의미하는 어떤 단서가 들어 있을지도 모른다는, 다시 말해, 살인자는 그가 아는 마을 사람 중의 하나가 아닐지도 모른다는 희망 때문일지 몰랐다.

인버네스는 전보다도 훨씬 붐비는 듯했다. 이 많은 사람이 대체 다 어디서 온 것일까? 버스 정류장 옆에 있는 다층식 주차장에 랜드로버를 세우고 나오는 길에 그는 놀라서 생각했다. 사방이 인파였다. 거무칙칙한 갈매기들이 머리 위로 끼룩거리며 날아가는 동안, 모두가 쇼핑, 쇼핑, 쇼핑을 하고 있었다. 그는 캐슬윈드를 걸어갔다. 플로라 맥도널드 동상이 여전히 보니 프린스 찰리가 돌아오길 기다리며 먼 곳을 빤히 응시하고 있었다.

《인버네스 데일리》의 사무실은 두 개의 상점 사이로 난 돌층계 위에 있었다. 지역 뉴스만을 다루는 신문으로, 적은 발행 부수에 내용도 겨우 두세 쪽 분량이었다. 다시 말해 어떤 경기에서 상금 대신 양을 부상으로 수여한다는 사실이 보스니아 잔학 행위보다 훨씬 중요하게 다루어지는 신문이었다.

먼지가 뿌옇게 낀 커다란 방 안에는 기자 두 사람과 열심히 컴퓨터 자판을 두드려 대는 타자수 두 사람이 있었다. 해미시는 헨리 빌을 만나러 왔다고 말하면서 반쯤은 그가 죽었다거나 회사를 그만뒀다는 대답이 돌아오리라고 예상했다. 머리에 젤을 발라 삐죽삐죽 세운 타자수 한 명이 짧게 대꾸했다. "지금 없어요. 양 시장 취재하러 레어그에 갔어요."

해미시는 재빨리 사무실에서 나와 군중을 헤치고 랜드로

버를 주차해 놓은 곳으로 갔다. 이제 그는 지루한 빗길을 달려 레어그까지 가야 했다. 해미시는 인버네스에서 출발해 스트루이 도로로 접어든 후 보너 다리를 넘어 레어그까지 헤더가 무성한 언덕을 달려 올라갔다.

매년 열리는 레어그 양 시장은 유럽에서 가장 많은 양이 거래되는 대규모 행사였다. 그곳으로 다가가는 동안, 해미시는 시장에 나와 근무를 서고 있는 경찰관이 너무도 많다는 사실을 알아차리고는 가슴이 철렁 내려앉았다. 하지만 곧 자신에게는 작은 농장을 경영하는 이언 시턴이라는 친구가 한 명 있다는 사실이 떠올랐다. 지금 해미시는 공식적으로 휴가 중이었으니 만약 누군가 물어본다면 이언을 만나러 왔다고 대답하면 될 터였다. 사방에서 양 울음소리가 들려왔다. 좋은 가격에 양을 사들이려는 농장주들의 열기가 어찌나 대단한지, 시장 분위기는 도박장을 방불케 했다. 많은 사람이 무릎 아래에서 여미는 반바지에 킬트 재킷을 걸치고 잿빛이 도는 초록색 양말과 생가죽 신발을 신고 긴 지팡이를 짚고 있었다. 오직 고지인이 되려고 애쓰는 타 지역 이주민만이 입는다는 복장이었다. 해미시는 경매가 진행 중인 헛간으로 들어가 사람들을 훑어봤다. 그는 헨리 빌이 어떻게 생겼는지 몰랐다. 하지만 보통 기자들은 아무리 고지 사람이라 하더라도 런던 출신의 기자나 마찬가지로 자유분방한 분위기를 물씬 풍기고 다녔기에

'기자'라는 사실을 쉽게 알아볼 수 있었다. 바로 그때 경매장 무대 가장자리에 서서 지치고 지루한 표정을 지으며 빨갛게 충혈된 눈으로 경매장을 빤히 바라보는 한 남자가 눈에 들어왔다. 마치 자기는 레어그에서 양을 거래하는 일보다는 더 나은 일을, 더 나은 장소에 가서 취재해야 할 사람이라고 생각하는 듯한, 술에 취해 잔뜩 화가 난 듯한 인상을 풍기는 사람이었다. 해미시는 주변의 다른 기자들을 둘러봤다. 이유는 설명할 수 없었지만, 두 눈이 충혈된 남자가 헨리 빌이 확실하다는 느낌이 들었다. 그는 참을성 있게 기다렸고, 얼마 후 헨리 빌이 옆에 서 있는 사진기자에게 무슨 말인가를 건네고는 밖으로 빠져나가는 게 보였다. 해미시는 그와 무대를 사이에 두고 서 있었지만, 헨리 빌이 곧장 술집으로 향하리라고 확신했다.

예상대로 해미시는 술집에서 그를 다시 발견했다. 일종의 카페 겸 술집이라, 커피와 차와 맥주, 위스키, 햄버거, 베이컨 샌드위치 등을 함께 팔고 있었다.

해미시는 트위드 재킷을 입고 있는 헨리 빌의 넓은 어깨를 알아보고 그의 어깨를 톡톡 두드렸다. "뭡니까?" 헨리가 돌아보며 물었다.

해미시는 사복 차림이었다. "헨리 빌 씨죠? 잠시 얘기 좀 나눌 수 있을까요?"

"아, 좋아요. 그렇지만 일단 술 좀 한 잔 사고요. 사람이 얼마나 많은지 술 한 잔 사기도 이렇게 힘들어서야." 헨리 빌이 커다란 잔에 따른 위스키 석 잔 분량의 술을 받아 들었다. 해미시도 위스키 한 잔을 주문했다. 안쪽 탁자가 다 차 있어서 그들은 보슬비가 내리는 바깥으로 발을 질질 끌며 걸어 나갔다. "술잔에 빗물 좀 들어가는 건 별 상관 없어요." 빌이 침울하게 말했다. "하늘에서 빗물 말고도 얼마나 많은 게 떨어지는데요."

"저는 로흐두 경찰서의 해미시 맥베스 순경이라고 합니다." 해미시가 말했다.

"그런데 왜 사복 차림입니까?"

해미시는 재빨리 머리를 굴렸다. "이번에 경찰청 범죄 수사부에 배속받아서 사건을 수사하고 있거든요."

"무슨 사건이요? 누가 자기 양을 도둑맞았답니까?" 헨리 빌이 냉소적으로 말했다. 그리고 위스키를 꿀꺽 들이마셨다.

"로지 드랄리 사건요." 해미시가 조용히 말했다.

"그 사건이라면 이미 범인을 잡았잖아요." 그가 기운 없는 목소리로 말했다. 취기로 인한 호전성이 갑자기 어딘가로 사라져 버린 모양이었다.

"알아요. 그렇지만 확실히 마무리를 지으려고 하는 중이라서요."

헨리 빌이 서로를 밀치는 군중들을 슬픈 눈으로 바라봤다.

"난 이미 심문받았어요." 그가 말했다. 물론 스트래스베인에서 이미 면담을 진행했을 테지, 해미시는 생각했다.

"아무도 우리에게 로지 드랄리가 정말 어떤 사람이었는지에 관해 명확한 그림을 그릴 수 있게 해 주지 않아서요. 그녀에 관해 조금만 얘기해 주실 수 있겠습니까?"

그가 한숨을 내쉬었다. "내 차로 가시죠." 헨리 빌이 말했다. "이놈의 비가 아주 사람 잡는군요."

그가 길 건너편에 세워 둔, 창문에 언론 차량 표식이 붙은 낡은 볼보 스테이션 왜건 쪽으로 해미시를 이끌었다. 그가 차문을 열었고, 해미시는 조수석에 올라탔다. "그러니까," 헨리 빌이 술을 엎지르지 않으려고 조심하며 운전석으로 올라탄 후에 입을 열었다. "다른 사람들에게는 들려주지 않았던 얘기를 해 달라는 건가요?" 살인 사건이 일어나던 날 밤에 어디에 있었는지 묻는 건 아무 쓸모도 없을 터였다. 그 질문은 이미 답을 얻었을 게 분명했다.

"로지 드랄리 씨를 어떻게 만났습니까?"

"당시 그녀는 인버네스에서 몇몇 작가 모임에 창의적인 글쓰기에 관한 조언을 해 주고 있었어요. 그런데 왜 사람들은 소설을 창의적인 글쓰기라고 할까요? 그럼 창의적이지 않은 글쓰기란 뭔데요?"

"레어그 양 거래 시장에 관한 글?"

"아, 그럴 수도 있겠네요."

빌이 술을 한 모금 마시고는 다시 입을 열었다. "나는 신문에 간단히 소개할 만한 문단 몇 개가 필요했을 뿐이에요. 우리 신문사에서는 보통 그런 기사를 다루지 않는데, 편집장 부인이 그 작가 모임의 일원이었거든요. 로지는 말 같지도 않은 얘기들을 늘어놨어요. 마치 개방대학 강의라도 하는 것처럼 선형적인 진행이 어쩌고저쩌고 떠들어 댔죠. 그게 의미하는 게 뭐였는지 알아요? 플롯이었죠, 빌어먹을 플롯. 나는 '아니 저 빌어먹을 여자는 왜 간단히 플롯이라고 말하지 않는 거야?'라고 생각했던 게 기억나요.

어쨌든 난 강의가 끝나자마자 얼른 도망 나올 계획을 세우고 있었는데, 편집장 부인이 우리에게 서로를 소개하라고 강요하더니 나와 로지가 둘이서만 차를 마시도록 자리를 마련해 주고는 가 버린 거예요. 로지가 미소를 지으며 내게 그 마법의 단어를 던지더군요. '내 호텔 방에 스카치 한 병이 있어요.'

난 당연히 그녀를 따라갔죠. 그리고 그녀가 내게 스카치를 따라 주더니 말하더군요. '나, 당신과 결혼하고 싶어요.' 너무 놀라서 술이 확 깨더라고요. 난 이미 결혼했다고 거짓말을 하고 싶었지만, 그녀가 틈을 주지 않고 계속 말을 이었어요. 런던에 있는 신문사에 좋은 연줄이 있다면서, 날 출세시켜 줄 수 있다고도 하고 자기 수입이 꽤 된다는 말도 하고, 뭐 그런 얘기들을 했죠. 그녀가 말을 하면 할수록 난 내가 얼마나 외로운지 깨닫기 시작했어요. 전에 결혼한 적은 있었지만, 아내는 날 버리고 떠났거든요. 난 계속 술을 마셨고, 갈수록 로지가 실은 꽤 괜찮은 사람으로 보인다고 생각했죠. 우리는 함께 잠자리를 하지는 않았지만, 난 그녀에게 결혼하겠다고 대답했어요. 그리고 3주 후, 점심과 저녁 식사만 몇 번 같이 해 본 후에, 우린 결혼했죠. 그때 난 제정신이 아니었던 것 같아요. 결혼식 비용은 그녀가 다 댔어요. 그리고 신혼여행은 필요 없고, 자기가 내 집으로 들어와 살겠다고 하더군요. 결혼식 후에 우리는 글래스고에 가서 그녀의 살림을 챙겨 왔어요. 결혼식 날 밤에는 나도 술이 적당히 깼던 것 같아요. 그녀는 날 곁에 접근도 못 하게 하더군요. 너무 이르다고 하면서, 시간을 좀 달라고요. 그러다가 난 편지 한 통을 발견했죠. 로지가 자기 언니에게 쓰던 편지였는데, 이렇게 적혀 있더라고요. '언니는 내가 영영 결혼을 못 할 거라고 생각했을 거야, 그렇지? 글쎄, 이 편지는 절대로 그렇지 않다는 사실을 언니에게 알려 주기 위해서 쓰는……' 그런 식의 쓰레기 같은 내용이었어요. 나는 자리에 앉아서 오랫동안 생각했죠. 그리고 그 미친 여자가 자기 언니에게 복수하기 위해 날 이용해 먹었다는 사실을 깨달았어요. 다음 날 나는 그녀에게 사실을 물었지만, 로지는 아무 말도 않고 그저 앉아서 나를 빤히 바라보기만 하더군요. 난 그 여자가 무서워지기 시작했어요. 머리가 좀 이상한 게 분명하다는 생각이 들었죠. 난 그녀에게 나와 잠자리를 해서 우리 결혼을 정상적인 것으로 만들거나, 그게 싫으면 꺼져 버리라고 했어요. 그러자 그녀가 새침한 목소리로, 아, 그 목소리는 죽을 때까지 잊히지도 않을 것 같아요, 어쨌든 이렇게 말하더라고요. '그럼 당신이 이혼을 청구해요.'"

빌이 자신의 술잔을 빙빙 돌리면서 비 오는 창밖을 내다보는 동안 차 안에는 무거운 침묵이 내려앉았다.

해미시는 머릿속에서 빌이 얘기했던 장면을 떠올리며 조용히 말했다. "그래서 그녀를 때렸군요."

"어떻게 알았어요!"

"그런 상황에서 그거 말고 다른 반응을 보일 남자가 있겠어요?" 이렇게 말은 했지만, 해미시는 여자를 향해 손을 들어 올리는 자신의 모습은 도저히 상상할 수가 없었다.

"그래요. 약간 손찌검을 했어요. 그런 다음 술을 마시고 변호사를 찾아갔죠. 집으로 돌아가 보니 로지와, 그녀가 언니에게 쓰고 있던 편지도 함께 사라졌더군요.

내가 경찰에서 전해 들은 얘기로 추론해 보건대, 그녀는 자기 언니에게 뭔가를 증명해 보이려고 나와 결혼했던 거예요. 아, 여자들이란!"

그가 잔을 비우고 기침을 하더니 손으로 입술을 문질렀다. 그러고는 차 밖으로 나가려고 조바심을 내기 시작했다. 해미시는 큼지막한 우비 주머니에 손을 집어넣어 인버네스에서 혹시 필요할지 몰라 미리 사 두었던 반병들이 위스키 한 병을 꺼냈다. 그는 병뚜껑을 열어 빌의 잔을 채워 주었다.

"고마워요." 헨리 빌이 말했다.

"양 거래 시장으로 돌아가 봐야 하는데, 내가 너무 오래 붙잡고 있는 거 아닌지 모르겠네요."

"아, 아니에요. 가 보나 마나 늘 똑같은걸요. 누가 최고 가격을 받았는지는 금방 알게 될 테고, 다른 가격은 발품만 좀 팔면 돼요. 벌써 몇 년이나 이걸 취재했어요. 로지가 날 쉽게 설득할 수 있었던 지점이 바로 거기예요. 돈. 안락함. 나중에 나이 먹었을 때, 곁에서 내 슬리퍼를 따뜻하게 데워 줄 누군가. 대체 그녀에게 무슨 일이 있었던 겁니까?"

"그녀의 문인대리인은 로지가 아마도 동성애자였을 거라고 하지만, 확실한 증거는 없습니다."

"맙소사, 뭔가 증거라도 있으면 좋겠네요. 내 말이 무슨 뜻인지 알아요? 난 평생 그렇게 모질게 거부당하고 모욕받아 본 적이 없어요! 나야말로 그녀를 죽여 버리고 싶었다니까요."

다시 한번 침묵이 흘렀다. 점점 강해지는 빗줄기가 차량 지붕을 두드려 대고 있었다.

"누군가 두건을 살해했습니다." 해미시가 조용히 말했다.

"이봐요! 무슨 뜻이에요? 벡이 범인이잖아요."

"난 그렇게 생각지 않아요. 난 벡이 아내에게 복수하고 싶어서 거짓 자백을 한 거라고 믿어요. 이미 살인자라고 판명이 났는데, 살인 한 건을 더 자백한다고 해서 뭐가 대수겠어요? 경찰은 사건이 다 해결됐다는 사실에 모두 기뻐하고 있죠. 당신 생각은 어때요?"

"난 두건은 만나 본 적도 없어요." 그의 눈이 날카롭게 변했다. "그럼 당신은 다른 누군가가 범인이라는 건가요?"

"맞아요. 로지가 당신에게 다시 연락한 적이 있나요? 그녀가 이 두건이라는 자에 관해 뭔가 알고 있다는 인상을 주지는 않았어요?"

"그 빌어먹을 여편네에게게서는 소식을 들은 것도 없고, 알고 싶지도 않았어요."

해미시는 그의 술잔이 비어 있는 것을 알아차리고 다시 한 잔을 따라 주었다. 그러고는 의무감에 인버네스로 돌아가기 전에는 반드시 술을 깨고 운전대에 앉아야 한다고 당부한 후, 그를 떠났다. 나중에 해미시는 비 때문에 자기 머리가 어떻게 되었던 게 분명하다고 생각하게 될 터였다. 그는 벡이 두건을 살해했다는 사실을 자신이 믿지 않는다는 것을 다른 사람도 아닌 기자에게 털어놓고 말았다는 걸 당시에는 전혀 깨닫지 못했다.

　다음 날 아침 블레어 경감은 데이비엇 총경의 사무실로 불려 갔다. 데이비엇 총경은《인버네스 데일리》신문 한 부를 책상 위에 펼쳐 놓고 있었다. "자네 이거 봤는가?" 총경이 맥없이 물었다.

　"아니요, 총경님." 블레어가 궁금하다는 듯이 말했다. 그는 「뷰리 지역에서 횐담비가 가정주부를 물었다」라는 기사보다 더 극적인 내용의 기사라고는 실린 적이 없는 신문에 뭐 그리 대단한 기사가 실렸을까 의아한 기분이었다.

　"맥베스가 빌이라는 어느 기자에게 자기는 벡이 두건을 살해했다는 사실을 믿지 않아서, 지금 혼자서 두건의 살인범을 찾아 돌아다니고 있다고 경솔하게 떠들어 댄 모양이네. 젠장, 지금 이 빌이라는 자가 로지 드랄리와 결혼했던 그 헨리 빌이 맞는 건가? 다른 모든 건 고사하고, 이건 지금 심리 중인 사건이야. 그 빌어먹을 녀석은 지금 어디 있는 건가?"

　"일주일 휴가를 주지 않았습니까?"

　"그럼 찾아서 데려와. 경찰력 전부를 동원해도 상관없으니 당장 찾아오라고."

　블레어는 침울한 표정을 하고 밖으로 나갔지만, 밖에 나가자마자 경쾌한 선율로 휘파람을 불기 시작했다. 맥베스가 곤경에 처하지 않았는가. 인생이란 살 만한 것이다.

한 시간 후에, 프리실라 할버턴스마이스는 토멜성 호텔 사무실에서 차갑게 빛을 내뿜으며 화려하고 무표정한 얼굴로 블레어와 앤더슨과 맥내브 형사를 마주 보고 앉아 있었다. 아니요, 그녀는 해미시 맥베스가 어디로 갔는지 전혀 알지 못했다. 아니요, 그녀는 추측조차 할 수 없었다. 지금 호텔이 너무 바쁘니, 더 하실 말씀이 없으면……? 블레어는 화가 잔뜩 난 채로 모두에게 으름장을 놓고 협박을 해 대면서 로흐두를 쿵쾅거리고 돌아다녔다. 그러고 나서 그는 맥그리거 경사를 만나러 시노선으로 갔다. 어쩌면 해미시가 대신 근무를 서 주는 맥그리거 경사를 만나러 갔을지도 모르기 때문이었다.

《인버네스 데일리》를 읽지 않은 맥그리거는, 블레어가 불쑥 찾아가서 "맥베스가 사라졌네. 그를 봤는가? 그가 어디 있는지 아는가?"라고 퉁명스럽게 물었을 때, 휴지통에 던져 버렸던 소총 탄환 생각에 갑자기 죄책감을 느꼈다. 만약 맥베스가 시체로 발견된다면, 그래서 탄환을 주워 왔던 소년이 경찰에 진술이라도 하게 된다면, 그는 크나큰 곤경에 처하게 될 터였다. 맥그리거는 휴지통을 은밀히 발로 끌어당겼다. "그런 말씀을 하시다니 정말 신기하네요." 그가 말했다. "제가 뭔가 드릴 게 있어서 방금 전화를 드리려던 참이었거든요." 그러고는 허리를 굽혀 맨 아래 서랍을 홱 잡아 빼면서 휴지통에서 재빨리 탄환을 집어 들어 허리를 펴고 앞으로 내밀었다. "어린 남자애 하나가 해미시가 총에 맞을 뻔했다고 했던 그 벤로스 등성이에서 이걸 찾아냈다고 가져왔습니다. 곧바로 보고드렸어야 하는데, 경감님이 맥베스가 거짓말을 하고 있다고 하셔서……"

블레어가 탄환을 빤히 바라봤다. 그의 내면에 있는 경찰관이 모든 것을 다 무시해 버리고 싶은 그의 다른 이면과 전쟁을 벌이고 있었다. "아니, 자네 지금 뭐 하자는 건가?" 그가 분노해서 소리 질렀다. "사건 증거물을 그 빌어먹을 살찐 손으로, 맨손으로 만지고 있는 거냐고? 앤더슨, 이거 받아서 봉투에 집어넣게."

지미 앤더슨이 땀을 뻘뻘 흘리는 맥그리거 경사의 손에서 집게를 이용해 탄환을 집어 올려 비닐 봉투 속에 떨어트렸다. "검사 결과는 나중에 듣게 될 걸세." 블레어 경감이 말했다. "자, 이제, 맥베스는 어디 있는가?"

"저도 모릅니다. 그냥 일주일간 휴가를 간다고만 했어요."

"내가 그놈을 찾아내고야 말 거야." 블레어가 으르렁댔다. 그러나 누구도 글래스고 경찰에 전화를 걸어 볼 생각은 하지 못했다.

그러니 만약 라이플 탄환에 관해 전해 들었을 때 데이비엇 총경의 반응만 아니었다면, 해미시는 글래스고에 도착해서도 조용히 수사를 계속할 수 있었을 터였다. 데이비엇 총경은 벡이 두건을 살해한 것 같지 않다는 해미시의 관점에 관해 방금 전해 들은 참이었다. 그는 지금껏 모든 증거가 다른 쪽을 향하고 있음에도 매번 해미시의 판단이 옳았던 순간들을 떠올렸다. 그런데 해미시는 실종되었고, 탄환은 발견되었다.

그는 만에 하나라도 해미시 맥베스가 시체로 발견될 경우 퍼지게 될 추문을 생각하고는 온몸을 부르르 떨었다. 경찰 파일에서 찾아낸 해미시 맥베스의 공식 사진이 신문사에 배포되었다. 비상 대기 상태도 발령되었다. 해미시가 무전기 스위치를 꺼 버려서 무전기로도 그를 소환할 수가 없었다.

그 시각, 해미시는 라디오 주파수를 팝 음악 방송국에 맞춰 놓고 휘파람을 불며 글래스고 외곽으로 차를 몰고 있었다. 그때 음악 소리가 잦아들더니 아나운서의 심각한 목소리가 울려 퍼졌다. "잠시 정규 방송을 중단하고 특별 방송이 있겠습니다." 해미시 맥베스 순경은 가장 가까운 경찰서로 보고하라는 아나운서의 목소리를 듣는 동안 그는 식은땀을 흘렸다. 그는 길가에 있는 주차장에 차를 대고 비참한 기분으로 창밖만 빤히 바라봤다. 그제야 자신이 다른 누구도 아닌 기자 빌에게 무슨 말을 했는지 기억이 났다. 무시하기에는 너무 좋은 기삿거리를 제공하지 않았던가. 해미시는 고개를 돌려 주차장 밖에 있는 신문 가판대를 바라봤다. 자신의 사진이 신문에 실려 있지는 않았지만, 해미시는 차에서 내려 《데일리 레코드》 한 부를 샀다. 최신 기사란에 다음과 같이 실려 있었다. '현재 랜디 두건의 살인 혐의로 체포된 벡이 실은 두건을 살해하지 않았다고 믿는 고지 경찰이 실종되었다. 비상 대기 상태가 발령 중이다.'

다음 날이면 그의 사진이 신문에 실릴 게 분명했다. 해미시는 확신했다. 그의 경찰 랜드로버가 누구의 눈에도 목격되지 않았다는 사실은 거의 기적에 가까웠다.

그는 글래스고 외곽의 부유한 주택 지역인 비어스덴으로 차를 몰았다. 그곳에 맥베스 가문의 가계도에서 아주 멀리 떨어진, 단지 잔가지 하나에 불과한 먼 사촌이 소유한 깔끔한 방갈로 하나가 있기 때문이었다. 해미시는 그녀를 몇 년이나 만나지 못했다. 그녀의 이름은 조시 싱클레어였다. 기쁘게도 방갈로 옆의 작은 차량 진입로 끝에 목제 차고 하나가 있었다. 그리고 비어 있었다. 집을 먼저 확인해 보지도 않고, 그는 경찰 랜드로버를 곧장 그 안으로 몰고 들어가서 짐가방을 챙겨 들고 차고 밖으로 나와 문을 닫았다.

집 안에서 개 한 마리가 날카롭게 짖어 댔다. 조시가 뒷문에 나타나 소리 질렀다. "누구세요?"

"나예요, 해미시." 그가 짐가방을 들고 앞으로 천천히 걸어 갔다.

자그마한 체구의 조시는 머리칼이 검고, 턱이 안으로 들어 갔으며 코는 매우 높았다.

"맙소사," 그녀가 말했다. "해미시! 나 방금 라디오에서 네 소식 듣고 있던 중이야. 어쨌든 들어와. 대체 무슨 일이야?"

해미시는 그녀를 따라 방갈로 안으로 들어갔다. 갑자기 피 곤이 밀려오는 기분이었다. 그는 일련의 거짓말을 지어내서 들려줘야 할지 잠시 고민했지만, 걱정으로 어두워진 조시의 정직한 눈을 바라보는 순간 진실을 털어놓기로 마음먹었다. "앉아요, 누나." 그가 말했다. "말하자면 아주 길거든요."

해미시가 두건과 로지의 살인 사건과 자신이 글래스고에서 무엇을 하고 있는지 개략적으로 설명하는 동안 조시는 가만 히 듣고 있었다. 그렇게 아무 말도 없이 듣고 있다가 해미시가 말을 멈추자 입을 열었다. "내 아들 칼럼이 지금 걸프전에 나 가 있어. 그러니 네가 그 방을 쓰면 되겠다." 해미시는 조시의 남편이 3년 전에 사망했다는 사실이 문득 기억났다. "한 가지 마음에 걸리는 게 있어. 네가 진짜 살인범을 잡는다고 하더라 도, 또는 진짜 범인이 누군지 알려 줄 단서를 발견한다 하더라 도, 넌 다시 경찰에 복귀하지는 못할 거야."

"그런 위험은 감수해야죠. 저기, 누나, 아마도 내일이면 신

274

문에 내 사진이 실릴지도 몰라요. 그래서 변장을 좀 해야 할 것 같거든요."

"내가 도울 수 있는 건 최선을 다해 도와줄게. 난 늘 가족을 위해서라면 뭐든 최선을 다해 왔으니까. 그렇지만 해미시, 이번 일에는 날 개입시키지 말아 줘."

"약속할게요, 누나."

"그리고 여기서 어떻게 빠져나갈래? 저 경찰차를 몰고 갈 수는 없잖아."

"그건 내가 생각해 볼게요."

"내가 아직 가여운 네 매형의 면허증을 가지고 있어. 차를 빌리는 데 사용할 수 있을 거야. 만약에 경찰에 잡히면, 네가 여기 몰래 들어와서 훔쳐 갔다고 해야 해."

"정말 고마워요, 누나."

그녀가 마지못해 웃어 보였다. "내가 바보 같아서 이러는 거야. 어쨌든 일단 차 한잔 마시고 시작하자. 내가 집에서 직접 머리를 염색해서 다행인 줄 알아. 가장 먼저 해야 할 일이 바로 네 빨간 머리부터 없애는 거거든."

오후쯤 되었을 때 해미시는 짧은 흑발로 변신했다. 머리카락을 잘라 만든 검은 콧수염도 달고, 금속테 안경도 꼈다. 작고한 조니 싱클레어의 정장 중 한 벌을 입고 차를 한 대 빌린

다음 해미시는 글래스고로 향했다. 그는 주차장에 차를 세우고 공중전화 부스로 가서 옛날 친구인 빌 월턴 경사에게 전화를 걸었다.

"내 이름 소리 내 말하지 말아요." 빌이 전화를 받자 해미시가 말했다. "그리고 신고하지도 말아요. 나 형님을 좀 만나야겠어요."

"30분만 있으면 근무가 끝나." 빌이 평소의 단조로운 목소리로 말했다. 해미시가 기억하기에 빌은 그 어떤 것에도 놀라지 않았다. "자네가 내 아파트로 오는 게 낫겠어. 바스가의 그 새로 생긴 호텔 옆이야." 그가 해미시에게 집 주소를 알려 주었다.

해미시는 차를 세워 둔 곳에 그대로 두고 천천히 바스가까지 걸어갔다. 그는 빌의 아파트 맞은편 문간에 서 있었다. 경찰로 가득 찬 경찰차 한 대가 사이렌을 울리며 다가왔을 때, 그의 심장은 발밑으로 가라앉았다. 하지만 빌을 내려 주고 차는 그대로 가 버렸다. 여전히 해미시는 빌이 위층으로 올라갈 때까지 기다렸다.

몇 번의 조심스러운 순간이 지나고, 그는 길을 건너가 벨을 눌렀다. 버저가 울렸고, 해미시는 안으로 들어가 층계를 올라갔다. 빌이 위에서 기다리고 있었다.

"꼭 일진 사나운 은행원 같은 몰골인데." 빌이 말했다. "해미시 맞지, 그렇지?"

"맞아요." 해미시가 대꾸했다.

그는 빌을 따라 어둡고 우중충한 아파트로 들어갔다. 빌이
벽난로 쇠살대 위에 올려놓은 두 줄짜리 전기 히터 스위치를
켜고 커튼을 닫은 다음 불을 켰다. 집주인의 가구군, 해미시는
생각했다. 황량한 거실을 둘러봐도 여자의 흔적이라고는 없
었다. 좋아, 빌뿐이네.

빌 월턴은 영화감독 버스터 키튼을 많이 닮은 키 큰 중년 남
성이었다. "그래, 지금 도주 중인 건가, 해미시? 그리고 지금
변장을 한 거야? 일단 술이나 한잔하고, 다 털어놔 봐. 안 그랬
다가는 내가 흰옷 입은 남자들과 환자 구속복을 보내 달라고
어딘가로 연락할지도 모르니까."

그래서 그날 두 번째로 해미시는 두 건의 살인 사건과 관련
된 이야기를 털어놓았고, 빌은 참을성 있게 들었다.

"난 자네가 똑똑하다는 사실을 한 번도 의심해 본 적이 없
네, 해미시." 해미시가 말을 마치자 빌이 말했다. "하지만, 이
사람아, 대체 그 기자에게는 뭐 하러 그 사실을 다 털어놓은
거야?"

"나도 모르겠어요." 해미시가 비참한 심정으로 말했다. "아
마도 이 빌어먹을 비 때문인 것 같아요."

"그건 또 무슨 말이야?"

"형님은 몰라요. 고지에 사는 사람이 아니잖아요." 해미시가 모호하게 말했다.

"그럼 내가 자네를 신고해야 한다는 거군. 내가 이번 일에서 자네를 도왔다는 사실이 알려지면 난 직장을 잃게 될 거라고. 게다가 난 정년퇴직까지 얼마 남지도 않았어. 하지만 자네가 하는 말이 확실히 수긍이 가기는 해. 그렇지만 왜냐고는 묻지 마. 이 랜디 두건이라는 자가 성형수술을 했다. 그렇지만 전문가들도 범죄자 사진 대장을 보고 그를 찾아내지 못했다. 그런데 자네는 무슨 수로 알아볼 수 있겠나?"

"난 그들이 열심히 들여다본 게 아니라고 장담해요. 게다가 벡이 자백했을 때, 하던 일도 다 내려놨을 겁니다." 해미시가 말했다. 그리고 재빨리 덧붙였다. "그리고 난 블레어 경감이 실제로는 전혀 걱정도 안 하면서, 글래스고에 엄청나게 많은 경찰력을 풀었을 거라고 확신해요."

"그 인간이야말로 끔찍한 멍청이지. 난 블레어가 여기서 순경이었던 시절도 기억하고 있어. 그래, 자네 말이 맞아. 그가 엄청나게 병력을 풀었어. 자네도 상황이 어떻게 돌아가는지 알 거야. 우리는 다른 지역 담당자가 와서, 특히 고지 쪽 담당이 와서 우리 일에 감 놔라 배 놔라 참견하는 거 안 좋아해."

"내가 범죄자 사진 대장을 볼 수 있는 방법이 없을까요?"

"지금 자네 모습으로 다니면 아무도 자네가 해미시라는 걸 알아보지 못할 거야. 그러니 나와 함께 경찰서로 당당하게 걸어 들어가자고. 그렇지만 어떤 범죄자 사진 대장을 확인하고 싶은 건가? 살인자, 강도, 강간범? 어떤 거?"

"만약 이번 사건이 보복 살인이라면," 해미시가 천천히 말했다. "분명히 돈이 관련돼 있을 겁니다. 그것도 거금이."

"그럼 대규모 강도 사건을 찾아보면 될까?"

"그럼 될 것 같네요."

"난 저녁에 데이트가 있네." 빌이 얼굴을 붉히며 말했다.

"형님이 바람둥이인 줄은 몰랐어요."

"그런 거 아니야. 나한테는 특별한 사람이야. 자네는 밤늦게 움직여야 할 테니까, 지금은 돌아가. 새벽 1시에 본부에서 만나자고. 그때는 아주 조용할 테니까. 사람들은 늘 사진은 대충 훑어보거든. 내가 밖에서 기다리다가 자넬 데리고 들어갈게."

"고마워요, 형님. 이번 일 절대로 잊지 않을게요."

"나도 절대로 잊지 못할 것 같은 기분이 드네. 자, 기억하라고, 만약 들키면, 난 자네가 누군지 몰랐던 거야. 자네가 날 속인 거라고."

"약속할게요."

"좋아, 그럼 나중에 보자고."

해미시는 밤 속으로 걸어 나갔다. 하지만 비어스덴으로 돌아가고 싶지 않았다. 그는 근처 공중전화 부스에서 사촌 누나에게 전화를 걸어 그날 밤은 기다리지 말라고 이야기했다. 그러고 나서 극장으로 향했다. 하지만 영화가 끝나고 난 후에도 무슨 영화를 봤는지 기억하지 못했다. 벌어지고 있는 일의 심각성에 머리가 마비돼 버린 까닭이었다. 대체 그는 왜 벡의 말을 믿지 않았던 걸까? 자신이 벡의 자백을 의심하는 까닭이 무엇인지 왜 스트래스베인에 알리지 않았던 걸까? 왜 그는 스트래스베인에서 철저한 조사도 없이 벡의 말을 그대로 믿었으리라 가정했던 것일까?

고향인 고지 지역에서 멀리 떠나와 서로에게 무관심한 사람들로 가득 찬 이 거대하고 복잡한 도시 한가운데서, 해미시는 사람들이 종종 그를 흉볼 때 하던 말처럼 정말 고지 얼간이가 되어 버린 듯한 기분이었다.

그는 24시간 영업을 하는 카페에서 싸구려 식사로 끼니를 때우고 주차장으로 가서 새벽 1시가 될 때까지 기다렸다. 얼마나 지났을까, 그는 깜빡 잠이 들었다가 놀라서 번쩍 깨어났고, 계기반의 시계를 흘낏 바라봤다. 12시 50분이었다.

그는 서둘러 주차장을 빠져나가 경찰 본부로 달려갔다. 빌이 바깥에서 초조하게 그를 기다리며 서 있었다. "어떻게 된 거야!" 그가 꽥 소리 질렀다. "괜히 도와준다고 했나 후회하려던 참이라고."

그가 해미시의 이름을 싱클레어라고 적어 넣은 후 앞장서서 위층으로 올라갔다. 그리고 어느 방으로 들어가 음산한 창고 같은 곳에 해미시를 데려다 놓았다. "여기서 기다리게." 그래서 해미시는 기다렸다. 도시의 밤 소음을 들으면서 머리를 맑게 하려 애를 썼지만, 초조함 때문인지 머리는 안개라도 낀 것처럼 더욱 뿌옇게 흐려지는 기분이었다. 잠시 후, 빌이 무거운 사진 상자를 들고 들어왔다. "이것부터 시작하라고." 그가 퉁명스럽게 말했다. 아까의 친절함은 어딘가로 사라지고 없었다. 해미시를 도와주기로 한 결심을 후회하고 있는 게 틀림없었다.

해미시는 안경을 벗고, 잠시 자신의 좋은 시력이 다시 초점을 찾도록 눈을 깜빡거렸다. 그는 사진 대장에 있는 얼굴을 자세히 살펴보기 시작했다. 벽에 걸린 하얀 시계의 분침이 째깍거리며 움직여 가다가 시침이 움직이길 반복했다. 랜디의 얼굴에서 어느 부분이 바뀌었을까? 코? 턱? 이마? 그는 아름다워지기 위해서가 아니라 정체를 숨기기 위해 성형수술을 했다. 그 사실은 확실했다. 새벽 6시에 빌이 안으로 들어와 해미시 앞에 커피 잔을 쿵 소리가 나게 내려놓았다. "오래 걸릴 것 같은가?" 퉁명스러운 목소리였다.

해미시는 한숨을 쉬고서 염색한 짧은 머리를 가느다란 손가락으로 쓸어 넘겼다. 갑자기 머리가 맑아지는 느낌이었다.

그가 사진 대장을 톡톡 두드리며 물었다. "이 범죄자 중에 주요 강도 사건에 휘말렸던 자가 누군가요? 아니, 이런 식으로 다시 말해 볼게요. 대형 범죄를 떠올려 보세요. 최근 몇 년 새에 글래스고에서 일어났던 가장 큰 현금 강탈 사건이 뭐였죠?"

빌이 갑자기 호기심 가득한 표정으로 자리에 앉았다. "자네 말은 해결되지 않은 사건을 의미하는 것 같군. 그렇다면, 어디 보자, 셀틱 은행 강도 사건이 있었지. 아니, 잠깐, 그 사건은 범인을 잡았어. 내 기억으로는 1989년이었을 거야. 다른 은행 강도 사건도 있네."

"스코티시 앤드 제너럴?" 해미시가 갑자기 존 글로버를 떠올리며 물었다.

"아니, 클라이드 앤드 사우스웨스턴 은행이었지. 호프가에 있는 게 그 은행 본사야."

"무슨 일이 있었는데요?"

"놈들이 집에서 나오는 은행장을 납치했어. 한 놈은 그의 집에 침입해서 은행장의 부인과 아이들에게 총을 겨누고 기다렸고, 은행장은 놈들이 시키는 대로 할 수밖에 없었어. 은행 문을 열고, 금고를 열었지. 놈들은 2백만 파운드가 넘는 돈을 들고 날랐고."

해미시가 손가락으로 사진 대장을 열심히 가리키며 물었

다. "용의자가 누구였나요?"

"우리도 오직 갱단 연락책을 통해서만 얘기를 전해 들은 놈이 하나 있어. 일명 젠틀맨 짐이라고 하지. 경찰은 놈이 그 사건 배후에서 두뇌 역할을 했을 거라고 짐작하고 있어. 나중에 몇몇 피라미를 잡아들이기는 했는데, 한 놈도 입을 안 열더라고. 그 젠틀맨 짐이라는 자가 소위 공포정치를 하는 모양이야. 하지만 크레이 형제*하고는 다르게, 경찰 내부에서는 그를 알고 있는 사람이 하나도 없어. 범죄자들이란 게 보통 술에도 취하고 허풍도 떨어 대고 그러는데, 그에 관해서는 실수로 웅얼거리는 놈조차 하나 없다니까."

"그럼 그 강도 사건 때는 누굴 잡아들여서 조사했나요?"

빌이 사진 대장을 앞으로 끌어당기더니 넘겨보기 시작했다. "늘 잡아 오던 놈들이었지. 그런데 다 알리바이가 있더라고. 그놈들이 어디 있지?"

"여자와 아이에게 총구를 들이대고 있었다니." 해미시가 어이없다는 듯이 말했다. "형님이 아는 놈 중에 그 정도로 야비한 놈들이 누굴까요?"

"내가 몇 놈 이름을 적어 줄 테니까 자네가 찾아봐. 그렇지만 한 시간만 더 보는 거야, 해미시, 그게 자네가 쓸 수 있는 마

---

*1960년대 영국 런던의 지하세계를 지배한 쌍둥이 형제이다.

지막 시간이야."

해미시는 목록에 적힌 이름을 빤히 바라보다가 대장을 넘겨보기 시작했다. 자신이 알던 랜디 두건의 모습은 잊어버리자고 해미시는 생각했다. 진짜 악질 범죄자를 생각해야 한다. 이제 그의 머리는 매우 맑았고, 빠르게 회전했다. 그는 다시 사진 대장을 열었다. 문이 열렸다. 빌이 안으로 들어와 랜디의 사진을 책상 위에 올려놓았다. "이게 필요할 것 같아서." 그가 말했다.

해미시는 사진을 바라봤다. 깨끗이 씻은 랜디의 시체를 찍은 사진이 아니었다. 로흐두 술집에 서 있던 사람 중 하나가 찍은 사진이었다. 랜디의 모습이 선명하게 잡혀 있었다. 카메라를 쳐다보지 않고 한 무리의 마을 사람들에게 이야기하고 있던 것으로 봐서, 자신의 모습이 사진으로 찍히고 있다는 사실을 몰랐던 게 분명했다. 마을 사람 중에는 앤디 맥태비시와 아치 매클레인도 있었다. 처음으로 랜디는 그 한심한 안경을 끼지 않은 데다 모자를 머리 뒤쪽으로 휙 젖혀 쓰고 있었다.

사진을 옆에 놓아두고, 해미시는 빌이 건네준 이름들을 다시 확인한 후 사진 대장에 있는 이름과 맞춰 보기 시작했다.

그의 눈은 계속해서 한 장의 사진으로 돌아갔다. 비쩍 마른 얼굴에 짧은 직모였다. 어깨도 역시 좁았다. 무장 강도와 중상해죄 등으로 여러 번 유죄 판결을 받았던 인물이었다. 이름은 찰리 스토더트였다. 하지만 그의 얼굴에는 뭔가가 있었다. 카메라가 그의 눈에서 번득이는 거만하고 사악한 빛을 잡아낸 것이다.

그는 파일에 들어 있는 사진과 책상 위에 놓인 랜디의 사진을 번갈아 쳐다봤다. 랜디가 성형수술뿐 아니라 보디빌딩까지 했다면 어떨까? 그렇게 해서 건장한 체격에 강인한 남자로 변한 거라면?

그는 빌이 복도에 서서 호기심 어린 표정으로 자신을 바라보고 있는 걸 알아차렸다. "뭐 건진 것 좀 있어?"

"와서 이 사진 좀 보세요."

빌이 앞으로 걸어와 해미시의 어깨 너머로 사진을 바라봤다. "그자가 두건일 리는 없어!"

"아니요, 뭔가 있어요." 해미시가 말했다. "눈초리가 똑같잖아요. 잘 생각해 보세요. 그가 보디빌딩을 했을 수도 있고, 스테로이드제를 맞았을 수도 있다고요. 그런 다음 성형수술을 한 거죠. 지금 이자가 수배 중인가요?"

"아니, 내 기억으로는 그 은행 강도 사건으로 조사를 받기는 했는데, 알리바이가 있어서 그냥 풀어 줬던 것 같아."

"이자의 마지막 주소 좀 저한테 주실 수 있어요?"

"물론이지."

빌이 방을 나갔고, 해미시는 초조하게 기다렸다. 빌이 돌아왔을 때 해미시는 주소를 손에 넣었다.

"이젠 자네와 거리를 두는 게 맞을 텐데." 빌이 말했다. "어차피 나도 비번이라 자네와 함께 가 봐야겠어. 하지만 누가 알아보면, 난 자네 정체를 몰랐다고 딱 잡아뗄 거야."

"알았어요." 해미시가 싱긋 미소 지었다. "자, 그럼 우리가 찰리 스토더트를 찾을 수 있을지 한번 보자고요."

고지에는 로흐두 주민들의 영혼까지 흠뻑 적시며 계속해서 비가 내리고 있었다. 그 말인즉슨, 로흐두 주민 모두 전반적으로 우울해하고 있으며, 토멜성 호텔 직원들은 계속해서 흔한 고지 질병인 요통이나 바이러스 감염을 핑계로 '병가'를 내고 있다는 의미였다.

존 글로버와 베티 존은 다음 날 아침 호텔을 떠날 예정이었다. 접수계 직원 대신 접수대를 지키고 있던 프리실라는 그들이 떠나기 전에 미리 계산서를 준비해 두겠다고 약속했다. 존은 프리실라를 더는 점심이나 저녁 식사에 초대하지 않았고, 프리실라는 그게 기뻤다. 이제는 그 커플이 진심으로 보기도 싫었기 때문이다. 프리실라는 문득 두 사람이 접수대 앞에 서 있다는 사실을 깨닫고 깜짝 놀랐다.

"당신의 해미시 사진이 오늘 아침 신문에 실렸더군요." 존이 말했다. "그가 실종됐다고 쓰여 있네요. 어디 있는지 알아요?"

"전혀 몰라요." 프리실라가 말했다.

"시노선 경주에서 누군가 그를 총으로 쏘았다는 걸 정말로 믿어요?" 베티가 물었다.

프리실라는 서늘한 시선으로 그녀를 오랫동안 바라봤다. "네, 믿어요. 해미시는 절대로 그런 일에 실수할 사람이 아니니까요."

"마을 사람 하나가 그러던데, 그가 스트레스 때문에 힘들어 하는 것 같아서 상부에서 일주일 휴가를 줬다고 하더라고요." 존이 말했다.

"그는 벽이 랜디 두건을 살해한 게 아니라고 생각해요." 프리실라가 말했다. "내 생각에는 그래서 스트래스베인 본부가 그를 사건에서 떨어트려 놓으려 한 것 같아요."

"음, 그의 생각이 옳기를 바라자고요." 베티가 존의 팔짱을 끼며 말했다. "바에 가서 한잔해요. 문 열었을 거예요."

프리실라는 그들이 멀어져 가는 모습을 바라봤다. 그녀는 자신이 두 사람을 싫어하는 이유가 베티가 해미시와 바람을 피웠기 때문이라고 생각했지만, 이제는 그들이 하는 행동 때문이 아니라, 그저 두 사람 자체가 싫은 것이라는 결론을 내렸다. 그들은 자만심에 차 있었고, 무례했다. 따라서 존이 일시적이나마 그녀에게 수작을 걸었던 것은 진심이 아니라 장난

삼아 해 본 것이 아니었겠느냐는 의심이 일기 시작했다.

윌리 러몬트는 레스토랑에서 집까지 뛰어가서 루차의 눈앞에 신문 한 부를 흔들어 보였다. "이거 봤어요? 해미시가 실종됐대요."

"그럼 계속 실종 상태길 바라자고요." 그녀가 냉정하게 말했다. "멍청한 의심으로 괜히 쓸데없는 분란만 일으키잖아요."

"하지만 죽었을 수도 있어요!" 윌리가 소리 질렀다. "벼랑 같은 데서 떨어지기라도 했으면 어떻게 해요."

루차가 심술궂은 미소를 지어 보였다. "그럼 더 좋죠." 그러고는 신문을 한쪽으로 던져 버렸다.

애니 퍼거슨은 조르디 매켄지에게 차를 대접하고 있었다. 애니는 전날 밤 웬만해서는 드나들지 않던 마을 술집에 찾아갔었다. 어선은 출항하고 산림 인부들은 앤디 맥태비시의 생일 파티에 가 있어서 술집은 거의 텅 비어 있었다. 하지만 조르디는 그곳에 있었기에, 그녀는 차나 한잔하자며 그를 초대했다.

"난 해미시 순경의 실종과 관련된 일들을 도저히 이해할 수가 없어요." 조르디가 점잔 빼며 말했다. "웬만큼 신경이 쓰여야 말이죠. 이런 식으로 생각해 보자고요. 해미시는 두건이 벡의 손에 살해된 게 아니라고 말하고 다녔어요. 그러다가 총에 맞아 죽을 뻔했고, 그다음에는 아무도 그를 찾지 못하고 있다는 겁니다."

"그러게요, 우리 해미시가 막장 드라마의 주인공이 되셨네요." 애니가 말했다. "그는 자기가 총에 맞을 뻔했다고 말했지만, 우린 그의 주장 말고는 아무 증거도 찾을 수가 없잖아요. 내 말 믿어요, 조르디. 해미시는 그저 자기가 랜디의 살인 사건을 해결하지 못했다는 사실을 인정하기가 싫은 거예요. 그러니 그에 관해서는 잊어요. 해미시 맥베스는 정신이 좀 오락가락하는 것 같으니까요. 스콘 좀 더 드세요."

제10장

오 악당, 악당. 미소 짓는, 저주받은 악당!
윌리엄 셰익스피어

찰리 스토더트가 마지막으로 살았던 주소는 도시 남쪽, 높은 아파트 건물이 서 있는 우울한 동네였다.

빌은 그곳이 재개발 예정 지역이라고 했는데, 동네는 해체 과정을 이미 시작하기라도 한 것처럼 전부 금이 가고 녹슬어 있었으며 분위기도 황량했다. 관목만 우거진 채 헐벗고, 쓰레기가 어질러진 잔디밭에는 놀고 있는 아이들도 없었다. 어느 시점에선가 나무를 심으려고 시도하기는 한 듯했지만, 지금은 다 잔인하게 훼손되어 남아 있는 것이라고는 쪼개지고 하얗게 조각난 극소수의 나무 그루터기뿐이었는데, 그마저도 비쩍 마른 동네 개들의 화장실이 되어 있었다.

출입구 안쪽 홀은 낙서로 뒤덮여 있었다. 승강기는 작동하지 않았다. 빌은 오랫동안 작동되지 않은 게 분명하다고 침울하게 말했다. 수첩에 적어 둔 아파트 호수를 확인하고 나서 그의 목소리는 더욱 침울해졌는데, 이유인즉슨, 찰리가 살았던 집은 맨 꼭대기 층이었기 때문이다. 그들은 안으로 들어가 층계를 오르기 시작했다. 그 블록의 아파트 몇 집에는 아직도 세입자가 있다는 사실을 알려 주는 인기척이 이따금씩 들려왔다. 아기 울음소리나 길게 늘어지는 통곡, 갑작스럽게 터진 남자의 폭력적인 욕설, 폭행당하는 여자의 고함 소리가.

이 골목에 살고 싶어 하는 사람은 아무도 없었다. 결과적으로 점잖은 사람들은 점차 이곳을 떠나고 영락한 인간 군상만이 남아 폭력과 비참함과 더러움으로 서로를 부패시키고 있었다. 스코틀랜드 계층의 사다리 가장 밑바닥을 차지하고 있는 사람들처럼 철저히 오염되고 부패할 수 있는 재능을 가진 사람은 세상에 둘도 없으리라고 해미시는 생각했다. 오줌과 구토, 상한 맥주 그리고 가난한 사람들의 주식인 피시핑거와 감자칩과 콩 통조림 냄새가 진동했다.

그들이 찰리의 아파트 문 앞에 도착했을 때쯤, 해미시는 피곤함이 몰려와 현기증이 일었다. 그는 작고한 사촌 매형 싱클레어의 안경을 벗어 주머니에 집어넣었다. 안경 도수 때문에 두통이 일고 있었다. 녹이 슨 아파트 바깥 발코니는 클라이드 강 쪽으로 열려 소금기가 묻어나는, 후덥지근하고 축축한 바람이 들어오고 있었다. 복도에는 쓰레기가 날아다녔다. 더러운 신문 조각이 다리를 감아 와 해미시는 짜증스럽게 그것을 구겨서 던져 버렸다.

"자, 다 왔네." 빌이 쪼개지고 상한 문 앞에 섰다. "하지만 아직 누가 여기 살고 있다면, 그거야말로 더 기적일 것 같은데."

그가 젖빛 문 유리를 크게 두드렸고, 두 사람은 바람이 날카로운 소리를 내며 금속 난간을 지나 불어오는 동안 가만히 서서 기다렸다. 해미시는 벽에 기대선 채로 어서 모든 게 끝나서 집으로 돌아갈 수 있으면 좋겠다고 생각했다.

빌이 다시 쾅쾅 문을 두드리며 소리 질렀다. "경찰입니다! 문 여세요!" 갑자기 그가 두드리던 문 옆의 다른 문이 열리더니 여자 하나가 밖을 내다봤다.

"두드려 봐야 아무도 안 나올걸요, 지미." 여자가 말했다. "한동안 사람 그림자도 안 보였어요. 스토더트 부인은 지난달에 애들 데리고 떠났어요."

해미시는 아무나 지미라고 부르는 글래스고 사람들의 방식이 너무 신경에 거슬렸다. "어디로 떠났습니까?" 그가 물었다.

"캐슬밀크로 간다고 했어요, 지미." 여자가 간단히 말했다.

"그럼, 찰리는요?" 빌이 물었다.

"참 나, 그 인간은 몇 년 전에 사라졌어요. 자기는 큰일을 할 사람이라나 뭐라나." 그녀가 긁어 대는 듯한 소리로 웃어 젖혔다.

"혹시 캐슬밀크 주소 가지고 계세요?"

"잠깐만요. 샤론, 이리 와 봐!"

문을 열었던 여자는 성장을 저해당하기라도 한 듯이 아주 작고 볼품없는 외모였지만, 샤론은 거대한 체구에 금발로 염색한 머리, 두툼한 입술에 멍한 눈을 하고 있었다. "지니 스토더트가 간다고 했던 캐슬밀크 주소가 어디더라?" 샤론의 엄마가 분명해 보이는 여자가 물었다.

"레닌로." 샤론이 대답했다. "52번지. 적어 놨던 거라 확실해. 난 한번 적어 둔 건 다 기억하니까."

빌과 해미시는 그들과 헤어져서 수 킬로미터는 되게 느껴지는 긴 층계를 내려가 건물 밖으로 나갔다. 캐슬밀크로 가는 길에 해미시는 차 안에서 잠이 들었고, 깨어났을 때는 잠깐 자신이 어디 있고, 무엇을 하고 있는지 떠올리지 못했다.

레닌로는 앞서 방문했던 아파트 구역보다 손톱만큼도 더 낫지 않았다. 정원이 있는 2층짜리 주택으로 구성된 지구였지만, 창문에는 온통 판자가 덧대어져 있었고, 정원은 돌보지 않은 채로 방치돼 있었는데, 사실상 울타리도 없었다. 나무 울타리가 설치돼 있던 곳도 지금은 부서진 나뭇조각 몇 개만이 흔적으로 남아 있을 뿐이었다.

그들은 스토더트 부인의 집 문을 두드렸다. 다행히도 안에서 움직이는 소리가 들려왔다.

빌이 소리 질렀다. "경찰입니다, 스토더트 부인."

문이 갑자기 벌컥 열렸다. 한 여자가 그들을 노려보고 있었다. 숱 많은 머리를 금발로 염색한 중년 여성이었다. 화장을 매우 진하게 하고 스키 바지에 목이 깊이 팬 면직물 상의를 입고 있었다. 직업여성이군, 해미시는 생각했다. 전에는 무슨 일을 했었든 간에, 지금 그녀는 매춘부가 틀림없었다.

"뭐예요?" 여자가 뚱하게 물었다.

"찰리는 어딨나요?" 빌이 물었다.

여자 두 명이 뒤쪽 정원 출입구에 서서 그들을 호기심 어린 시선으로 바라봤다. "안으로 들어와요." 지니가 말했다. 그리고 어질러져 복잡하고 어수선한 거실로 그들을 이끌었다. 봉제 인형과 잡지와 여러 나라의 다양한 인형으로 꽉 차 있었다.

그녀가 자리에 앉아 담배에 불을 붙이고 차분하게 말했다. "찰리가 어딨는지 나도 몰라요. 거짓말 아니에요."

"그를 언제 마지막으로 봤습니까?"

"1989년이요."

은행 강도가 있었던 해군, 해미시는 다시 정신을 차리며 말했다.

294

"어디 간다고 하고 갔나요?"

"이봐요, 스코틀랜드 양반, 그 당시에도 이미 그는 나와 말도 섞지 않으려 했어요. 내가 더는 그의 마음에 차지 않았던 거죠. 그래서 상류층 친구들과 떠나 버렸어요."

빌이 냉소적으로 그녀를 바라봤다. "찰리가 상류층 친구들과요? 말도 안 되는 소리 말아요."

"정말이에요! 커다란 벤츠를 타고 다니던 남자가 그를 집 앞에 내려 주곤 했어요."

"그 남자가 누군데요?"

그녀가 반쯤은 부끄럽다는 듯이 웃음을 터뜨렸다. "지금 생각해 보면 한심하기 그지없네요. 그렇지만 그때는 그 말을 믿었었죠. 찰리는 자기가 영국 정보부에서 일한다고 했었어요."

"대체 영국 정보부에서 찰리 같은 일개 잡범을 뭐 한다고 고용하겠어요?" 빌의 피곤한 목소리에 비꼬는 투가 역력했다.

"그때는 정말 설득력 있게 들렸어요." 그녀가 방어적으로 말했다. "그는 마지막으로 교도소에서 복역 중일 때 정보부가 접근해 와서 그들을 위해 일을 해 주면 형량을 줄여 주기로 했다고 말했어요. 당시 텔레비전에서 그런 드라마도 했었고요."

"아마도 찰리가 거기서 아이디어를 얻었나 보네요." 해미시가 말했다. 그는 지니의 맞은편에 그녀와 거의 무릎이 닿을 만큼 가깝게 앉아 있었다. "저기," 그가 달래듯이 말했다. "그 벤츠 타고 왔다는 남자를 언뜻 보기라도 했을 것 아니에요."

"내가 그걸 알려 주면 나한테 무슨 득이 있는데요?" 그녀가 약간 공격적으로 말했다. 억양이 강해지고 있었다.

"100파운드요." 경찰에게 알고 있는 모든 사실을 털어놓는 것이 그녀의 의무라고 주장하는 빌의 말을 자르고 해미시가 제안했다.

"기억해 볼게요."

해미시는 몸을 살짝 돌리고 안주머니에 넣어 둔 상금에서 50파운드짜리 지폐 두 장을 꺼냈다. 그녀가 돈을 향해 손을 뻗었지만 그는 재빨리 손을 거두었다. "설명부터 해 줘요." 해미시가 말했다. "그것도 제대로 해 줘야 합니다."

"찰리는 나한테 절대로 그 사람을 쳐다보면 안 된다고 했어요. 그러면서 고급 차에 타고 있는 사람이 굉장히 높은 사람이라고 하더라고요. 어느 날 밤 내가 잠이 오지 않아 뒤척이고 있는데, 그 보스라는 사람이 찰리를 집에 데려다줬어요. 찰리가 차에서 내릴 때 그 남자가 담뱃불을 붙였는데, 희끗희끗한 검은 머리에 얼굴은 간부급으로 보였어요."

"그게 무슨 뜻이에요?" 빌이 참지 못하고 물었다.

"건강하게 그을린 피부에 말끔히 면도하고 고급 양복에 실크 넥타이 차림이었어요."

"뭔가 식별 가능한 특징 같은 거는요?"

그녀가 금발 머리를 가로저었다. "중요한 건 없었어요. 두 꺼운 금시계를 차고, 크림색 셔츠를 입고 있었죠." 그녀는 해 미시가 쥐고 있는 돈을 굶주린 사람처럼 쳐다봤다. 그는 천천 히 돈을 건네주었다. 끔찍한 생각 하나가 그의 머릿속에 자리 를 잡아 가고 있었다. 그는 빌에게 고갯짓을 하고는 자리에서 일어섰다. 빌이 해미시를 따라 나갔다. "무슨 일인가?" 빌이 물었다.

해미시는 차에 기대서서 천천히 말했다. "저기, 이걸 한번 생각해 봐요. 내가 형님에게 모든 용의자를 다 설명해 주었잖 아요. 하지만 내가 별로 신경 쓰지 않았던 한 사람이 있어요. 살인 사건이 일어났을 때, 은행원 존 글로버라는 사람이 토멜 성 호텔에 머물고 있었거든요. 그는 자기가 랜프루가에 있는 스코티시 앤드 제너럴 은행의 은행장이라고 했어요. 신용카 드도 그의 앞으로 되어 있었고, 차량 등록도 제대로 되어 있 었죠. 내가 은행에도 전화를 걸어 봤는데, 글로버 씨는 고지 로 휴가를 떠났다고 했죠. 신경 쓸 거리가 하나도 없었어요. 그 후 베티 존이라는 글로버의 약혼녀가 도착했죠. 그녀가 나 에게 추파를 던지면서 그 은행에 관해 이런저런 얘기를 들려 줬거든요. 정말 잘 알고 하는 얘기 같더라고요. 하지만 우리는 존 글로버의 집에 전화를 걸어 보지도 않았고, 그의 사진을 요 구하지도 않았어요."

"그럼 자네는 찰리가 말했던 그 상류층 보스가 이 은행원인 척하는 남자라는 건가?"

"그럴 수도 있죠. 게다가 그 보스라는 자가 경찰이 찾고 있던 그 의문의 젠틀맨 짐일 수도 있어요."

"해미시, 해미시, 이건 너무 터무니없는 추측이라고. 자, 이제 우리가 뭘 할지 내가 얘기해 주지. 우린 스코티시 앤드 제너럴 은행으로 가서 자네의 추측이 사실이 아니라는 걸 확인해 볼 거야. 난 정년퇴직하기 전에 반드시 이 젠틀맨 짐을 찾아내고 말 걸세. 그게 내 경력의 정점을 찍게 될 테지만, 그런 일은 그냥 일어나는 게 아니라고."

그들은 조용히 차를 타고 시내 중심가로 가서 은행 앞에 차를 세웠다.

그들은 작은 키에 뚱뚱하고 젠체하는 분위기를 풍기는 부지점장 앵거스 씨를 만났다.

"이미 모든 질문을 하셨지 않습니까." 그가 짜증스럽게 말했다. "글로버 지점장님은 월요일에 돌아오실 겁니다. 늘 북쪽으로 가서 휴가를 보내시고, 머무는 곳 주소는 남기지 않으며, 방해받고 싶지 않다는 말도 남기고 가십니다. 전 그분이 없어도 이곳 업무를 완벽하게 통제할 수 있고요." 앵거스 씨는 자신이 언제라도 글로버 씨보다 훨씬 뛰어나게 업무를 처리할 수 있는 사람이라고 확신하고 있는 듯했다.

"그리고 글로버 씨의 약혼녀 베티 존도 이 은행 직원이 맞나요?"

"예." 앵거스 씨가 해미시의 희망을 무참히 짓밟으며 성급하게 대꾸했다. 거의 희망이 없다는 사실은 알았지만, 그래도 해미시는 물었다. "글로버 씨의 사진을 좀 볼 수 있을까요?"

"아, 참 나, 제가 지점장님의 사진까지 들고 다니지는 않습니다."

"어쩌면," 빌이 말했다. "직원 행사 같은 데서 찍은 게 있지 않을까요?"

"아, 하나 있어요." 앵거스 씨의 얼굴이 밝아졌다. "지점장님의 사무실 벽에 크리스마스 파티 때 찍은 사진이 한 장 걸려 있죠." 그가 두 사람을 목제 패널이 덧대진 방 안으로 이끌었다. 커다란 책상이 하나 놓여 있었고, 방 안의 분위기는 대출을 거부당한 백만 명쯤 되는 사람들이 느꼈을 절망감이 배어나는 듯했다.

그가 벽에서 사진 액자 하나를 떼어 내 그들 앞으로 내밀었다.

해미시는 사진을 들여다보면서 경계심으로 날카로워진 목소리로 물었다. "여기서 누가 존 글로버죠?"

"거기, 베티 존 옆에 있는 사람입니다."

베티의 모습은 확실히 알아볼 수 있었지만, 그의 옆에 있는 사람은 비쩍 마르고 어깨가 구부정하게 굽은 데다 안경을 끼고 머뭇거리는 미소를 짓고 있었다.

"이 사람은 로흐두에서 휴가를 보내고 있는 존 글로버가 아니에요." 해미시가 절망적인 목소리로 말했다. "이 사람 집 주소 주세요, 당장요!"

"아니 그럼 누군가 글로버 씨를 사칭하고 있다는 겁니까?" 앵거스 씨가 당황한 표정으로 물었다.

"얼른 주소 가져와요." 빌이 소리 질렀다.

"지원을 요청할 겁니까?" 해미시가 물었다.

"일단 출발하고, 가면서 요청하지."

앵거스 씨가 도시 서쪽 끝에 있는 힌드랜드로상의 주소 하나를 가지고 왔다.

프리실라! 해미시는 진짜 글로버 씨에게 무슨 일이 일어난 것인지 확인이 되는 대로 즉시 프리실라에게 경고를 해 줘야겠다고 생각했다.

"여기 계산서 나왔어요, 글로버 씨." 프리실라가 말했다.

"고마워요." 그가 골드 신용카드를 내밀었다. "머무는 동안 정말 즐거웠어요. 마지막으로 커피 한 잔만 더 마시고 떠날 겁니다. 따분한 은행 생활로 다시 돌아가는 거죠, 안 그래요, 베티?"

그의 곁에 서 있던 베티가 콧방귀를 뀌듯이 웃음소리를 냈다. 그러고 나서 두 사람은 레스토랑 쪽으로 걸어갔고, 그들을 바라보던 프리실라는 갑자기 두 사람이 연인이라기보다는 범죄 공모자들 같다는 생각을 했다. 어쩌면 범죄 공모자들 같은 연인일지도 모르지 뭐, 그녀가 머릿속으로 조롱했다. 네가 뭘 알겠어, 프리실라?

그녀는 작게 한숨을 내쉬었다. 여전히 직원은 부족했고, 밖에는 비가 내리고 있었다. 프리실라는 베티와 존의 방으로 가서 혹시 두고 가는 물건이 없나 확인해 보는 게 좋겠다고 생각했다. 그녀는 열쇠를 챙겨 위층으로 올라갔다. 그리고 베티의 방으로 먼저 들어갔다. 짐을 싸 놓은 여행 가방 하나와 작은 짐가방 하나가 바닥에 놓여 있었다. 그녀는 욕실로 들어갔다. 아무것도 없었다. 그다음에는 좀 꺼림칙한 마음으로 존이 사용하던 옆방으로 들어갔다. 프리실라는 존에게 이용당한 것 같은 편치 않은 기분을 느끼고 있었다. 하지만 꼭 그런 식으로 생각할 필요가 있을까? 세상에 부도덕한 커플이 얼마나 많은데. 베티와 해미시의 관계를 생각해 보라고! 아니, 그 생각은 하지 않는 게 좋을 것 같다. 존의 방에는 매우 값비싼 구찌 여행 가방 두 개가 문 앞에 준비된 채 놓여 있었다. 욕실에는 아무것도 없었다. 침대는 새것처럼 정리돼 있었다. 얼마나 이상한가! 그는 자고 나서 침대 정리까지 해 놓을 사람으로는 전혀 보이지 않았다. 게다가 병원에서 하듯이 시트 모서리를 삼 각형으로 깔끔하게 접어 매트리스 밑으로 넣어 놓기까지 하다니. 그는 자기들이 떠나고 나면 바로 침대 시트가 벗겨져 나가리라는 사실을 알고 있을 것이다. 그렇다면 침대 시트는 누가 벗겨 내지? 바로 나, 프리실라는 침울하게 생각했다. 직원들의 부재를 생각하면 바로 나오는 답이었다. 그렇다면 어차피 할 일이니 지금 시작하는 게 나을지도 모르겠다는 생각이 들었다.

그녀는 이불을 걷어 내고 바닥에 던져 놓은 후 홑청을 벗기고 단단히 여며 놓은 아래쪽 시트를 잡아당겨 벗겼다. 그다음은 베갯잇. 프리실라는 복도 끝에 있는 침구류 벽장으로 가서 깨끗한 이불 홑청과 시트와 베갯잇을 꺼내 존의 방으로 돌아갔다. 그녀는 자신이 과하게 능률적이라는 사실을 알았다. 존이 사용하던 방에 다른 손님이 묵으리라고 예상되는 시기는 다음 날 아침이었다. 그녀는 자신이 순교자 흉내를 내고 있다는 사실을 알았다. 결근한 직원 몇몇은 머지않아 업무로 복귀할 게 분명했기 때문이었다. 하지만 그럼에도 반드시 해야 할 일이라면 순교자 흉내를 내며 하는 것도 나쁘지 않을 듯했다.

게다가 프리실라는 이참에 매트리스까지 뒤집어 놓기로 하고는, 자신이 순교자 중에서도 참으로 가련한 순교자라고 생각했다.

그녀는 매트리스를 들어 올려서 뒤집었고, 그 순간 놀라서 날카로운 비명을 내지르며 숨을 헉하고 들이마셨다. 매트리스 아래 가죽 재질의 소총 케이스 두 개가 놓여 있었다.

바로 그때, 뒤에서 목소리 하나가 살벌하게 말했다. "전화기 쪽으로는 움직이지 않는 게 좋을 거야, 프리실라."

해미시와 빌은 존 글로버의 아파트 밖에 도착했다. 사암으로 마감된 고층 건물이었다. 그들은 초인종을 누르고 문에 달린 버저가 울릴 때까지 기다렸다. "누구세요?" 층계 맨 위에서 목소리 하나가 물었다.

"경찰입니다!" 빌이 소리 질렀다. "어디가 글로버 씨 아파트죠?" 초인종 옆에는 이름이 붙어 있지 않았다.

"1층 1호예요." 위에서 떨리는 목소리가 대답했다.

"우리가 이러는 게 옳은 일이길 바라는 게 좋을 거야, 해미시." 빌이 말했다. "내가 지금 이 빅토리아풍 스테인드글라스를 박살 낼 예정이거든." 그가 공무상 지급된 물건이 아닌 작은 경찰봉을 바지 주머니에서 꺼내 유리창을 깨트렸다. 화려한 색상의 유리 조각이 사방으로 튀었다. 그가 구멍 안으로 손을 집어넣어 사슬을 끄르고 자물쇠의 안전장치를 풀었다. "조심하게." 그가 말했다. "은행장이면 누구보다도 보안에 더 신경을 썼을 테니까. 맙소사! 이 냄새는…… 해미시!"

두 사람에게는 너무나도 친숙한, 부패할 때 나는 고약하면서도 약간 달콤한 냄새가 집 안에 가득 차 있었다. 멀리서 경찰 사이렌 소리가 들려왔다. 그들은 얼마 나아가지도 않아서 진짜 존 글로버를 찾아냈다. 서랍과 벽장을 온통 뒤져 엉망으로 만들어 놓은 거실 바닥에 시체가 되어 누워 있는 그는 은행에서 사진을 보지 못했다면 알아볼 수 없는 몰골이었다. 목을 졸린 게 분명했다.

"그 가짜 존 글로버는 지금 어디 있지?" 빌이 물었다.

"토멜성 호텔요. 난 더는 기다릴 수가 없어요." 해미시가 말했다. "어서 거기로 가야 합니다."

"이 사람아, 이제 자넨 물러나 있는 게 나을 거야." 빌이 말했다. "스트래스베인으로 신고가 들어갔을 테니까."

"시도라도 해 봐야 해요." 해미시가 말했다. "내가 아는 사람이 위험에 처해 있을지도 모른다고요. 나는 이미 곤란한 지경에 처해 있으니 상관없어요. 차 열쇠나 주세요. 형님을 위해서 그러는 거예요."

빌이 그에게 열쇠를 건네주는 순간, 경찰이 방 안으로 들이닥쳤다. "그 친구 보내 줘요." 경찰이 해미시를 움직이지 못하게 붙잡으려 하자 빌이 말했다. "우리 일원이에요."

"그래, 이제 저 여자는 어떻게 할 거야?" 베티 존이 물었다.

프리실라는 반창고로 입이 막힌 채 가짜 존의 방에 있는 의자에 묶여 있었다.

"기다려 봐." '존'이 아무렇지도 않다는 듯이 말했다. "당신은 아래층으로 내려가서 지배인에게 할버턴스마이스 양은 인버네스에 갔다고 말하고 와. 우린 점심시간이 끝날 때까지 기다렸다가 호텔이 한가해지면 이 여자를 밖으로 데리고 나가면 되니까."

"그런 다음에는 어떻게 할 건데?"

"언덕 꼭대기로 올라가서 풀어 줄 거야." 그가 말했다. "이 여자가 다시 이곳으로 돌아와서 경찰에 신고할 때쯤 되면, 우린 이미 멀리 갔을 테니까."

"왜 두건을 없앤 후에 이 여자도 바로 처리하지 않았어?" 베티가 짜증스럽게 말했다.

"그럼 경찰이 곧바로 범인을 알아차렸을 테니까. 걱정하지 마. 아직 빠져나갈 시간은 충분하니까."

베티의 다음 말이 프리실라를 경악하게 했다.

"글로버 씨가 월요일이 돼도 은행에 출근하지 않으면, 그들이 당신을 찾기 시작할 거야."

"나도 그건 이미 생각하고 있어. 월요일에 은행으로 전화를 걸어 아프다고 하고 우린 잠시 사라져 있으면 돼."

프리실라는 반쯤 눈을 감은 채로 그들의 말을 듣고 있었다.

이젠 그녀를 구하러 와 줄 해미시도 없었다. 프리실라는 '존'이 자신을 산 채로 놓아주리라고는 단 한 순간도 믿지 않았다. 그는 진짜 은행장 존 글로버와 두건을 죽인 것처럼 자신도 냉정하게 죽여 버릴 터였다.

지금 프리실라가 할 수 있는 일이라고는 기적을 바라며 조용히 기다리는 것뿐이었다. 베티가 밖으로 나갔다. '존'이 미소를 지은 채 프리실라를 가만히 바라봤다. "이 멍청하고 간섭하기 좋아하는 암캐 같으니." 그가 말했다. "여기서 지내는 동안 너와 네 얼간이 남자 친구하고 했던 게임 아주 즐거웠어. 날 배반하고도 멀쩡히 살아갈 수 있는 놈은 아무도 없어. 두건이 무슨 짓을 했는지 알아?"

네가 얘기해 주겠지, 프리실라는 생각했다. 어차피 날 죽여 버릴 작정이니까, 내가 알고 있다 한들 무슨 상관이겠어.

"놈은 은행을 털어 확보한 돈을 따로 감춰 두었다가 나중에 우리 집으로 와서 몫을 나누기로 돼 있었지. 우리는 기다리고 또 기다렸어. 그의 이름은 두건이 아니라, 찰리 스토더트야. 난 그 쥐새끼 같은 놈이 그 돈을 가지고 사라졌다는 사실을 믿을 수가 없었지만, 그게 바로 놈이 한 짓이었지. 난 계속 기다리고 기다렸어. 그리고 미국까지 놈의 흔적을 뒤쫓았지. 모든 비행기를 주시했고, 미국에서 오는 모든 화물선도 지켜봤어. 언젠가부터 놈이 보디빌딩을 하고 성형수술까지 했다는 소문이 돌기 시작하더군. 어느 날 밤, 놈이 텍사스주의 휴스턴에서 고주망태가 되어 잔뜩 떠벌리고 말았던 거야. 그와 대화를 나누었던 자는 내가 놈에 관한 정보를 주면 보상을 한다는 사실을 알고 있었기에 내게 전화를 걸어서 놈의 이름을 알려 줬지. 다음 날 술에서 깬 스토더트는 잔뜩 겁에 질려서 비행기를 타고 스코틀랜드로 왔지. 나는 글래스고에서 놈을 놓쳤지만, 놈이 북쪽으로 간 정황은 잡을 수 있었어. 등잔 밑이 어둡다고, 놈은 내가 스코틀랜드에서 자기를 찾아다니지는 않을 거라고 생각했겠지. 하지만 나는 내 평판도 생각해야 하거든. 어느 누구도, 그 누구도, 젠틀맨 짐을 배반하고 살아남을 수는 없다는 사실을 암흑가에서는 모르는 사람이 없으니까."

이 인간은 일개 범죄자에 지나지 않았던 거야, 프리실라는 침울하게 생각했다. 나는 어쩜 이렇게도 멍청할까?

베티가 방으로 들어왔다. "그대로 얘기하고 왔어." 그녀가 말했다. "비가 와서 얼마나 다행인지 모르겠네. 우리가 이 여자를 끌고 나갈 때 밖에서 얼쩡거리는 사람도 없을 테니까. 그래도 혹시 몰라서, 뒤쪽 계단 바로 앞에 차를 대 놓았어. 그건 그렇고, 정말 이 여자 풀어 줄 거지? 내 말은, 살인은 충분히 겪었잖아."

"물론이지." 존이 말했다. "자, 이젠 기다리기만 하면 돼."

차 안에는 휴대전화가 한 대 있었지만, 해미시는 프리실라에게 전화를 걸지 않기로 했다. 만약 그녀가 살인범의 진짜 정체를 알게 된다면, 표정에 그 사실을 그대로 드러낼 게 분명했기 때문이다. 어쨌든 스트래스베인 지원 팀도 곧 호텔로 달려갈 게 분명했지만, 만에 하나라도 시간이 지체될 때에 대비해 그도 호텔로 서둘러 가야만 했다.

해미시는 공항 관리자에게 전화를 걸어 혹시 인버네스로 가는 비행 편이 있는지 물었다. 힐링턴 전자회사의 모턴 씨 소유의 전용기 한 대가 이륙을 준비 중이라는 대답이 돌아왔다. 해미시는 그를 바꿔 달라고 부탁했고, 모턴 씨는 해미시가 다급한 고지 억양으로 왜 자신이 서둘러 북부에 가야 하는지 이야기하는 동안 그 말을 흥미롭게 듣고 있었다. "태워다 드리죠." 모턴 씨가 말했다. "곧장 활주로로 오세요. 인버네스에 도착해서는 내 헬기로 모시겠습니다."

그는 자신이 있는 활주로까지 어떻게 찾아와야 하는지 해미시에게 알려 주었다. 해미시는 경광등을 켜고 사이렌을 울리며 도로의 차량을 헤치고 공항으로 질주했다.

그는 시계를 들여다보았다. 겨우 아침 10시밖에 안 됐다니! 빌과 스토더트가 살던 아파트를 찾아갔던 때 이래로 한평생은 지난 듯싶었다.

"몇 시야?" 베티가 물었다.

'존'이 손목에 차고 있는 묵직한 금시계를 들여다봤다. "아직 일러." 그가 짧게 대꾸했다.

"난 걱정이 돼." 베티가 말했다. "누가 올지도 모르잖아."

"문밖에 방해하지 말라는 팻말 내걸었어?"

"물론이지."

"그럼 됐어. 12시까지는 우리 방이니까. 점심시간이 끝날 때까지 기다렸다가 데리고 나가면 돼."

"복도에서 누굴 마주치면 어쩔 거야? 밖에서도 입에 재갈을 물려 놓을 수는 없잖아."

"내가 옆구리에 총구를 들이대고 있을 거야. 그러니 살고 싶으면 찍소리도 내면 안 될 거라고." 그가 프리실라를 보며 미소 지었다. "그렇지, 예쁜이?"

프리실라는 증오심이 잔뜩 서린 시선으로 그를 바라봤다. 그녀는 자기가 어떻게 하든 결국에는 '존'의 손에 죽게 되리라는 사실을 확신하고 있었기에, 죽더라도 용기를 내야 한다고 생각했다. 하지만 이런 악당은 그녀를 도우러 다가오는 사람도 아무렇지 않게 간단히 쏴 버릴 것이 분명했다.

그들은 타맥 포장도로 위로 오고 있는 해미시의 차를 정지시켰다. 경찰차든 뭐든 간에, 신원을 확인해 봐야 한다는 것이 그들의 주장이었다. 활주로 입구를 막아 놓은 방책 앞에 서 있던 돼지처럼 생긴 경찰관이 독단적으로 말했다. "일단 여기서 기다리세요. 내가 전화를 몇 통 걸어 볼 테니까요."

해미시는 돌아서서 걸어가는 그의 뚱뚱한 등을 화가 나서 노려봤다. 멀리 활주로 끝에 모턴 씨의 전용기인 리어제트가 보였다. 그는 결심을 굳혔다. 차에서 내려 차단벽 밑으로 기어 들어가 달리기 시작했다. 시노선 언덕 달리기를 할 때처럼 활주로를 쿵쿵 밟으며 뒤에서 질러 대는 고함 소리를 무시한 채 달렸다. 그렇게 전용기 앞에 도착해서 이륙 준비 중인 모턴 씨 옆자리로 올라탔다. 전용기가 굉음을 내며 활주로를 달려가는 동안 모턴 씨가 편치 않은 목소리로 말했다. "뭔가 문제가 있는지 다들 어수선하네요."

"저들은 신경 쓰지 마세요." 해미시가 말했다. "긴급 업무니까요."

하지만 해미시는 곧 관제탑에서 돌아오라는 메시지를 보내오리라고 예상했다. 그러나 아무런 지시도 내려오지 않았고, 그는 젠틀맨 짐을 반드시 잡겠다고 작심한 경찰이 공항 관계자에게 자신을 그냥 보내 주라고 한 게 분명하다고 짐작했다. 모턴 씨 덕분에, 그는 매우 빠르게, 채 한 시간도 되지 않아 로흐두에 도착할 수 있을 듯했다. 하지만 그렇다고 하더라도, 스트래스베인 경찰도 이미 그곳에 도착해 있을 테고, 블레어는 또다시 자신의 공을 필사적으로 주장하려 들 터였다.

블레어는 호텔 지배인에게 전화를 걸어 존 글로버가 위험한 범죄자라는 사실을 알리고, 무장을 해서 위험할 테니 절대로 그에게 접근하지 말라고 경고했다. 곧 경찰이 호텔을 포위할 테니 직원들은 모두 안전한 곳으로 대피해 있어야 한다는 말도 덧붙였다. 하지만 흥분한 블레어는 스트래스베인에서 로흐두로 달려가는 동안 경찰 사이렌을 울렸다. 호텔 방에 있던 존도 멀리서 들려오는 그 소리를 들었다.

"문제가 생긴 것 같군." 그가 베티에게 말했다. "여자를 풀어 주고, 입에 반창고도 떼 내. 그리고 뒤쪽 계단으로 데리고 나가지."

"여자는 필요 없잖아." 베티가 식식거렸다. 두려움 탓에 얼굴이 흙빛으로 변해 있었다.

"인질이 필요할지도 몰라. 짐가방은 그대로 둬. 총도 그대로 두고. 나한테 권총이 있으니까."

"그렇지만 내 가방 안에 거금이 들어 있다고!" 베티가 고함을 질렀다.

그가 베티의 뺨을 거칠게 후려쳤고, 그녀는 방 맞은편으로 나동그라졌다. "시키는 대로 해." 그가 말했다.

입을 꾹 다문 채로 베티가 시키는 대로 하기 시작했다. 프리실라의 입에서 반창고를 떼어 내고 그녀의 손을 묶었던 결박도 풀어 주었다.

권총을 프리실라의 옆구리에 꽂아 넣고 그는 서둘러 프리실라를 방 밖으로 데리고 나가 복도로 끌고 갔다. 베티의 호흡 소리가 거칠게 들려왔다. 프리실라는 멀리서 울리는 경찰 사이렌 소리를 들으며 그들이 부디 제때 도착해 주길 기도했다.

뒷문을 빠져나오자 그녀는 타는 듯한 햇살에 눈을 깜빡였다. 비는 그쳐 있었다. "뒷자리에 프리실라와 함께 앉아." 존이 베티에게 명령했다. "자, 이 총 받아서 계속 겨누고 있어."

프리실라는 이제 베티의 손에 쥐여 있는 총을 계속 바라봤다. 베티는 손을 떨지도 않았고, 딴 데 정신을 팔지도 않았다.

그들은 진입로를 빠르게 달려 내려가 정문을 벗어난 후 1차선 도로를 따라 내려갔다.

"분명히 차단벽을 세워 놨을 거야." 베티가 말했다.

"나도 알아." 그가 차분하게 대꾸했다. "그렇지만 당신이 그 얼간이 경찰 녀석과 연애질이나 하는 동안, 난 내 할 일을 해 놨거든. 여긴 사방이 숨을 곳이고, 호텔에서 가까울수록 더 좋지." 존이 차의 속력을 내서 언덕으로 들어가다가 갑자기 속도를 늦췄다. "여기가 바로 거기야." 그가 말했다. 그리고 왼쪽으로 돌아 농장로를 따라 들어갔다. "저쪽에 버려진 건물이 있어. 어두워질 때까지 거기서 기다릴 거야. 내가 농부들이 양

떼를 몰 때 사용하는 바퀴 세 개짜리 모래언덕용 차량을 구해 놨어. 그걸 타고 도로를 피해 언덕을 넘어가면 돼."

"어디로?"

"가 보면 알아."

그가 마침내 버려진 농가 건물 앞에 차를 세우고 명령했다. "내려." 그리고 두 여자를 서둘러 건물 안으로 밀어 넣었다. "여기서 잠깐만 기다려. 여자 잘 지키고 있어, 베티. 난 바깥쪽 좀 한 바퀴 둘러보고 올게."

베티와 프리실라는 빈방 안에 마주 보고 앉았다. 부서진 창문으로 햇살이 비쳐 들었다.

"정말 은행에서 일했어요?" 프리실라가 물었다. 자꾸 말을 시켜야 해, 그러면 경계를 풀지도 몰라, 그녀는 절박하게 생각했다.

"아, 맞아," 베티가 대답했다. "15년 동안."

"15년!" 프리실라가 소리 질렀다. "그 말은 얼마 전까지만 해도 당신은 범죄자가 아니었다는 의미잖아요."

베티가 고집스러운 표정으로 프리실라를 노려봤다.

"그런데 왜죠?" 프리실라가 물었다. "왜 이제 와서? 내게는 말해도 상관없어요. 어차피 난 그의 손에 죽게 될 테니까요."

"아니, 그는 당신을 죽일 생각이 없어." 베티가 경멸스럽다는 듯이 말했다. "우리가 움직이기 시작하면 당신은 풀어 줄 거야."

"죽일 거예요. 진짜 존 글로버를 죽인 것처럼 똑같이 할 거라고요."

"짐은 글로버 씨를 죽이지 않았어."

"어머, 그럼 어떻게 그의 카드와 통장까지 손에 넣었을까요? 그에게 정중하게 건네 달라고 요청한 걸까요?"

"우리가 여기 와 있는 동안 짐의 친구 하나가 그를 감시하고 있기로 했어. 우리가 글래스고로 돌아가면 그는 바로 풀려날 거야."

"그 말을 정말로 믿는 건 아니죠? 그가 두건을 죽였어요. 그가 글로버 씨를 그냥 살려 둘 거라거나, 나를 그냥 놓아줄 거라거나, 혹은…… 혹은 당신을 살려 둘 거라고 생각할 만큼 순진하지는 않잖아요."

베티가 웃음을 터트렸다. "괜히 애써 나까지 너희들과 같은 처지로 끌어들이려고 하지 마. 짐과 나는 사귀는 사이야."

"하지만 당신은 존 글로버 씨와 약혼을 한 거잖아요. 살해당한 존 글로버 씨요." 프리실라는 베티가 겁을 먹거나 화가 나기를 바라며 말했다.

"그 말 그만해! 두건은 죽을 만한 짓을 했어. 그는 상습 범죄자 그 이상도 이하도 아니야."

"그럼 당신의 짐은 비상습 범죄자고요?"

기나긴 침묵이 흘렀다. 서덜랜드 바람이 외딴 농가 주위를 밴시*처럼 흐느끼며 휘감아 돌았다. 지금쯤 경찰은 호텔에 있으리라고 프리실라는 생각했다. 분명히 그들은 호텔 주변을 수색할 터였다. 그러나 블레어가 지휘를 하고 있다면, 그는 오직 도로에 차단벽을 세우는 것에만 신경 쓰고 있을 게 분명했다. 하지만 경찰견도 함께 왔을 터였다.

베티가 자기도 모르게 몸을 부르르 떨었다. "대체 이런 곳에서 사람이 어떻게 사나 몰라." 그녀가 불평을 했다. "가도 가도 아무것도 없고, 날씨는 끔찍하고."

"글래스고에서도 끔찍한 건 마찬가지일 것 같은데요." 프리실라가 말했다. "이봐요, 그가 돌아올 때까지 시간이나 때우자고요. 어쩌다 이런 일에 말려들게 됐는지 얘기나 해 봐요."

베티가 어깨를 으쓱하더니, 창가 쪽으로 걸어가 밖을 내다봤다. 그녀의 앞으로 황무지가 서서히 줄어들고 있었다. 그들이 있는 곳에는 햇살이 비추고 있었지만, 멀리 산 위로는 가느다란 빗줄기가 커튼처럼 길게 나부꼈다.

베티가 돌아섰다. "아까도 말했지만, 난 오랫동안 은행에서 일했어. 존 글로버와 약혼을 한 건, 노후를 위해 뭔가 준비를 해 둬야겠다는 판단 때문이었지. 난 일이 끝나면 종종 은행

---

* 아일랜드 민화에 등장하는 여자 유령으로, 구슬픈 울음소리로 가족의 죽음을 알려 준다고 한다.

근처의 술집에 들르곤 했는데, 어느 날 저녁 짐이 내게 다가와서 술을 한잔 사고 싶다고 하더군. 우린 얘기를 나눴지. 그는 부유하고 지적으로 보였고, 존에게는 없는 모든 걸 갖춘 듯했어. 우린 자주 만나기 시작했고, 결국은 내연 관계를 맺게 됐지. 난 존에게 이제 우리 약혼은 끝났다고 털어놓겠다고 짐에게 말했어. 그는 내게 애초에 왜 그런 마른 장작 같은 노인네와 사귀게 된 거냐고 묻더군. 난 불안한 미래 때문이었다고 말했지. 그랬더니 내게 한 가지 제안할 게 있다고 하더군. 그는 우선 내가 존과 약혼한 상태로 있어야 한다고 했어. 그러면서 자기는 날 사랑하고 나와 결혼할 생각을 하고 있으니 걱정하지 말라고 했지."

"당신은 그 말을 믿었고요!" 프리실라가 소리 질렀다.

"그는 날 사랑하고 나와 결혼하고 싶어 해. 그리고 나도 그를 사랑해." 베티가 열정적으로 말했다.

"그렇게 그를 열정적으로 사랑해서 결국에는 해미시 맥베스와 같이 잔 거군요!"

"아, 그건! 그건 짐의 생각이었어. 그 순경을 잡아 둬야 한다고 그가 주장했거든. 그자가 용의자를 찾아 여기저기 쑤시고 다닐 게 분명하다면서."

비참하고 끔찍한 상황 속에서도 프리실라는 갑자기 살고 싶다는 생각이 들었다. 살아서 해미시 맥베스에게 베티에게 들은 이야기를 전해 주고 싶었다.

"내가 제대로 이해한 게 맞는다면," 프리실라가 말했다. "당신은 오랫동안 촉망받는 은행 직원이었는데, 이 짐이라는 자가 어느 날 갑자기 나타났고, 당신은 그가 당신 약혼자의 신분을 빼앗는 데 동의하고는 두건을 살해하는 데 공범이 됐다는 거군요."

"그의 이름은 두건이 아니야. 그는 찰리 스토더트라는 쥐새끼 같은 밑바닥 인생이었어."

"그럼 그런 사람은 살해해도 되는 건가요?"

"이봐, 이 거만한 암캐 같으니, 넌 은행에서 일하는 게 어떤 건지 짐작도 못 하잖아. 한 해 한 해 시간만 죽이면서, 내 것도 아닌 그 많은 돈을 다루는 기분이 어떤지 네가 알기나 해? 짐은 내가 꿈꾸던 모든 걸 갖게 해 주겠다고 했어. 값비싼 옷은 물론이고 내가 영화 속에서만 봤던 모든 장소로 떠나는 화려한 휴가 같은 걸." 그녀가 창문 쪽으로 돌아섰다. "대체 어디가서 이렇게 안 오는 거야?"

짐은 삼륜 자동차가 바로 끌고 갈 수 있도록 놓아 둔 자리에 그대로 있는지 확인했다. 그런 다음 황무지를 가로질러 걸어갔다. 바람이 그의 숱 많은 머리를 잡아 끌었다. 그는 전혀 두렵지 않았다. 단지 아드레날린이 넘쳐흐르는 것을 느낄 뿐이었다. 그는 자신이 이 상황에서 빠져나갈 수 있다는 사실을 뼛속 깊이 느끼고 있었다. 신이 자신의 편에 서 있다는 사실도 느낄 수 있었다. 벡이 두건의 살인을 자백한 것은 생각지도 못한 행운이었다. 동네 순경을 향한 돼지 같은 블레어의 질투심도 또 하나의 행운이었다. 덕분에 해미시까지 죽일 필요는 없어졌지만, 그는 해미시를 없애는 것이 사건을 깨끗하게 마무리 짓는 방법이라고 느꼈었다. 시노선 달리기 경기에서 군중들이 모인 곳을 벗어나 산 위로 올라가서 만반의 준비를 갖추고는 해미시가 눈앞에 나타나기를 기다리는 일은 식은 죽 먹기였다. 헤더 덤불 속에 파묻어 두었던 소총은 어젯밤에 가서 찾아왔다. 물론 총알이 빗나가기는 했지만, 그게 뭐 어쨌다는 말인가? 아무도 해미시의 말을 믿지 않았고, 범행에 사용된 소총은 발견되지 않았으며, 그는 경주가 끝난 후에 밤을 틈타 그것을 다시 회수해 왔는데 말이다. 그가 아무 생각 없이 소총과 권총을 호텔 방 안에 그대로 두고 밖으로 나갔던 것은 안타까운 실수였지만, 자유를 얻기 위해 치러야 할 최소한의 대가라고 생각하면 그리 통탄할 일도 아니었다. 그는 대낮에 로흐두를 떠날 생각이 전혀 없었다. 곧 경찰이 헬기를 띄워 주변 지역을 수색하고 다닐 게 분명했다. 그는 마지막으로 주위를 둘러봤다. 전에도 느낀 바처럼, 그렇게 비가 퍼부어 댔음에도 황무지는 놀랍게도 건조하고 헤더가 만발해 있었다. 사악한 토탄 늪지도 없었다. 보너 다리 근처 오두막에는 그를 기다리는 사람이 있었다. 그가 변장할 재료와 위조 신분 서류를 준비해 온 자였다. 이제 지저분하게 늘어진 실밥을 확실히 매듭지을 시간이었다.

블레어는 전에 한 번도 느껴 보지 못한 엄청난 분노에 휩싸여 있었다. 벡이 두건을 살해한 게 아니라고 주장하는 해미시의 믿음에 경멸의 말을 던진 것은 다름 아닌 그 자신이 아니었던가. 하지만 그는 그 유명한 젠틀맨 짐이 분명해 보이는, 존 글로버로 신분을 위장하고 있는 이 범인을 체포해 궁지에서 벗어날 수도 있었다. 그러나 짐은 베티 존과 함께 사라져 버렸다. 그리고 더 끔찍한 사실은 호텔 직원들은 모두 밖으로 대피했지만, 한 여직원이 위층 창문 밖을 내다보다가 존과 베티가 프리실라 할버턴스마이스를 차에 태우고 빠져나가는 것을 목격한 것이었다. 평소에는 흥분하는 일이 없는 점잖은 데이비엇 총경도 현장에 나와 블레어보다 더 거친 말들을 퍼부어 대는 중이었다. 로흐두를 빠져나가는 모든 길을 봉쇄하라는 명령이 내려지는 동안 무전기가 치직거렸다.

할버턴스마이스 대령은 흐느끼는 아내를 부축한 채 경찰이라는 자들이 다 한 무리의 위험한 무능력자들일 뿐이라고 고함을 질러 댔다.

방송국 차량이 속속 모여들고 있었고, 블레어는 부하들에게 저 골칫거리들 좀 어떻게 해 보라고 고래고래 소리 질렀다.

경찰이 도착하기도 전에 토멜성에서 일어난 사건을 전해 듣고 호텔 주차장에 무리 지어 모여 선 로흐두 주민들도 혼란을 가중했다.

"그럼 당신이 아니었군요, 윌리." 루차가 말했다.

윌리는 당황한 표정으로 그녀를 바라봤다. "아니, 그럼 당신은 내가 두건을 살해했을지도 모른다고 생각했다는 말이군요! 맙소사, 대체 왜요?"

"당신은 화가 나면 호랑이 같잖아요."

그 즉시 윌리는 루차의 모든 것을 용서했다.

목사님의 아내 웰링턴 부인은 남편의 신도 몇 명에게 연설을 하고 있었고, 그 소리는 블레어의 분노한 귀에까지 쩌렁쩌렁 울려왔다. "우리는 해미시 맥베스의 말을 들었어야만 해요. 그가 빅이 두건을 죽인 게 아니라고 말하지 않았던가요?"

"맞아요, 하지만 우리가 무슨 수로 이 무장한 남자가 두건의 살인자라는 사실을 알았겠어요? 그건 어떻게 설명하시겠습니까?" 조르디 매켄지가 소리 질렀다.

웰링턴 부인이 그에게 상대를 주눅 들게 하는 시선을 쏘아 보냈다. "머리는 쓰라고 있는 겁니다. 이번 일로 우리가 유명해질지는 모르겠지만, 로흐두에 두 명의 살인범이 있다는 사실은 도저히 믿을 수가 없을 지경이라고요."

"부인 말이 맞는다면, 정말 그렇네요." 조르디가 의기양양하게 말했다. "벡이 로지를 살해했고, 이자가 두건을 살해했으니까요."

웰링턴 부인은 그를 무시하고 말을 이었다. "그런 살인자들에게 방을 내준 이 호텔에 모든 책임이 있어요. 금전욕, 그것 때문이라고요. 나는 남편에게 주일날 그 주제에 관해 설교해 달라고 부탁할 겁니다. 그들은 원숭이라도 돈만 내면 방을 빌려줄 사람들이라고요."

"그 입 다물지 못해, 이 빌어먹을 할망구야." 걱정과 두려움으로 거의 제정신이 아닌 대령이 소리 질렀다. "대체 이 많은 경찰이 여기서 다 뭐 하고 있는 거냐고, 빌어먹을! 왜 내 딸을 못 찾는 거야?"

데이비엇 총경이 그에게 다가가 달래듯이 말했다. "로흐두에서 나가는 모든 도로를 통제했습니다."

대령이 떨리는 두 손을 맞잡았다. "만약 그자들이 산을 넘어간다면요?"

"수색견이 오길 기다리는 중입니다." 이렇게 말하고 총경은 돌아서서 걸어갔다.

"거의 다 왔습니다." 모턴 씨가 말했다. 그는 리어제트를 손

수 조종해 온지라, 인버네스 공항에서 그들을 태우고 온 헬리콥터 조종석에는 앉지 않았다. "토멜성 호텔 주차장에 착륙할 겁니다."

바로 그 순간 해미시는 무성한 헤더 덤불 덕에 보랏빛으로 물들어 있는 아래쪽 황무지를 내려다봤다. 그리고 남자처럼 보이는 자그마한 형체를 목격했다. 그 형체가 몸을 숨기기 위해 헤더 덤불 속으로 뛰어들었다.

"저는 근처 들판에 내려 주세요." 해미시가 헬리콥터의 소음 너머로 소리 질렀다. 헬리콥터가 기울기 시작하더니 아래로 내려갔다. "혹시 총 있습니까?"

"사슴 사냥용 소총이 거기 뒤쪽에 있어요." 모턴 씨가 이제 더는 어떤 일에도 놀라지 않을 것 같다고 느끼며 대꾸했다. 해미시는 상자에서 총을 꺼내고 탄환을 찾아 장전했다. 헬리콥터가 착륙했고, 그는 총을 어깨에 둘러메고 밖으로 내려서 남자의 형체가 있던 곳을 향해 다시 달리기 시작했다. 버키의 농가였어, 그는 생각했다. 지금은 비어 있는 곳이었다. 남자는 그 근처에 있었다.

짐은 휘청거리면서 농가 쪽을 향해 달렸다. 그는 헬기에 탄 사람들이 자신을 목격하지는 못했으리라고 확신했지만, 그래도 만약에 대비해서 계획을 수정해 대낮에 도주를 감행하기로 마음먹었다.

베티가 그에게 안도의 미소를 지어 보였다. 그가 안으로 걸어 들어와 베티에게서 총을 받아 들었다. "밖으로 나가."

"그가 당신을 죽일 거예요." 프리실라가 베티에게 말했다. "그러니까 절대로 틈을 보여서는 안 돼요."

"멍청한 여자 같으니." 이렇게 대꾸하고는 베티가 짐에게 말했다. "저 여자가 당신이 날 죽일 거라는데."

짐이 문 쪽으로 홱 고개를 돌리며 다시 한번 말했다. "밖으로 나가." 그러고는 프리실라의 옆구리를 총구로 찔렀다.

그들은 외딴 농가 마당에서 햇빛을 받으며 서 있었다. 짐이 계속 프리실라에게 총구를 겨눈 채 그들에게서 물러났다.

베티의 얼굴에서 웃음기가 사라지더니 초조한 표정으로 짐을 바라봤다. 바람이 그들 머리 위에 있는 죽은 물푸레나무의 앙상한 가지 사이로 쏴 소리를 내며 통과해 갔고, 헤더 덤불 속에서는 마도요 한 마리가 울고 있었다. 서덜랜드에서 늘 그렇듯이 바람이 기괴한 방식으로 갑자기 멈추었고, 사방이 고요해졌다.

짐이 권총으로 프리실라의 심장을 정확히 겨냥했다.

"잘 가, 오만한 아가씨."

"안 돼!" 베티가 소리 지르며 양팔을 활짝 펼친 채 프리실라의 앞을 막아섰다.

그 순간 프리실라는 도망쳐야 했지만, 그러지 못했다. 단지 그 자리에 못이라도 박힌 듯 가만히 서서 큰대자로 뻗어 죽어 있는 베티를 빤히 바라다봤다.

그녀가 고개를 들어 맞은편의 짐을 바라봤다. "어쨌든 베티도 죽일 작정이었잖아."

"그래, 그래, 똑순이 양. 제대로 맞혔어." 그가 다시 총을 들어 올렸다.

해미시 맥베스는 사슴 사냥용 총을 어깨 높이로 들어 올렸다. 그는 경찰이라면 당연히 그래야 하듯이 먼저 경고의 말을 외쳐야 한다는 사실을 알고 있었다. 그는 망원 조준기로 짐의 미소 짓는 얼굴을 보았고, 신중하게 총구를 조준했다.

프리실라는 달아나기로 마음먹었다. 그녀는 옆으로 쏜살같이 달려가다가 녹슨 농기구에 발이 걸려 헐떡이며 바닥으로 쓰러졌다. 그때 총소리가 들렸고, 프리실라는 몸을 비틀어 돌려서 자신을 괴롭히던 자를 바라봤다. 그가 얼굴이 피범벅이 되어 선 채로 앞뒤로 흔들렸다. 그러고 나서 머리부터 고꾸라져 바닥에 쓰러지더니 움직이지 않았다.

프리실라는 일어서려 애를 썼다. 그러나 다리에 힘이 풀려 몸을 지탱할 수가 없었다. 해미시가 바닥에 무릎을 꿇고 앉아 심하게 구역질을 하는 그녀를 발견했다.

그가 손수건을 건네주었다. 프리실라가 구역질을 멈추고 휘둥그레진 눈으로 그를 바라봤다. "해미시?"

"맞아요."

"검은 머리는 별로 안 어울리네요." 그녀가 작은 소리로 키득거리더니 울음을 터트렸다. 그가 팔을 뻗어 프리실라를 안고 다친 아이를 달래듯이 부드럽게 속삭였다.

"자, 자, 그만 울어요. 해미시가 왔잖아요. 다 끝났어요. 당신은 안전해요. 전부 끝났어요."

멀리 도로에서 경찰 사이렌 소리가 울려왔다. 총성을 들은 것이 분명했다.

"내 말 들어 봐요." 해미시가 다급하게 말했다. 차들이 외딴 농장으로 이어지는 울퉁불퉁한 도로를 쿵쿵거리며 달려오는 소리를 들으며 해미시가 다급하게 말했다. "내가 소리쳐 경고한 걸 들었다고 해야 해요. 알았죠? 내 말 이해했죠? 내가 경고의 말을 외치는 걸 들은 거예요."

그녀가 멍하게 고개를 끄덕였다.

차들이 끼익 소리를 내며 급정거했다. 블레어가 강한 글래스고 억양으로 소리 질렀다. "그대로 있어! 여자는 그대로 두고 두 손은 머리 위에 얹고 우리 쪽으로 걸어와."

해미시가 일어섰다. "접니다…… 해미시 맥베스." 그가 말했다. "저쪽이 바로 젠틀맨 짐입니다. 어쩔 수 없이 쏴야만 했어요. 경고는 했어요."

블레어의 얼굴이 자줏빛으로 변했고, 이마에는 굵은 힘줄이 불거져 나왔다. 해미시의 몸이 피로로 인해 앞뒤로 천천히 휘청거렸다. 그는 염색한 검은 머리에 검은 콧수염을 붙이고 서 있었고, 블레어는 갑작스럽게 밀려든 극도의 분노 속에서 그의 모습을 알아봤다. 맥베스가 스코틀랜드의 제1순위 지명수배범을 잡았고, 두건의 살인자까지 찾아냈다.

블레어는 휘청이며 앞으로 걸어가서 두툼한 손으로 해미시의 목을 더듬어 움켜잡았다. 해미시 맥베스가 자신들의 상관에게 목이 졸려 죽는 것을 막기 위해 맥내브와 앤더슨은 젖 먹던 힘까지 쏟아부어야 했다.

제11장

우리는 에덴의 나무를 깎아서
성의聖衣걸이 만드는 법을 배웠다.
우리는 썩은 달걀의 노른자 속에
부모님을 담는 법을 배웠다.
우리는 수레가 말을 끌어야 함을 알기에,
꼬리가 개를 흔들어야 하는 것도 안다.
하지만 악마는 콧방귀를 뀐다.
노인네처럼 콧방귀를 뀌며 묻는다.
"기발하긴 하군, 하지만 그게 예술인가?"
조지프 러디어드 키플링

해미시 맥베스는 병가를 냈다. 명령이었다. 무슨 일이 있어
도 절대로 언론과는 인터뷰하지 말라는 지시도 받았다. 스트
래스베인은 이 독단적인 경찰을 대체 어떻게 해야 할지 알 수
없었다.

그는 너무 피곤해서 아무 상관 없다고 여겼다. 또한 뒤늦은
충격으로 고생하고 있기도 했다. 그는 자신이 경고의 말을 외
쳤다면, 짐이 프리실라에게 겨누고 있던 총구를 다른 곳으로
돌렸을지도 모른다는 사실을 알고 있었다. 하지만 그거야말
로 해미시가 전혀 감수하고 싶지 않았던 기회였다. 그는 아무

런 양심의 가책도 없이 살인을 저질러 온 자를 죽였지만, 그럼에도 젠틀맨 짐의 죽은 얼굴이 계속해서 꿈속에 나타났다.

경찰서 문에 모든 문의는 시노선 경찰서로 하라는 팻말이 걸려 있었음에도, 해미시가 안에 있다는 사실을 아는 기자들은 계속해서 벨을 눌러 대고 전화를 걸었다. 해미시는 포위당한 기분이었다. 한여름의 백야는 끝나 있었기에, 밤이 되어 어둠의 장막이 내리자 그는 닭들이 먹을 모이를 밖에 내놓았다. 그런 후 그는 짐가방을 싸 놓고, 외딴 부둣가를 따라 걸었다. 그의 경찰 랜드로버는 다음 날 경찰서로 운반돼 올 예정이었다. 그는 이제부터 자신이 셀 수도 없이 많고 지루하며 형식적이고 불필요한 절차 속에 엉켜들게 될 운명임을 알고 있었다. 그는 왜 혼자 글래스고로 갔으며, 거기서 무슨 일을 할 예정인지 왜 스트래스베인에는 미리 알리지 않았고, 왜 기자와 이야기를 나누었는지 그리고 왜, 어떻게 하다가 경찰이 지급하지도 않은 사슴 사냥용 총으로 범인을 사살하게 되었는지 해명해야만 할 터였다.

그는 지금도 말할 수 없이 피곤했고, 여기저기로 뛰어다닌 탓에 뼈마디가 온통 쑤셔 댔다. 염색한 머리 뿌리 부분은 조금씩 빨간색이 나오고 있었고, 입술 위쪽에는 조시가 너무도 완벽하게 붙여 준 덕분에 떼 내느라 고생한 콧수염 자국이 아직도 벌겋게 남아 있었다.

그는 홍예다리 쪽으로 걸어갔다. 윌리와 애니 퍼거슨의 집은 불이 꺼져 캄캄했다. 그는 앞으로도 자신과 윌리 부부의 우정이 전과 마찬가지로 이어질지 궁금했다.

그는 다리 위에 잠시 서서, 최근에 내린 비로 잔뜩 불어 빠르게 흘러가는 강물을 빤히 내려다봤다. 처음으로 그는 경찰이 자신에게 맞는 직업인지 궁금했다. 무슨 일이든 혼자서 끝장을 보려고 하는 자신의 황소고집은 훌륭한 경찰관에게 요구되는 자질이 아니었다. 하지만 그것이 그가 사랑하는 삶의 방식이자, 지금껏 살아온 방식이기도 했다. 그는 돌아서서 부둣가를 따라 길게 늘어서 있는, 잠든 마을을 바라봤다. 그는 체질적으로 야망과는 거리가 먼 사람일까? 그는 많은 곳을 여행하지도 않았고, 사실 그러고 싶은 마음도 없었다. 소위 말하는 안락의자 여행객이라 경험을 통해서가 아니라, 집에 있는 편안한 안락의자에 앉아서 이국적인 풍경을 바라보는 데 더 만족했다. 현대의 기준으로 본다면, 한마디로 실패자에 낙오자였다.

그는 언덕을 터벅터벅 올라갔다. 프리실라는 깨어 있지 않을 테지만, 야근 중인 짐꾼이 있을 테니, 그에게 하룻밤 묵을 방을 청해 언론에서 멀리 떨어져 휴식을 취하면서, 앞으로 처리해야 할 엄청난 양의 서류 작업에 대비해 체력을 회복하고 싶었다.

프리실라는 비명을 지르며 깨어났다. 꿈속에서, 짐이 다시 한번 그녀를 향해 총구를 겨누었고, 이번에는 그녀를 쏘았다. 잠에서 깨어났을 때, 프리실라의 심장은 가슴에서 튀어나올 만큼 거세게 뛰고 있었다. 꿈속에서 맞은 탄환의 충격이 너무도 생생하게 느껴졌다.

프리실라는 침대에서 나와 창가로 걸어가서 떨리는 몸을 부둥켜안고 서 있었다. 가만히 창밖을 바라보고 있을 때, 해미시 맥베스가 지친 모습으로 차량 진입로를 터벅터벅 걸어왔다.

그녀는 서둘러 스웨터와 청바지를 입고 층계를 달려 내려가 무례한 태도의 야간 짐꾼과 승강이를 벌이고 있는 해미시에게로 다가갔다. 짐꾼은 방을 얻으려면 아침에 다시 오라고 고집을 부리고 있었다.

"신경 쓰지 말아요." 프리실라가 말했다. "나와 함께 가요, 해미시. 내가 방법을 찾아볼게요. 커피나 마실 것 좀 줄까요?"

그가 염색한 머리칼을 손으로 쓸어 넘겼다. "위스키로 할게요."

"위스키, 알았어요." 야간 짐꾼의 못마땅한 표정을 무시하고, 그녀는 계산대 아래로 팔을 뻗어 바 열쇠를 꺼내 바로 가로질러 가 방범용 창살을 열었다. 그리고 고급 몰트위스키 두 잔을 따랐다. "우리 앉아요. 기자들을 피해서 온 거예요?"

"맞아요." 해미시는 고마운 심정으로 바에 놓인 꽃무늬 천 커버가 씌워진 커다란 안락의자에 푹 꺼져 앉았다. "명령에 복종하기에는 너무 늦은 감이 있지만, 그래도 노력은 해 봐야죠. 나 아무래도 조만간 직업을 잃게 될 것 같아요."

"당신은 정말 비정통적이에요." 프리실라가 말했다. "그렇지만 언론이 이렇게 주목하고 있으니, 당신을 해고하기가 결코 쉽지는 않을 거예요."

해미시의 얼굴이 밝아졌다. "그 생각은 못 했네요." 그러고 나서 다시 시무룩해졌다. 그가 위스키를 한 모금 마셨다. "이쪽으로 걸어오면서 경찰이 나한테 아예 어울리지 않는 직업은 아닐까, 그런 생각이 들더라고요. 진급도 원치 않고 여행도 싫어하는 걸 보면 난 어디가 굉장히 잘못된 사람 아닐까요?"

프리실라는 갑작스럽게 애정이 밀려드는 것을 느끼며 그를 바라봤다. "아, 해미시, 지금까지 난 당신이 제발 빈둥거리지 말고 자기 인생을 위해 적극적으로 뭐라도 해 보기를 정말 간절히 바라 왔어요! 하지만 어쩌면 당신은 우리들이 정말 필요로 하는 뭔가를 가졌는지도 몰라요. 진정으로 행복한 사람은 자신이 가진 것을 받아들이고 즐기는 자라고 말했던 사람이 누구였죠?"

"내가 그런 사람이라고 생각해 준다면야 정말 고마운 일이죠. 하지만 이번 일이 날 송두리째 흔들어 놨어요. 난 짐에게 미리 경고했어야만 해요."

"당신이 경찰의 업무 절차를 정확히 따랐더라면, 난 지금 죽은 사람일 거예요." 프리실라가 말했다. "이제부터 난 당신에게 경력과 관련해 잔소리가 하고 싶어질 때마다, 그 생각을 떠올릴 거예요."

잠시 따뜻한 침묵이 흐른 후 프리실라가 말했다. "난 벡 부인이 지금 무슨 생각을 할지 궁금해요. 남편이 로지에게 그토록 심하게 집착하고 아내인 자신을 증오하다 못해 더 큰 상처를 주기 위해 저지르지도 않은 살인을 저질렀다고 자백까지 한 거잖아요."

"난 그녀가 이번 충격에서 빠르게 회복할 거라고 생각해요. 보나 마나 자기 이야기를 타블로이드 신문에 팔아서 살인 사건 재판이 끝난 후 그 내용이 신문 1면에 대문짝만 하게 실리면 그때는 그 악의적인 평판을 즐기기 시작할 테죠. 그런 다음에는 다시 결혼할 겁니다. 남편이 누가 될지는 모르겠지만, 분명히 그녀의 괴롭힘을 즐기는 가여운 남자일 테고, 두 사람은 영원히 행복하게 살 거예요. 다시 말해, 그녀는 오래 고통받지 않을 거라는 거죠. 남편이 자신을 가슴속 깊은 곳에서부터 증오한다는 사실을 알고 있으면서도 그를 영원히 자기 옆에 묶어 두었던 그 이기심을 한번 생각해 봐요. 그 여자가 정말 그렇게 이기적이라면, 남편의 증오쯤은 존재하지도 않는 척하며 살아왔을 거라고요."

"그리고 루차 말이에요! 그녀는 당신을 굉장히 좋아해서 아이 이름도 당신의 이름을 따서 지었잖아요. 그런데 어떻게 당신에 관해 그렇게 야비한 소문을 퍼트리고 다닐 수가 있죠?"

"아, 그건 그 어리석은 여자가 남편 윌리가 살인을 저질렀다고 생각해서 그랬던 건데, 난 윌리도 자기 아내가 살인자라고 생각했었다는 걸 알게 되더라도 전혀 놀라지 않을 것 같아요. 그게 바로 작은 마을에서 살인이 일어났을 때 벌어질 수 있는 가장 끔찍한 일이죠. 주민 모두가 서로에게 등을 돌리고 서로가 서로를 범인으로 의심하게 되는 거요. 하지만 옆집에 사는 사람이 누구인지도 잘 모르는 대도시에서는 상황이 좀 다를 거라고 생각되네요. 있잖아요, 나는 가끔 그런 곳에서 철저히 익명으로 살아가는 기분은 어떨까 궁금할 때가 있어요. 난 로흐두를 사랑하지만, 이따금씩 내가 거대한 돋보기 밑에서 사는 듯한 기분이 들거든요."

"맞아요." 프리실라가 건조하게 대꾸했다. "여자와 한 침대에 누운 채로 발견되는 게 그다지 큰 소문거리는 아닌데 말이에요. 베티가 짐의 지시를 받고 당신에게 고의로 접근했다는 얘기를 나한테 털어놓은 거 알아요? 당신 마음을 살인 사건에서 떼어 놓으려고 그랬대요."

"내가 살인 사건에 계속 집중할 수 있었던 건, 범인이 가짜 존 글로버이길 정말 필사적으로 원했기 때문이에요. 난 마을 사람 중의 하나가 범인이 되는 걸 원치 않았으니까요." 그의 녹갈색 눈이 갑자기 악의로 번뜩였다. "이제는 기분이 좀 나아졌기를 바라요, 프리실라. 나한테 그 얘기를 들려줘서 기분이 좋은 것 같네요."

"한 잔 더 가져올게요." 프리실라가 비어 있는 해미시의 잔을 집어 들고 바가 있는 쪽으로 걸어가며 재빨리 말했다. "그러고 나서 잠자리를 봐 줄게요. 참, 이번 사건 덕에 좋은 일도 하나 생겼어요. 아니, 내 생각에는 좋은 소식인 것 같아요."

"그게 뭔데요?"

그녀가 두 개의 술잔에 술을 넉넉히 따른 후 다시 해미시 쪽으로 가서 자리에 앉았다.

"조르디 매켄지와 애니 퍼거슨이 사귄대요."

"이런, 이런, 젊은 연인들처럼 깨가 쏟아지지야 않겠지만, 그래도 축하할 일이네요. 그가 전에 결혼한 적이 있다고 하던가요?"

"내 생각엔 없는 것 같아요. 그리고 또 사건이 있었어요."

"뭔데요? 이 위스키 정말 좋은데요."

"아치 매클레인이 폭발했어요. 지렁이도 밟으면 꿈틀한다 잖아요."

"말도 안 돼요! 아치가 어떻게 했는데요? 아내를 욕조 속에

빠트리기라도 한 겁니까?"

"남편이 로지 드랄리 집에 드나들었던 걸 매클레인 부인이 알게 돼서, 그에게 멍청하고 한심한 인간이라고 했나 봐요. 그런데 그보다 더 크게 아치의 마음에 상처를 준 건 매클레인 부인이 자기는 아치와 로지가 바람을 피웠을 거라고는 단 한 순간도 생각해 본 적이 없었다고 한 거였대요. 그래서 아치가 홧김에 바람을 피웠다고 말한 거죠. 그랬더니 부인이 감자 으깨는 기구를 집어 들어 남편을 후려치려고 한 거예요. 두 사람의 고함 소리가 어찌나 크던지 마을 사람들이 다 그 부엌문 앞으로 몰려가서 구경을 하게 됐고, 덕분에 내 귀에까지 그 얘기가 들어오게 된 거죠. 하지만 난 그다음에 아치가 했던 행동이 그가 바람을 피운 사실보다 부인에게 더 충격을 줬을 거라고 생각해요."

"계속해 봐요. 너무 놀라워서 믿을 수가 없을 지경이네요."

"아치가 구경하고 있던 사람들을 밀치고 밖으로 달려 나가서 부츠가 진흙 범벅이 될 때까지 정원에서 위아래로 펄쩍펄쩍 뛰다가 다시 부엌으로 달려 들어가 바닥을 활보하며 온통 발자국을 찍어 놓고, 마을 사람들이 환호하는 가운데 이렇게 소리 질렀다고 해요. '자, 어때, 이 늙은 할망구야.' 그런데 그게 다가 아니에요."

"매클레인 부인이 경악했겠네요." 해미시가 놀라서 말했다.

"부엌 바닥에 발자국이 찍히는 걸 겁탈당하는 것보다 더 심각한 문제로 간주하는 사람이잖아요."

"맞아요. 그리고 알다시피 아치의 옷은 부인이 너무 삶아 대고 풀까지 먹여서 늘 줄어들어 있거나 몸에 꽉 끼잖아요. 그런데 아치가 그길로 당장 파텔 씨네 가게로 달려가서는 넉넉한 조깅 바지와 티셔츠 한 장과 등에 해골 그림이 찍힌 밝은 빨간색 폴리에스터 재킷 하나를 샀어요. 마을 사람들은 거기까지 모두 따라갔고요. 아치는 가게 한가운데서 속옷만 남긴 채 옷을 몽땅 벗어 버리고는 새로 산 옷을 걸치고 모두에게 환하게 미소를 지어 보이며 술집으로 유유히 걸어갔죠."

"그래서 매클레인 부인은 어떻게 했는데요?"

"브로디 선생님을 찾아가 남편이 미쳐 버렸다고 고래고래 소리를 지르면서 제발 정신병원에 연락해서 흰옷 입은 사람들에게 구속복을 챙겨 와 남편을 데려가게 해 달라고 했대요. 하지만 브로디 선생님이 부인을 자리에 앉히고는 몇 가지 뼈아픈 충고를 해 주었는데, 그중에는 경찰이 로지 드랄리가 분명히 동성애자였을 거라고 하는 말을 자기가 들었다는 말도 있었다고 해요."

"그 말을 듣고 매클레인 부인은 뭐라고 했대요?"

"동성애자들은 도덕관념이라고는 없다고 했다네요."

해미시는 웃음을 터트렸다. "결국에는 매클레인 부인이 이길 거예요. 아치가 집에 들어가자마자 새로 사 입은 옷도 다 벗겨서 삶아 바짝 줄여 놓을걸요." 그 말을 마치고 해미시는 하품을 했다.

"남은 술 마저 마셔요." 프리실라가 말했다. "그리고 나와 함께 가요. 방을 안내해 줄게요. 당신이 진짜로 방값을 낼 생각은 아니라고 짐작하지만, 그래도 혹시 몰라 노파심에 말하자면, 돈은 필요 없어요. 방은 실내 장식을 새로 해야 해서 손님을 받지는 않고 있지만, 하룻밤 지내기에는 편안할 거예요."

그녀가 성 꼭대기까지 길을 안내했다. "내 방 옆이에요." 그리고 문을 열었다. "잠자리는 펴 놨으니까, 그냥 누워서 자면 돼요."

"고마워요." 그가 프리실라의 볼에 키스하고는 무뚝뚝하게 말했다. "경찰 본부의 분노를 감당하려면 힘을 축적해 둬야 할 것 같네요."

"걱정하지 말아요." 그녀가 말했다. "곤란한 지경에 처한 건 당신 혼자가 아니에요. 블레어 경감도 평생 그 어느 때보다도 더 심각한 곤경에 처해 있을 테니까요."

또 하루가 밝은 태양 빛과 함께 시작되었다. 이른 아침 서리가 살짝 끼어 있는 맑은 날이었다. 산등성이의 고사리는 황금색으로 변해 가고 있었고, 마가목은 주홍색 열매로 무거웠다.

마을에는 집집마다 문 앞에 마가목이 한 그루씩 서 있었다. 귀신을 쫓아 준다고 알려진 나무였는데, 다들 귀신 같은 건 안 믿는다고 큰소리를 펑펑 쳐 댔지만, 속으로는 혹시 모르니 만약에 대비해서 집 밖에 마가목 한 그루가 서 있는 것도 나쁘지 않으리라고 생각하기 때문이었다.

지미 앤더슨 형사가 비탈길을 따라 걸어가고 있을 때, 웰링턴 부인은 커리 자매와 함께 파텔 씨네 잡화점 바깥 부둣가에 서 있었다. "안녕하세요, 숙녀분들." 그가 인사했다. "해미시 순경은 어디 있나요?"

"당연히 자고 있겠죠." 목사님 부인이 콧방귀를 뀌며 말했다. "그 사람은 아마도 세상에서 가장 게으른 경찰관일 거예요."

"가장 부도덕한 건 두말할 필요도 없지, 가장 부도덕한 건." 제시 커리가 거들었다.

"글쎄요, 제 생각에는 이제 이 마을 분들도 더는 그를 참고 지켜볼 필요가 없을 것 같네요." 지미가 담배에 불을 붙여 한 모금 빨아들인 후 웰링턴 부인 쪽으로 연기를 내뿜었다. 그녀가 과장되게 기침을 하고는 손으로 연기를 휘저었다.

"그게 무슨 말이에요?" 네시가 물었다.

"우리의 해미시 순경이 높이뛰기*를 할 만반의 준비를 갖추었거든요."

"로힌버에서 열릴 경기에 참가한다는 말인가요?" 네시가 이해를 못 하겠다는 표정으로 물었다.

"아니요, 해고요. 잘릴 거라는 말이에요."

"잠깐만요." 웰링턴 부인이 소리 질렀다. "그가 사건을 해결했잖아요. 살인자를 죽이고 할버턴스마이스 양의 목숨도 구했어요. 그런데 대체 왜 그가 해고를 당한다는 건가요?"

"우선 기자와 얘기를 나눴거든요." 지미가 해미시가 위반한 사항을 손가락으로 하나하나 꼽으며 이야기했다. "자기 멋대로 수사를 하기도 했고, 자기 사진이 신문에 도배가 되고 무전기가 계속 울려 대는데도 본부에 보고하지 않았으며, 죽은 사람의 운전면허를 도용해서 차를 빌리고, 허가도 받지 않고 글래스고까지 경찰차를 몰고 갔으며, 허가도 받지 않고 총을 빌려서 사람을 쐈거든요. 그리고 지금까지 꼽은 건 다 시작에 불과해요."

"그렇지만 그가 고지식하게 절차대로만 했다면," 웰링턴 부인이 말했다. "당신들은 이 젠틀맨 짐이라는 자를 절대로 체포하지 못했을 거 아닌가요. 체포는 고사하고 그가 누군지 평생 알지도 못했을 거라고!"

"그랬을 수도 있지만, 그런 얘기는 스트래스베인에 직접 하

---

* high jump. 가혹한 벌이나 엄한 처분을 의미하는 속어이다.

세요."

"이건 끔찍해, 끔찍해." 최근에 해미시가 하는 일마다 괜히 시비를 걸었던 제시가 그만큼 해미시를 걱정하며 말했다. "무슨 조처를 해야만 해."

잡화점에서 나온 손님들이 하나같이 서로에게 손짓하며 해미시에 관한 나쁜 소식을 나누었고, 점심때쯤 되었을 때는 마을 사람 모두가 해미시 맥베스가 해고될 위기에 처했다는 사실을 알게 되었다. 모두 감정이 격해지기 시작했다. 해미시는 그들의 경찰관이었고, '대도시'에 있는 어느 누구도 로흐두 마을의 경찰관이 누가 될지에 관해 이래라저래라 지시할 수 없었다.

오후 3시에 데이비엇 총경은 고지 지역의 고위 경찰 간부가 모두 참석한 비상 회의를 주재하는 중이었다.

"그러니 아시다시피," 그가 해미시가 위반한 사항들을 읽어 내린 후에 말했다. "비록 우리가 이번 사건을 해결할 수 있어서 매우 기쁘기는 하지만, 무슨 서부 시대 보안관처럼 제멋대로 구는 순경을 그대로 두고 볼 수만은 없습니다. 그러니 소란이 좀 가라앉고 나면 그에게 경찰을 떠나라고 조용히 일러야 할 것 같습니다. 로흐두 경찰서에 새로 투입할 인원으로는 트레버 캠벨이라는 아주 훌륭한 친구가 있습니다."

"어디 그에 관한 보고서를 이리 줘 보게." 경찰청장이 말했다. 데이비엇 총경은 주저하며 서류를 건네주었다.

"엉망진창이군." 경찰청장이 말했다. 데이비엇 총경은 초조한 심정으로 청장을 바라봤다. 뚱뚱하고 둥글둥글하게 생긴 청장의 빳빳한 셔츠 깃 위로 붉은 얼굴이 얹혀 있었다. 데이비엇 총경은 그의 얼굴이 마치 풍선에 그림을 그려 놓은 것 같다고 생각했다.

"캠벨은 좋게 말해서 사고를 잘 당하는 사람처럼 보이는군. 게다가 신장도 규정에 못 미치고, 경찰 시험도 턱걸이를 했지 않나."

"고지 마을 경찰 자리에 딱히 두뇌가 명석한 사람이 필요한 건 아닙니다." 누군가가 말했다.

그러자 영리해 보이는 얼굴에 비쩍 마른 사람이 목소리를 높였다. "여기 계신 여러분이 깨달아야 할 건, 우리가 지금 이 탁자 주위에 둘러앉아서 고작 하는 일이라는 게, 자기 주도적인 방식으로 스코틀랜드 최악의 지명 수배범을 잡아들인 순경을 해고하려 하고 있다는 겁니다. 난 그를 그냥 둬야 할 뿐 아니라, 오히려 승진시켜야 한다고 주장하고 싶네요. 스트래스베인에서 그를 원치 않는다면, 내가 글래스고로 데려가겠습니다."

"우리도 전에 해미시 맥베스를 승진시키려고 했었습니다."

데이비엇 총경이 짜증스럽다는 듯이 말했다. "아니, 실은 경사로 승진을 시켰었습니다."

"참 나, 그걸 말이라고 하십니까." 마른 남자가 끼어들었다.

"그렇지만," 데이비엇 총경이 말을 이었다. "픽트인 유골을 발견한 일로 다시 강등시켜야 했습니다. 맥베스가 살인자를 잡았습니다. 예, 그건 맞아요, 시체 한 구를 놓고 자백을 유도해 냈죠. 그러나 기억하실지 모르겠지만, 그건 범인이 살해한 시체가 아니었어요. 형태가 그대로 보존된 픽트인의 유골이었죠. 우린 귀한 유골을 마구 휘저어 매장된 장소에서 발굴해 냈다고 전국의 수많은 교수와 고고학 광신도들에게 집중포화를 맞아야 했습니다. 하지만 정말 골치 아픈 일은 따로 있습니다. 그리고 저는 그게 왜 맥베스가 고삐 풀린 망아지나 다름없는지 잘 설명해 준다고 생각합니다. 그건 바로 그가 고지 마을 순경 이외의 자리에는 아무 야망도 품고 있지 않다는 겁니다."

출세만을 목표로 고생 고생 하며 지금의 자리까지 올라온, 방 안 가득 앉아 있는 남자들이 방금 들은 얘기를 이해하느라 애쓰는 동안 당황스러운 침묵이 흘렀다.

"그러니 아까 말했듯이," 데이비엇 씨가 말했다. "상황이 진정될 때까지 조용히 기다렸다가 그를 해고하는 게 가장 좋은 방법일 겁니다."

"어떤 명목으로요?" 마른 남자가 물었다.

"나한테 생각이 있습니다." 데이비엇 총경이 잘라 말했다.

"그건 대답이 안 될 겁니다." 마른 남자가 다시 말했다. "충분한 조사도 없이 경찰관을 해고할 수는 없어요. 그렇게 했다가는 맥베스에게 다시 언론의 관심이 집중될 거라고요. 그건 그렇고 블레어 경감이라는, 해미시 맥베스를 향해 어리석은 앙심을 꽤 깊게 품고 있는 것처럼 보이던 그 형사는 어떻게 조처할 겁니까?"

"아무 조처도 안 할 겁니다." 데이비엇 총경이 말했다. "그는 할 일을 했을 뿐입니다. 그는 벡의 자백을 받아 냈습니다. 자백도 굉장히 설득력 있었고요. 벡은 법정에 서서 두 건의 살인을 인정할 준비도 하고 있었습니다. 경찰에는 블레어 경감처럼 훌륭하고 순종적인 형사가 필요합니다. 가끔 흉포하게 굴기는 해도, 그는 두말할 필요 없이 신사예요. 솔직히 말해서 맥베스의 방식은 성자의 인내심도 바닥나게 할 정도라는 걸 모두 인정하셔야 할 겁니다. 이젠 우리가 이 건을 주제로 충분히 논의했다고 생각합니다. 헬렌이 상자를 돌려 투표지를 모을 테고, 제가 찬반을 세겠습니다." 그의 능률적인 비서가 모두 투표지에 찬반 의사를 적어 접을 때까지 기다렸다가 위쪽에 가늘게 구멍이 뚫린 네모난 상자를 들고 한 바퀴 돌아 종이 쪽지를 수거한 후 상자를 데이비엇 총경 앞에 내려놓았다. 그가 상자를 열었다. 그리고 찬성표와 반대표를 따로 깔끔하게 분리하기 시작했다. 헬렌이 그 모습을 열심히 들여다봤다. 그녀는 해미시를 혐오했다.

"결론 났습니다." 마침내 데이비엇 총경이 말했다. "맥베스는 적당한 시기가 오면 해고될 겁니다."

헬렌이 방을 빠져나갔다. 블레어와 다른 사람 몇이 복도 끝에서 기다리고 있었다. 헬렌이 그들을 보고 미소 지으며 엄지손가락을 아래쪽으로 돌려 보였다.

"아, 이렇게 즐거울 수가." 블레어가 말했다. "술은 내가 사지." 하지만 다른 사람들은 침울한 표정으로 발을 질질 끌며 사라졌고, 블레어는 눈을 부라리며 그들의 뒷모습을 보고 서 있었다.

회의실 안의 사람들은 각자 딴짓을 하고 있었고, 마침내 데이비엇 씨가 말했다. "자, 그럼 이만하면 된 것 같군요." 그가 자리에서 일어섰다. "옆방에 다과가 마련돼 있습니다, 여러분. 가시기 전에 음료 한잔씩 들고 가시죠."

그들은 모두 일어나서 데이비엇 씨를 따라 옆방으로 갔다. 긴 탁자 위에 음료와 카나페가 준비돼 있었다. 곧 공기는 담배 연기와 대화로 탁해졌다.

헬렌은 담배 연기를 밖으로 내보내려고 창문을 열었다. 비가 마침내 그치고 햇살이 내리비치고 있었다. 헬렌은 행복했다. 해미시 맥베스가 해고된다는 건, 이제 그녀가 다소 어리석은 짓을 하더라도 비웃는 듯한 눈초리로 바라볼 사람이 없게 된다는 의미였기 때문이었다.

케이스네스의 버티 레이버 경감은 가만히 귀를 기울였다. 그는 데이비엇 총경의 오랜 친구였다. "지금 내 귀에 들리는 게 백파이프 소리가 맞나요?" 그가 물었다. "오늘 무슨 시가행진이라도 있습니까?"

"내가 알기로는 없는데." 데이비엇 총경이 말했다. "헬렌, 오늘 시가행진을 하겠다고 허가를 요청한 단체가 있었나?"

"없었습니다, 총경님."

백파이프 소리가 점점 가까워졌고, 그 뒤로 밴드의 연주 소리가 들려왔다. 모두 창가로 움직여 가기 시작했다.

데이비엇 총경도 창가로 다가가 아래를 내려다봤고, 그와 동시에 그의 얼굴에 번져 있던 유쾌한 표정이 점차 사라졌다.

아래쪽 거리에 로흐두 마을 사람들이 경찰 본부를 향해 행진해 오고 있었다. 맨 앞에는 백파이프 연주자가 서 있었고, 그 뒤를 학생 밴드가 〈용감한 스코틀랜드〉를 소리 높여 부르며 따랐다. 그들은 '우리의 경찰관을 구해 주세요. 우리는 해미시를 원합니다'라고 쓰인 현수막을 들고 있었다. 하지만 더 심각한 것은, 두 명의 사진기자가 촬영 준비를 마치고 거리를 달려 내려오고 있다는 사실이었다.

"이 맥베스라는 순경이 이렇게까지 인기 있다는 말은 우리에게 안 하셨잖아요." 버티가 말했다.

"나도 그가 이렇게까지……" 데이비엇 총경이 비참한 기분으로 말했다. "내 말은, 블레어 경감 얘기로는……"

버티가 그를 냉소적인 표정으로 바라봤다. "이런, 이런, 아무래도 블레어가 총경님을 망치고 말겠습니다. 이제부터 그가 하는 말은 절대로 신뢰하지 마세요."

군중이 그들 아래 모여 있었다.

"내가 직접 내려가서 뭘 원하는 건지 알아보고 와야겠군." 데이비엇 씨가 말했다.

버티의 지원을 받으며 그는 급히 층계를 내려갔다.

처음에 그는 로흐두 마을 사람과 호기심에 몰려든 스트래스베인 인파 앞에서 연설을 하는, 우두머리처럼 보이는 커다란 체격의 여성이 확성기를 사용하고 있다고 생각했다. 하지만 곧 그 여자가 목사 아내인 웰링턴 부인이라는 사실을 알아차렸고, 그 순간 연설하는 목소리가 도구의 도움을 전혀 받지 않은 그녀 자신의 목소리라는 것을 깨달았다.

"그들에게는 아무 권리도 없습니다." 웰링턴 부인이 말했다. "우리의 경찰을 우리와는 아무 상의도 없이 우리에게서 빼앗아 갈 권리가 없어요. 우리가 스트래스베인에 지배당하는 사람들입니까? 아니면, 런던에? 혹은 브뤼셀에?"

"아니요! 아니요! 아니요!" 군중이 소리 질렀다.

데이비엇 총경의 눈앞에서 카메라 플래시가 터졌다. "뭐라도 좀 하세요." 버티가 소곤거렸다.

"하지만 투표 결과가……!"

"투표는 잊어버리세요. 직관대로 하시라고요. 그 골칫거리 순경은 그대로 남아 있을 거라고 말씀하세요."

데이비엇 총경이 웰링턴 부인에게로 다가가서 팔을 톡톡 두드려 연설을 중지시켰다.

그가 옅은 미소를 지어 보였다. "아무래도 뭔가 오해를 하신 모양입니다, 웰링턴 부인. 해미시 맥베스 순경이 해고당할 가능성은 거의 없습니다."

그녀가 데이비엇 총경을 아래위로 훑어보고 나서 청중 쪽으로 돌아섰다. "이분 말이 해미시가 해고당할 가능성은 거의 없다는군요." 그녀가 소리 질렀다.

군중이 크게 환호했다. 웰링턴 부인이 조용히 하라는 의미로 양손을 들어 보였다. "하지만 확실히 하기 위해서," 그녀가 고함을 질렀다. "내 생각에는 지금 들은 얘기를 문서로 남겨 둬야 할 것 같네요." 다시 환호성이 울려 퍼졌다.

"여기서 기다리십시오, 웰링턴 부인." 데이비엇 총경이 암울하게 말했다. "그리고 여기 사람들 좀 조용히 시키시고요."

그가 다시 층계를 올라가서 종종걸음을 치는 버티 앞으로 성큼성큼 걸어갔다. 경찰 간부들이 다시 회의실로 들어가 탁자에 둘러앉았다.

"자," 마른 남자가 말했다. "우리도 문서로 확답을 원한다는 말을 들었습니다. 그러니 저 사람들이 원하는 대로 해 주고, 이 맥베스라는 친구에게 호의를 베풀어야 한다는 게 내 생각입니다. 그가 앞으로 처리해야 할 서류 작업이 엄청나게 많을 겁니다, 그렇죠? 그에게 비서를 한 명 보내 주세요. 저쪽에 있는 헬렌은 어떤가요?"

헬렌이 그에게 두려운 시선을 던졌다. "저는 안 됩니다." 그녀가 항의했다. "어머니가 아프시거든요."

데이비엇 총경이 한숨을 내쉬고는 다시 한번 회의를 주재했다. "아래에 있는 사람들에게 서면으로 확답을 준 다음, 내가 내일 맥베스의 서류 작업을 돕도록 여직원 한 명을 로흐두로 파견 보내는 게 좋을 것 같군요. 그는 앞으로 며칠간은 업무에 복귀하지 않아도 되니까요."

아래층으로 내려가 웰링턴 부인에게 확인 서면을 전달하는 일은 헬렌이 맡았다.

웰링턴 부인이 그 서류를 사람들에게 읽어 주었다. 환호와 고함 소리가 메아리쳤다. 그런 다음 웰링턴 부인을 부르며 만세 삼창이 울려 퍼졌다. 그리고 밴드가 연주를 시작했다. 〈모든 스코틀랜드인이 국경 너머에 있다〉가 연주되는 가운데, 행렬이 스트래스베인을 빠져나가기 시작했다.

술집의 고요하고 차분한 분위기 속에서 블레어는 상황 변화를 전혀 알아차리지 못한 채 해미시 맥베스의 경력이 끝장난 것을 축하하고 있었다. 그의 귀에도 백파이프와 밴드, 환호성 소리가 희미하게 들려왔다.

"이게 무슨 소리죠?" 바텐더가 물었다.

"누가 알겠나?" 블레어가 뚱뚱한 어깨를 으쓱하며 대꾸했다. "시위라도 하나 보군. 멍청이 무리겠지. 동물 해방 운동가, 숲을 살리자, 폭탄을 금지해라, 뭐 그런 것들 말이야." 그가 술잔을 처들었다. "시위대를 위하여 그리고 해미시 맥베스를 위하여 건배."

"그가 누군데요?" 타블로이드의 스포츠 면만 읽는 바텐더가 물었다.

"이제 더는 내 주변에서 날 괴롭히지 못하게 된 어떤 소름 끼치는 녀석이지." 블레어가 빈 잔을 앞으로 밀었다. "위스키…… 더블로 주게."

며칠 후, 프리실라는 인버네스셔에 사는 친구를 만나러 갔다. 그들은 프리실라의 모험담을 듣고 싶어 안달이었다.

그녀가 이야기를 끝내자 번티라는 친구가 말했다. "그 해미시 맥베스라는 사람 완전히 영웅인데. 너 그 사람하고 거의 결혼까지 할 뻔하지 않았어? 무슨 일이 있었던 거야?"

"그냥 서로 맞지 않았어." 프리실라가 모호하게 말했다. "하지만 우린 지금도 친구야."

"나도 그 사람 만나 보고 싶어." 번티가 말했다. "여기로 데려오면 안 돼?"

"말은 해 볼게. 마을 밖으로는 거의 안 나가는 사람이라서."

"그래도 범인을 추적해서 글래스고까지 갔었다면서. 정말 용감한 사람인 것 같아."

"거의 사냥개 같다고 할 수 있지." 프리실라가 웃음을 터트렸다. "뭔가를 한번 물면, 절대로 놓아주는 법이 없어."

"이번 일로 승진하겠다."

"승진은커녕, 해고당할 위험에 처해 있어. 어떤 경우든 간에, 그는 승진을 원치 않아. 어떻게 해서든 승진을 피해 가려 애를 쓴다니까. 그 사람 말에 따르면, 자기는 마을 경찰로 지내는 게 가장 행복하대. 야망이라고는 없는 사람이야."

검은 머리에 통통한 번티가 이맛살을 찌푸렸다. "범인을 잡기 위해 모든 규칙과 규율을 어기는 것도 마다치 않는 순경이라고 해서 상당히 야심 찬 사람일 거라고 생각했는데. 어쨌든 그렇다면 해고당해도 별말 안 하겠네."

"난 그렇게는 생각 안 해 봤어." 프리실라가 천천히 말했다. "하지만 만약 상부에서 그를 도시로 보낸다면, 그는 정말 비참

하게 여길 테고, 불필요한 절차와 요식이 너무 많다고 생각할
거야."

　밤에 잠자리에 들었을 때, 프리실라는 해미시와 함께했던
그 모든 모험을 떠올리며 잠 못 들고 뒤척였다. 그는 확실히
매우 특별한 사람이었다. 어쩌면…… 어쩌면 그녀가 로흐두
로 돌아가면, 그들은 지난번 끝낸 곳에서 다시 관계를 시작해
볼 수도 있을지 몰랐다. 아니, 지난번 끝낸 지점은 너무 슬플
것 같았다. 대신 예전 방식으로 돌아가면 될 터였다.
　그녀는 입술에 미소를 건 채 잠이 들었다.

　일주일 후에, 헤티 모리슨 여경은 로흐두로 가는 구불구불
한 도로로 솜씨 좋게 차를 몰았다. 그녀는 스트래스베인에서
가장 엄격하고 능률적인 여경이었다. 속기와 타자 실력도 완
벽했다. 휴대용 컴퓨터와 프린터는 옆자리에 놓여 있었다. 칠
흑같이 검은 머리는 목 뒤로 단단히 말아 틀어 올려져 있었다.
눈동자는 아름다운 갈색이었고, 콧날은 날카로웠으며 입술은
가늘었다. 말끔히 다림질한 정복을 차려입은 외모는 깔끔하
고 말쑥했다. 구두는 검은 유리처럼 반짝거렸다.
　그녀는 해미시 맥베스를 만나 본 적이 없었지만, 개성 강한
이 순경의 행동에 관해 충분히 설명을 듣고 나서는 그가 별로

탐탁지 않았다. 경찰 업무 규정을 사실상 즐기는 편인 그녀가 타자로 작성해서 제출하는 보고서는 능률 면에서 거의 기적이라 할 만했다. 헤티는 이 마을 순경이 왜 그렇게 특혜를 받아야 하는지 이해하지 못했다. 따라서 자신의 능력이 낭비되고 있다고 느꼈으며, 자신이 여자라서 일시적으로 비서 업무를 보게끔 강등된 것이라고 생각했다.

퍼스 출신인 그녀는 고지 사람들의 특성을 못마땅해했다. 그들은 기만적이고 게으르다는 것이 그녀가 가진 선입견이었다.

로흐두로 차를 모는 동안, 헤티는 부둣가나 작은 농가, 혹은 햇살을 받아 반짝이는 협만의 아름다움은 보지 못했다. 로흐두가 활기 없는 마을이라고만 느꼈다. 그러니 살인 사건으로 그토록 유명하지, 그녀는 생각했다. 만약 이런 곳에 1년 내내 갇혀 살아야 한다면, 나라도 누굴 죽이고 싶겠어.

그녀는 경찰서 한쪽에 세워진 경찰 랜드로버 뒤에 차를 댔다. 앞마당에 놓인 휴대용 갑판 의자에 누군가 앉아 있는 것이 보였다. 헤티는 옆문을 열고 안으로 들어갔다. 정문에 걸린 파란색 경찰 램프를 에워싸며 사방으로 뻗어 나간 진홍색 장미 덤불이 거의 시야를 가리고 있었다. 일단 저 장미 덩굴부터 다 쳐내야겠군, 그녀는 생각했다.

해미시 맥베스는 줄무늬 캔버스 천 재질의 휴대용 의자에 편안하게 등을 기대고 앉아 있었다. 뿌리 부분에 빨간 머리가 나오기 시작한 검은 머리가 태양 빛을 받아 반짝였다.

그녀는 크게 헛기침을 했고, 해미시는 눈을 뜨고 그녀를 보며 미소를 지었다. "모리슨 순경입니다. 이쪽으로 출근하라는 지시를 받고 왔습니다." 그녀가 말했다.

"이쪽으로 올 거라고 본부에서 알려 주더군요." 그가 게으르게 말했다. "날씨 정말 좋네요. 잠깐 기다리세요. 의자도 하나 더 가져오고 차도 내올게요."

"그러실 필요 없습니다." 헤티가 뿌루퉁하게 말했다. "해야 할 일이 있으니, 바로 시작했으면 하는데요."

해미시가 작게 한숨을 내쉬며 일어섰다. "좋아요." 그가 마지못해 대꾸했다. "시작하죠."

헤티가 차에서 노트북과 컴퓨터를 꺼내 와 그를 따라 경찰서 사무실로 들어갔다.

"더는 언론의 방해를 받을 일은 없을 거라고 믿어도 되겠죠?" 그녀가 말했다. "언론은 충분히 상대했으니까요."

"아, 기자들은 다 갔어요." 해미시가 말했다. "나야 그저 잠깐 화젯거리가 됐을 뿐이니까요."

프리실라라면 해미시의 말투에서 갑작스럽게 치찰음이 심해진 건 그가 화가 나기 시작했음을 보여 주는 거라고 헤티에게 귀띔해 줄 수 있었을 테지만, 지금은 프리실라가 곁에 없었다.

해미시는 책상 뒤로 돌아가서 앉았다. 헤티는 그 맞은편에 자리 잡고 앉아 펜과 노트를 꺼내 준비를 마쳤다. 그가 빠르게 받아 적을 내용을 불러 주기 시작했다. 보통 보고서를 작성할 때 해미시는 간결하고 효율적이었다. 그런데도 헤티는 화가 나기 시작했다. 이 해미시 맥베스라는 순경은 괜한 사람이 두 건의 살인자로 기소되지 않게 하기 위해서는 자기 멋대로 수사를 하는 것 외에 다른 대안은 없었다는 듯이 말하고 있었다. 그녀는 그의 진술 내용을 타자로 정리하는 동안 뭔가 오류를 찾아낼 수 있으리라고 생각했다. 긴 오후가 지나고 나서 해미시가 말했다. "커피나 차 한잔 마실래요?"

"아니요, 됐습니다." 헤티가 말했다. "이제 오늘 일할 분량은 다 끝낸 것 같으니, 난 적어 놓은 것을 타자로 입력하겠습니다. 차에 프린트기를 가져왔으니, 타자 친 내용을 뽑아 함께 다시 한번 훑어보기로 하죠."

"원하는 대로 하세요." 해미시가 간결하게 말했다. "그렇지만 나는 진술한 내용을 단 한 글자도 바꾸지 않을 겁니다."

"난 그냥 비서 업무만 보러 온 게 아니에요." 헤티가 노트북을 닫으며 매몰차게 말했다. "당신을 돕고 조언도 해 주기 위해 온 겁니다."

"고마운 일이네요." 해미시가 목소리에 약간의 조소기를 담아 말했다. "그럼 타자 작업하는 동안 난 나가서 산책을 좀 해야겠네요." 시간은 5시였다.

8시쯤 헤티는 적어 놓은 것을 다 입력하고 다시 한번 읽어 봤다. 그러나 아무리 머리를 굴려 봐도, 내용을 바꿀 만한 방법이 떠오르지 않았다. 게다가 자기 자신의 완고함 덕분에 온종일 아무것도 먹거나 마시지 않아서 배도 너무 고프고 목도 말랐다.

해미시는 자신을 위해 스트라스베인 경찰 본부 밖에서 시위를 벌여 준 데 대한 감사의 말을 전하기 위해 웰링턴 부인을 비롯한 여러 마을 주민의 집을 방문한 후 부둣가를 따라 천천히 걸어서 경찰서로 돌아가는 중이었다. 그가 이탈리아 레스토랑 앞을 지나가고 있을 때, 윌리가 밖으로 나오더니 다소 소심한 표정으로 그를 바라봤다. 그러더니 손을 내밀었다. "미안해요, 해미시." 그가 말했다. "선배님을 의심하다니 내가 정말 어리석었어요."

"아니야, 괜찮아." 해미시가 윌리의 손을 잡아 강하게 악수를 했다. "자넨 루차가 혹시라도 범인일지도 모른다는 생각에 그때 거의 제정신이 아니었잖아. 루차도 자네에 관해 같은 생각을 하고 있었을 테고."

"아무래도 그때는 다들 조금씩 미쳐 있었던 것 같아요." 윌리가 말했다. "그렇게 이해해 줘서 정말 고마워요. 그건 그렇고, 안으로 들어와서 식사하고 가세요. 우리가 내는 거예요. 할버턴스마이스 양도 함께 데려오세요. 그녀도 돌아왔다고 들었어요."

"그래, 좀 있다가 올게." 해미시가 말했다. "고마워."

그는 편치 않은 마음으로 경찰서로 돌아갔다. 헤티가 조용히 종이 다발을 손으로 가리켰다. 그녀의 배 속이 부끄러운 줄도 모르고 꾸르륵 소리를 냈다. 해미시의 마음속에서는 친절함과 불쾌함이 내내 전쟁을 벌이고 있었지만, 결국에는 친절이 이기고 말았다. "마을에 있는 이탈리아 레스토랑에서 내게 식사를 대접하겠다고 하는데," 그가 말했다. "함께 갈래요?"

나중에 그녀는 자신이 왜 그 제안을 수락했는지 알지 못할 터였고, 해미시도 역시 자신이 프리실라에게 전화하지 않고 왜 그녀에게 함께 가자고 청했는지 알 수 없을 터였다. 열린 창문을 통해 부드러운 저녁 공기 속에 퍼져 있던 장미 향이 스며드는 동안 경찰서의 분위기가 스트래스베인의 소란함과는 너무도 단절되고 동떨어진 듯 느껴졌기 때문일지 모르지만, 어쨌든 그녀는 자신도 모르게 대답하고 있었다. "그러죠, 고마워요."

"좋아요! 금방 옷 갈아입고 나올게요. 욕실은 바깥으로 나가면 바로 왼쪽이에요. 혹시 화장이라도 고치고 싶으면 이용해요."

헤티는 핸드백을 집어 들고 길고 좁은 욕실로 들어갔다. 그녀는 세수를 하고 자신의 단정하고 깔끔한 외모를 꼼꼼히 살폈다. 그리고 빗을 꺼내 머리칼이 자연스럽게 어깨 위에서 물결칠 때까지 머리를 빗었다. 머리에 꽂았던 핀은 세면대에 놓여 있었다. 그녀는 머리칼을 다시 둥글게 말아 잡은 후, 검은색 실핀을 다시 집어 들었지만, 핀이 미끄러지면서 아래로 떨어져 세면대 배수구 속으로 사라져 버렸다. 그녀는 심술이 나서 세면대 속을 빤히 바라봤다. 오직 고지 사람들만이 물건이 빠지는 것을 막아 줄 망을 쳐 놓지도 않고 배수구 구멍을 그대로 열어 놓을 것 같았다.

그녀는 다시 머리를 빗었다. 붕 떠 있는 머리칼을 차분하게 눌러놔야 할 것 같았다.

마침내 헤티가 나타났을 때, 해미시는 놀란 눈으로 그녀를 바라봤다. 그는 중고 의류 매장에서 산 고급 맞춤 양복과 줄무늬 타이를 매고 있었다.

"걸어갈 거예요." 그가 말했다. "부둣가에서 멀지 않거든요."

그들은 고요한 저녁 길을 함께 걸어갔다. 사람들이 정원 문 옆이나 방조제 위에 서 있었다. "안녕하세요, 해미시." 그들이 인사했다. "날씨가 좋아, 해미시." 고지의 눈들이 그의 옆에서

걷고 있는 헤티를 호기심 어린 시선으로 찬찬히 뜯어봤다.

월리와 루차는 자신들이 앞서 저지른 나쁜 행동을 보상이라도 하듯이 해미시를 격하게 반기고 창가에 놓인 가장 좋은 자리를 내주었다. 월리는 그들을 극진히 대접하기로 마음먹었고, 그 생각에 있어서는 루차도 다르지 않았다. 그들은 네그로니 칵테일을 대접했고, 적포도주 키안티도 한 병 내놓았다. 전채 요리는 신선한 바질을 곁들인 파삭한 혼합 샐러드였다. 다음에는 크림소스 펜네 파스타가 나왔으며, 화이트와인 소스에 절인 닭가슴살 요리가 풍성하게 뒤따랐다. 디저트는 자발리오네*였다.

그녀는 해미시가 들려주는 믿기지 않는 얘기들을 들으며 엄청나게 웃어 댔다. 물론 나중에 헤티는 그것이 분명 와인 탓이었으리라고 생각할 터였다. 하지만 그녀는 자신이 그와 함께하는 시간을 굉장히 즐기고 있음을 깨달았다. 전에도 그녀는 경찰이나 형사들과 데이트를 한 적이 있었지만, 보통 저녁 식사는 저질 농담이나 빈정거림으로 끝이 났고, 그다음에는 어김없이 성적인 유혹이 뒤따랐었다. 그러나 해미시는 대화만으로도 충분히 즐거워하는 듯했다. 그녀는 자신도 모르게 어느새 그에게 고민을 상담하고 있었다. 그녀의 부모님은

* 노른자위, 설탕, 포도주 등으로 만드는 커스터드 비슷한 디저트이다.

시도 때도 없이 서로의 가슴에 못 박는 말을 하며 소리만 질러 댔고, 여동생은 글래스고로 떠난 뒤 어딘가로 사라져 전화 한 통 없었다. 또한 그녀는 경찰로 살아가는 것이 어떤지, 가정 폭력에서 벗어나 여성 경찰용 호스텔에서 생활하는 것은 얼마나 좋은지 등에 관해서도 이야기했다. 헤티는 그날 저녁 스트래스베인으로 다시 돌아갈 계획이었지만, 시간은 쏜 화살처럼 흘러갔다. 그래서 해미시에게 하룻밤 묵어가도 좋을지 묻고 있었다.

이틀 후 데이비엇 총경이 헬렌을 불러서 물었다. "헤티 모리슨은 아직 보고서를 가지고 돌아오지 않았나?"

"아직 아무 소식도 없습니다." 헬렌이 말했다.

"로흐두 경찰서로 전화해서 한번 알아보도록 하지."

헬렌이 사라졌다가 몇 분 후에 다시 나타났다. "모리슨 순경과 통화했습니다." 그녀가 점잔을 빼며 말했다. "보고서 작성이 생각보다 길어지고 있다고 하네요."

"그거 이상하네. 할 일이 산더미처럼 쌓여 있기는 하지만, 우리의 효율적인 헤티 경관에게는 그리 오래 걸릴 일이 아닌데. 게다가 로흐두에서는 단 하루만 머물 예정이 아니었던가?"

"보나 마나 그 얼간이의 머릿속에 제대로 된 생각이라는 걸 심어 주려 애쓰고 있을 겁니다." 헬렌이 까칠하게 말했다. "헤티 모리슨은 철의 여인이거든요."

데이비엇 총경이 의심스러운 눈길로 그녀를 바라봤다. "뭐 그렇다면야."

프리실라는 한 팔에 장바구니를 끼고 파텔 씨네 가게에서 나왔다. 날씨는 오늘도 눈부실 만큼 맑았다. 그녀는 조수석에 바구니를 던져 놓은 후, 해미시를 찾아가 얘기나 나누어야겠다고 생각했다. 해미시가 먼저 전화를 걸어 주기를 내심 바라고 있었지만, 어쩌면 그는 그녀가 아직 인버네스에 머물고 있다고 생각할지도 몰랐다.

프리실라는 경찰서 방향으로 걷기 시작했고, 얼마 후 그 근처에 도착했을 때 해미시의 웃음소리를 들을 수 있었다. 그가 혼자가 아니라는 사실에 실망한 그녀는 천천히 경찰서로 다가가 덤불 너머로 안쪽을 들여다봤다.

해미시는 윤기 나는 긴 검은 머리 여성과 함께 정원에 놓인 휴대용 의자에 앉아 차가운 화이트와인을 마시고 있었다.

프리실라는 그들이 자신을 보기 전에 얼른 뒷걸음질을 쳤고, 바로 뒤돌아서 차가 있는 쪽으로 걸어가기 시작했다.

해미시와의 약혼이 깨져 버린 게 오히려 다행이라는 생각을 하며 그녀는 빠르게 차를 몰아 마을을 완전히 벗어났다. 그는 절대로 한 여자에게 충실할 남자가 아니었다.

어쩌면 프리실라에게는 시간이 필요한지도 몰랐다.

차라리 런던으로 돌아가는 게 나을지도 몰랐다.

어쩌면 다음 날 아침 바로 떠나는 게 좋을지도 몰랐다……

10점이 만점이라면 〈해미시 맥베스 순경 시리즈〉는 만점에 10점을
더 받을 만하다.
《버펄로 뉴스》

어딘가로 달아나고 싶은가? 100년에 한 번만 나타난다는 스코틀랜
드의 마을 브리가둔을 기다리다 지쳐 가고 있는가? 그렇다면 M. C.
비턴이 해미시 맥베스 순경을 주인공으로 등장시켜, 묘한 매력을 지
닌 미스터리 소설의 배경으로 만들어 낸, 스코틀랜드의 나른하고 아
름다운 마을 로흐두로 여행을 떠날 시간이다.
《뉴욕 타임스 북 리뷰》

애거서 크리스티에 대해서 말하자면, 그녀는 다른 어떤 여성보다 침
대에서 큰 즐거움을 선사하는데, 불을 끄고 잠들기 전 독서하기에
완벽한, 아늑한 고전 추리물의 다작 생산자 M. C. 비턴이야말로 바
로 그녀에 필적한다고 할 수 있다.
《데일리 텔레그래프》

비턴의 해미시 맥베스 이야기는 언제나 훌륭하지만, 최근작들은 더
욱 뛰어나다. 플롯은 평소보다 훨씬 좋고, 캐릭터는 더 매력적이며,
심지어 대체로 시무룩하고 심각한 모습을 보이는 지금의 이 해미시
마저 여느 때보다 더 웃음을 자아내고 호감을 준다.
《북 리스트》

독자의 마음을 사로잡는 아늑한 코지 미스터리 시리즈. 마을의 순경
과 주민들이 얼마나 현실적으로 그려지는지 머지않아 관광객들이
로흐두 마을을 찾기 시작할지 모른다. 그리고 셜록 홈스의 존재를
믿듯 해미시 맥베스의 존재를 믿게 될 것이다.
《덴버 로키 마운틴 뉴스》

해미시 맥베스는 갈수록 정감 가는 주인공이다. 독자들은 그의 소박한 외면 안에 모든 터무니없는 헛소리를 단번에 뭉개 버리는 기지가 숨어 있음을 깨닫게 될 것이다.
《시카고 선타임스》

맥베스의 매력은 계속 더해질 뿐…… 재미있고 엉뚱하며 잘 만든 스콘처럼 말랑말랑하다. 이 시리즈의 책이라면 단 한 권도 놓치지 않을 것이다.
《크리스천 사이언스 모니터》

최고급 몰트위스키처럼 풍부하고 따뜻한 맛이 느껴지는 최고의 오락물.
《휴스턴 크로니클》

따뜻하고 아늑한 미스터리를 좋아하는 독자들을 위한 작품. 물론 비턴의 작품에서라면 그 장밋빛 유리잔은 언제나처럼 어두운 빛으로 물든다.
《필라델피아 인콰이어러》

비턴은 스코틀랜드 북부 지방의 아름다운 자연 경관을 그려 내며 간결한 언어로 그 지방의 정취를 포착해 낸다.
《라이브러리 저널》

이 시리즈는 진정한 축복이다.
《애틀랜타 저널컨스티튜션》

스코틀랜드 북부의 그림처럼 아름다운 로흐두 마을을 다시 찾는 일은 언제나 특별한 기쁨이다.
메릴린 스타시오,《뉴욕 타임스 북 리뷰》

옮긴이 전행선

연세대학교 영문학과를 졸업하고 영상 번역가로 일하다가 현재는 출판 전문 번역
가로 활동하고 있다. 『무뢰한의 죽음』 『현모양처의 죽음』 『속물의 죽음』 『여행자의
죽음』 『아도니스의 죽음』을 비롯해 『예쁜 여자들』 『전쟁 마술사』 『이니 미니』 『사냥
꾼』 『레프트오버』 『몽키스 레인코트』 『살인을 부르는 수학 공식』 『미라클 라이프』
『때로는 나도 미치고 싶다』 『내게 힘을 주는 말들』 등을 우리말로 옮겼다.

해미시 맥베스 순경 시리즈 12

허풍선이의 죽음

초판 1쇄 펴낸날 2018년 5월 15일

지은이 M. C. 비턴
옮긴이 전행선
펴낸이 김영정

펴낸곳 (주)현대문학
등록번호 제1-452호
주소 06532 서울시 서초구 신반포로 321(잠원동, 미래엔)
전화 02-2017-0280
팩스 02-516-5433
홈페이지 www.hdmh.co.kr

ⓒ 2018, 현대문학

ISBN 978-89-7275-844-0 04840
     978-89-7275-783-2 (세트)

* 책값은 뒤표지에 있습니다.